卵料理のカフェ⑥

幸せケーキは事件の火種

ローラ・チャイルズ　東野さやか 訳

Scorched Eggs

by Laura Childs

コージーブックス

SCORCHED EGGS
by
Laura Childs

This edition published by arrangement with
The Berkley Publishing Group,
a member of Penguin Group (USA) LLC,
a member of Penguin Random House Company
through Tuttle-Mori Agency,Inc.,Tokyo

挿画／永野敬子

本書をＪハイスクール時代のすばらしい恩師の方々に捧げます。とりわけ、社会科（ニクソン大統領に投票しちゃってすみません）、化学（実験室を爆発させたこと、深くお詫びします）、高等代数学（パイと言ったら、やっぱり円周率じゃなくアップルパイですよね）、国語（スタインベックの小説は好き、でもベオウルフを描いた叙事詩は苦手）、スピーチ（教わったコツはいまも役立っていますよ！）、そしてタイピング（この技能は毎日のように使っています）の先生方。

本当にありがとうございました。

謝辞

サム、トム、アマンダ、ボブ、ジェニー、トロイ、ダン、そしてバークレー出版のデザイナー、イラストレーター、ライター、広報、営業担当のみなさんに大いなる感謝を。本当にすばらしい仲間です。すべての書店員、書評家、図書館員、ブロガーのみなさんにも感謝しています。そして、いつもやさしく見守ってくださる、目の肥えた読者およびフェイスブックのお友だちの方々にも心から感謝します。これからもみなさんのために、がんばって書きつづけますね！

幸せケーキは事件の火種

主要登場人物

スザンヌ・デイツ……………………………カックルベリー・クラブ経営者
トニ・ギャレット……………………………スザンヌの親友。同店の共同経営者。給仕担当
ペトラ…………………………………………同店の共同経営者。調理担当
ジュニア・ギャレット………………………トニの別居中の夫
サム・ヘイズレット…………………………医師。スザンヌの恋人
ロイ・ドゥーギー……………………………保安官
キット・カスリック…………………………カックルベリー・クラブのウェイトレス
リッキー・ウィルコックス…………………キットの婚約者
ブルース・ウィンスロップ…………………郡民生活局の職員
ハンナ・ヴェナブル…………………………郡民生活局の職員。ウィンスロップの秘書
ジャック・ヴェナブル………………………ハンナの夫
マーリス・シェルトン………………………ジャックの浮気相手
アニー・ウルフソン…………………………火事で救出された女性
マーティ・ウルフソン………………………アニーの別居中の夫
ダレル・ファーマン…………………………元消防士

1

スザンヌは〈ブロンド・ボムシェル〉の四番で染めたらどんな髪になるのか想像できなかったが、結果はもうじきわかる。なにしろ、遊園地のティルタワールほどの大きさの赤いビニール椅子に寝かされ、キンドレッドの中心部にある有名ヘアサロン、その名も〈ルート66〉で〝美しくなるための試練〟とやらに果敢にいどんでいるのだから。ベイクドポテトの包み紙みたいな銀色のホイルで髪を包まれ、頭上を行き来する五〇年代の遺物のようなドーム型ヘアドライヤーから熱風がひっきりなしに送り出されてくる。

まったく、もう。ホイルをこんなにぶらさげているだけでも悲惨なのに、ドライヤーに行ったり来たりされると、頭がジェットエンジンに吸いこまれそうな気がしてしょうがない。

足を小刻みに揺すり、指をコツコツいわせながらも、スザンヌにはわかっていた。いろいろな女性雑誌で言われているように、これを〝自分のための時間〟ととらえるべきだと。だけど正直言って、ちっとも落ち着けないし、親友のトニとペトラと経営しているカックルベリー・クラブというこぢんまりとしたカフェを抜け出してきたことで、いささか気がとがめてもいた。

この金曜日の午後、急用ができたからと言い訳し、大急ぎで出かけてきたのだ。髪をシルバーブロンドに染めた四十代なかば過ぎの女性の場合、根元の黒い地毛が目立つのは緊急事態以外の何物でもない。

しかし、調合した薬剤を塗布したり、ホイルで髪を包んだり、ブローしたりという面倒な作業がえんえんとつづいたせいで、スザンヌはとっとと逃げ出したくなっていた。サロンにいる五人の女性客を見まわすと、すっかりくつろいだ様子できれいにしてもらっている。しかし、こんなところで《スター・ワッカー》誌の古い号をぱらぱらめくりながら、ジャスティンとマイリーのお騒がせな行動を報じる記事を読んでいるのが、最高に充実した午後の過ごし方とは思えない。

「どんな具合かな、べっぴんさん」ブレットが甘ったるい声で訊いた。彼は腰をかがめ、トレードマークの子猫のような笑顔を見せた。ブレットはスザンヌを担当するスタイリストで、この〈ルート66〉の共同経営者だ。ブリーチした髪をツンツンに立て、それをジェルでキープさせている。「ほかになにかご用命は？　フレンチマニキュアがしたければ、クリスタを呼ぶけど」そう言うと彼は、ただ切ってあるだけのスザンヌの爪に、感心しないなという目を向けた。

「ううん、間に合ってる」スザンヌはそう言いながら、両手をきつく握りこんだ。これは働く女の手なのよと言ってやりたかった。来る日も来る日もテーブルを動かし、床を掃き、食品が入った箱を運びこみ、夜になってやっと自宅に帰り着いたと思ったら、元気いっぱいの二四の犬を相手にしなくてはならないのだ。仕事をしていないときは、干し草の梱《こり》を積みあげたり、馬小屋を掃除したり、クォーターホース種の愛馬モカ・ジェントの力だめしとばかりに、バレルレースに出場したりもする。そうそう、それに先週などは、カリコ農場まで卵を買い付けにいく途中、みずからジャッキアップして愛車のフォード・トーラスのパンクしたタイヤを交換したんだった。セレブな生活？　こんな小さなキンドレッドの町で？　そんなの……ありえない。

スザンヌはうなじをくすぐる、うるさい巻き毛を指で押さえた。あと十分よ、と自分に言い聞かせる。こぶしをぎゅっと握って十分がまんしよう。そしたら、晴れて自由の身だ。

肩の力を抜いてのんびりするほうがいいのはわかっているが、やらなければいけないことはたくさんある。明日のキット・カスリックの結婚式に着ていくものを考えなければいけない。トニは新しい読書会を立ちあげたいと騒いでいる。ローガン郡のカウンティ・フェアに出る愛馬モカ・ジェントの準備も終わっていない。それにペトラまでが、目前に迫ったディナー・シアターのことでバタバタしている始末だ。ほかにもまだなにかあったかしら？　そうだわ。来週は、恋人のサムを夕食に招いているんだった。たしか彼は、ステーキを焼いてくれるなら、カベルネ・ソーヴィニヨンを持っていくよと言っていたはず。そうよ、その取引はちゃんと成立させなくては。

スザンヌは指をリズミカルに打ちつけた。彼女はべつにわがままなタイプではないが、向上心のあるきちょうめんな性格なのはまちがいない。その一方、ある程度の穏やかさと落ち着きも兼ね備えており、やわらかなデニムシャツの裾を細身のホワイトジーンズのウエストのあたりでさりげなく結んだきょうのファッションは、垢抜けていながら気取りがない。しかし、デニムのシャツの下では競走馬の心臓が脈打っている——頭が切れ、気立てがよく、しかも、交渉を有利に運び、むずかしい契約をまとめる才覚を持つ一流のビジネスウーマンという面も持ち合わせている。

スザンヌは椅子にすわったままもぞもぞと体を動かした。いいかげん、熱のかけすぎじゃないかしら。だって、ただよってくるこのにおいは、けさつけてきたミス・ディオールの香水とはちがうもの。ちがうどころか、このにおいはむしろ……ああ、うまく言葉が出てこない。

〈ミスタ・コーヒー〉の奥の部屋で、数インチほど残ったどろどろのフレンチロースト・コーヒーが煮詰まっているのかしら？誰かの髪がホットカーラーで焦げていたりして。

スザンヌはいぶかしげにあたりを見まわした。ぶせられているミセス・クラウザーがにおいのもとだろう。青く染めた巻き毛が、水色のパフスリーブのブラウスにぴったりマッチしているミセス・クラウザー。

ちょっと待って。これは本物の煙のにおいよ！

スザンヌは鼻をひくひくさせ、まさかと思いながらにおいを嗅いだ。わたしなの？　わたしの髪が焦げているの？

おそるおそる、片手で後頭部をさわった。

温まってはいるが、熱いというほどではない。だったら……大丈夫ね。いま一度、あたりを見まわすうち、かすかな不安に襲われた。やはり、真向かいのミセス・クラウザーにちがいない。ほら、ピンク色に染まった頬を、白いレースのハンカチでぬぐっているもの。

でも、ちょっと待って、とスザンヌは心のなかでつぶやいた。どう考えても、なにか変だ。これはなにかが焼けるにおいだ。でも、ブレットが奥のオーブンで焼いている自慢のスニッカードゥードル・クッキーじゃない。

だったら、においの出所はいったいどこ？

スザンヌは巨大なヘアドライヤーから頭を出し、サロン全体を見まわしたが、平穏そのものだった。

だけど……たしかに煙のにおいがする。しかも、目がおかしくなったのかしら、それともなにもかもが突然、幻のようにぼやけはじめたの？　まるで、くもったレンズごしに見ているみたいなんだけど。

やだ、大変！　本当に煙じゃないの！

あわてて立ちあがったスザンヌに、店内のすべての目が一斉に向けられた。

「もしかして、どこかで……」そう言いかけて、すぐに口をつぐんだ。全員の視線を浴びながらヘアサロンの真ん中に突っ立っていると、自信が少し揺らいできた。なんでもないのに大騒ぎするわけにはいかない。でも、大きく息を吸いこむと、ものが燃えるときの不快な刺激臭がたしかにする。そのにおいに大脳が刺激され、恐怖がじわりじわりと背中を這いおりはじめた。

煙だわ。絶対にこれは煙のにおいよ。

「なにかが燃えてる！」スザンヌはドライヤーの轟音《ごうおん》と何台ものスピーカーからガンガン流れるミュージカルの曲に負けまいと、声を張りあげた。

お客の髪をシャンプーしていたブレットが顔をあげた。「え？」彼は両手から泡をしたたらせ、けげんな声を出した。「なにが、どうしたって？」

しかしすでにスザンヌはリノリウムの床を決然と三歩進み、正面のドアから出てしまっていた。キンドレッドの繁華街のちょうどまんなかに位置する歩道に立つと、夏のそよ風が吹きつけた。髪を包んだホイルが風ではがれ、紫色のケープが正義の味方よろしくふわりとはためいた。

とんでもなくまずいことになっているようだと思いながら、両手を腰にあてて立っていると、背筋がぞっとするような轟音が耳に飛びこんできた。四時十分発バーリントン・ノーザン・サンタフェ鉄道の貨物列車がキンドレッドを猛スピードで走り抜けていくような、すさまじい音だった。轟音はまたたく間に激しさを増し、ついには荒れくるう爆音となり、竜巻が町を席巻しているのかと思うほどになった。そのとき、なんの前触れもなく、〈ルート66〉に隣接する赤煉瓦ビルの窓が、心臓がとまりそうなほど鋭い音をたてて破裂した。そして割れたガラス、煉瓦のかけら、砕けた板が一緒くたになって通りに吐き出された！

ガラスの破片が矢のようにわきをかすめ、スザンヌは思わず首をすくめた。吹き飛ばされた窓から巨大な舌を思わせる赤とオレンジ色の炎が、第二次世界大戦で使われた火炎放射器で噴射されたかのように噴き出した。

身の危険を感じると同時に自衛本能が一気に高まり、スザンヌは〝ローガン郡認定史跡〟とでかでかと書かれた、大きな青い表示板の裏に逃げこんだ。飛んでくる破片から守ろうと顔を両手で覆い、背中を丸くして、誰か助けに来てと必死に祈った。

しばらくしておそるおそる顔を出したスザンヌは愕然とした。郡民生活局が入っている古い煉瓦造りのビルが、完全に炎に包まれていたのだ。

ブルース・ウィリスが主演するアクション映画の一場面のように、突然、近隣の事務所から人々が雪崩《なだれ》を打って逃げ出してきた。不動産業者、パン職人、銀行員、薬剤師らが、わけのわからないことをわめきながら、両手を振りまわし、メイン・ストリートの真ん中で燃えさかる灼熱地獄となったものを指差している。みんなおたおたするばかりで、なんとかしようとする者はひとりもいない。

「消防署に電話して!」夫のビルと〈キンドレッド・ベーカリー〉を経営するジェニー・プロブストにスザンヌは叫んだ。

ジェニーは激しくうなずいた。「したわ。もう電話した。消防隊員はこっちに向かってるはずよ」

二分後、消防車がけたたましい音とともに到着した。ずっしりとした耐火服とヘルメットを装着した消防士が十人ほど、ぴかぴかの赤いトラックから飛び降りた。

「なかに人がいるんです！」スザンヌは責任者らしき消防士に訴えた。燃えさかる炎と化したビルを、すがる思いでしめした。「はやく助けてあげて！」

「さがってください」べつの消防士に言われ、スザンヌは従った。数歩さがり、しだいに数を増す野次馬とともに、道路の真ん中に場所を取った。

二台めの消防車も到着し、金属の梯子《はしご》が手際よく二階の窓までのばされた。野次馬の激励の声を受け、ひとりの消防士が威勢よくのぼりはじめた。そのとき、スザンヌの真うしろでサイレンがけたたましく鳴り響き、そのえらそうなウーウーという音に威圧され、スザンヌはまたも道をあけるはめになった。ロイ・ドゥーギー保安官が、不安そうな顔の保安官助手をふたり引き連れ、えび茶と薄茶のツートンのパトカーで到着したのだ。

小柄とはほど遠いドゥーギー保安官は車から飛び出すなり、群集をさらにうしろへと追いやりはじめた。

「さがってくれ！　これじゃ消防士の邪魔になる」保安官はカーキ色の制服を着こんだ巨体を震わせながら怒鳴った。「場所をあけろ！」

そんな小競り合いを繰り広げているところへ、白い救急車がサイレンを鳴らしながら割って入り、保安官の車のすぐ隣にとまった。厳しい表情の救急隊員がふたり飛び降り、金属のストレッチャーを出して、いつでも救命措置がほどこせるよう待機した。

ああ、よかった、とスザンヌは心のなかでつぶやいた。

ふたたび目を上に向けると、恐怖に顔を引きつらせた女性と幼い子どもが二階の窓棚を乗り越え、梯子で待ちかまえていた消防士の腕に抱きとめられるのが見え、ほっと胸をなでおろした。

「アニー・ウルフソンだ」うしろで声がした。

振り返ると、明日、盛大にもよおされる結婚式の新郎である若者、リッキー・ウィルコックスが救出作業を一心に見守っていた。

アニーとお子さんが救出されて本当によかった、とスザンヌは思った。しかし、一階の郡民生活局の人たちはどうなったのだろう？　職員のブルース・ウィンスロップ。それに彼のもとで長らく秘書をつとめているハンナ・ヴェナブル。そのふたりはどうなっているの？まだなかにいるの？

その疑問の一部は、ウィンスロップが目を飛び出さんばかりに見ひらき、すっかり怯えきった様子で人混みから突然現われたことで解消した。彼は両腕を振りまわしながら、スザンヌの右肩にぶつかりつつ、炎に包まれたビルを目指してまっしぐらに進んでいった。

「ハンナ！」ウィンスロップは人波を無理に突っ切ろうとしながら叫んだ。「ハンナ！」いまにも燃えさかるビルに駆けこみ、誰の手も借りずに彼女を救出しそうないきおいだった。

「落ち着いて！」スザンヌは大声で呼びとめた。数歩前に進み出て、ウィンスロップの腕をつかみ、引き戻そうとした。しかしすっかり理性を失った相手は、彼女の手を乱暴に振り払った。スザンヌはあわててもう一度、彼のツイードのスポーツコートの背中に手をのばし、なんとかつかむと、そのままうしろへ引き戻した。「待ちなさいってば。なかに入っちゃだめ。消防士さんにまかせたほうがいいわ」

ウィンスロップはくるりと振り返って彼女と向かい合ったが、苦悶のあまり、スザンヌだと気づいた様子は微塵もなかった。恐怖に顔をゆがめ、身を振りほどこうとするばかりだ。「放せ！」彼は大声でわめいた。つづいて、哀願するような声で訴えた。「なかに入って、彼女を助け出さなきゃいけないんだよ」

「絶対にだめ」スザンヌはウィンスロップの腕をつかみ、乱暴に引っ張った。彼は思わず顔をゆがめた。それでもとにかく、こっちを見てもらうことはできた。「保安官に知らせましょう。そうすれば、消防士を何人か送りこんで、ハンナを助けてくれるから」

「だったら、とにかく急がないと」

スザンヌは腕を頭の上で振りながら、大声を出した。「保安官！ ドゥーギー保安官！」

保安官は炎の音と野次馬の不安そうなつぶやきの向こうから、自分の名前を呼ぶ声に気がついた。大きな頭をめぐらしてスザンヌの姿を認め、思わず顔をしかめた。

スザンヌはウィンスロップを引きずるようにしながら、保安官に向かってまっしぐらに進んだ。「ハンナ・ヴェナブルがまだなかにいるんですって」と大声で訴えた。「誰か、助けにやって」

保安官はびっくりして目を丸くし、すばやくうなずいた。すぐさま、消防署長を捕まえ、早口で伝えた。

「ほらね？」スザンヌは言った。まだ、ウィンスロップの腕をきつくつかんでいた。「助けにいってくれるみたいよ。大丈夫、ハンナは助かるわ」

ウィンスロップは夢遊病者のように、表情なくうなずいただけだった。

すでに消防士たちが火の勢いを食いとめるべく、ビルに向かって盛大に放水している。道路を横切るように置かれた太くて茶色いホースから水がいきおいよく噴射され、燃えさかる炎は少しずつだが弱まりつつあった。

「下火になってきたみたい」スザンヌは同じ最前列で隣に陣取っているジェニーに言った。

「そのようね」

ふたりの消防士が防護具——呼吸具一式およびアスベスト製の特殊な耐火服——を急いで身に着けた。彼らは署長とあわただしく打ち合わせをしたのち、危険な救出任務を帯びて、燃えさかるビルに飛びこんだ。

ふたりともなんて勇敢なの、とスザンヌは心のなかでつぶやいた。他人のためにみずからの命を危険にさらすなんて。神様、どうか、ふたりをお守りください。

放水作業をおこなう消防士たちは、あきらかに炎との闘いに勝利しつつあった。火の勢いが弱まり、黒焦げになった梁《はり》や真っ赤な燃えさしがパチパチと音をたてている。

「そろそろ鎮火しそうだな」そう言ったのはダレル・ファーマン。たしか、キンドレッドの消防士のひとりだ。長身で黒い髪をうしろになでつけた彼は、目を生き生きと輝かせていた。

スザンヌは、なぜファーマンが消火作業にくわわっていないのか不思議に思いながら、ビルの正面玄関をじっと見つめ、ハンナ・ヴェナブルがよろよろと出てくるのを待った。ハンナは郡民生活局でかれこれ十五年も受付を担当している、人当たりのいい事務員だ。電話の応対をし、帳簿をつけ、スナップエンドウの栽培方法、子ヒツジの育て方、家族が食中毒にならないようなフルーツジャムとジェリーの作り方などを記した小冊子を配っている。

スザンヌはじっとしていられなくなって、前に移動した。炎の熱で顔が焼けそうに熱くなった。カックルベリー・クラブにある、ペトラ愛用の業務用グリルに近づきすぎたときと同じだ。なかに入っていった消防士たちは、そうとう熱いにちがいない。気の毒なハンナは、いまどんな気持ちでいるのだろう。

保安官が振り返り、スザンヌがバリケードのほうへとにじり寄っているのに気がついた。

「さがれ!」でっぷりした腕を振りながら叫んだ。「全員、さがってくれ!」

スザンヌは二歩さがったものの、保安官がうしろを向いて、もうこっちを見ていないとわかるや、さきほどの場所までこっそり戻った。

「おい、見ろ!」ホースをかまえ、正面側の窓の奥に放水していた消防士が大声で叫んだ。

「出てきたぞ!」

全員が期待に満ちた目で、ただよう煙と灰をすかし見た。すると、亡霊が濃い霧のなかからゆっくり現われるように、燃えあがるビルに果敢にも飛びこんでいったふたりの消防士の姿が見えはじめた。どちらも顔は黒く汚れ、目は真っ赤、首からガスマスクをぶらさげている。そんな状態でも、ちゃんと担架を運んでいた。

「助けてくれたのね」スザンヌは小声でつぶやいた。うしろにいる野次馬からは、緊張がゆるんだのだろう、大きな安堵のため息が洩れた。

青い毛布を手にしていたドゥーギー保安官が前に進み出て、それをストレッチャーにそっとかけた。

消防士が危険も顧みずに救出にあたってくれたことがうれしくて、スザンヌはさらに近づいた。「ハンナだった？」と保安官に尋ねた。期待を胸にそろそろと前進すると、今度は、がっしりした保安官の肩にあやうくぶつかりそうになった。むろん、待たせてある救急車にハンナを乗せるところなのだろう。ライトを回転させ、サイレンをがんがん鳴らしながら、大急ぎでマーシー病院に搬送し、そこでスザンヌの恋人であるサム・ヘイズレット医師が救急治療をほどこし、間一髪でしたよと告げることになる。

「ハンナだったの？」スザンヌはもう一度訊いた。

保安官の変形した制帽のふちがかすかに揺れた。ぐっと引いた顎の筋肉がぴくぴくしている。

「彼女は……？」スザンヌは〝無事なの〟と言おうとした。

彼女のほうに顔を向けた保安官は、目に悲しみをたたえ、顔には失望の色がくっきりと浮かんでいた。そして彼は、スザンヌが予想もしなかった不吉な言葉を発した。

「死んでいる」

2

その日の午後、スザンヌがカックルベリー・クラブに戻ったときには、トニもペトラもすでに火事の一報を耳にしていた。ふたりは心をかき乱された表情を浮かべ、厨房のラジオが報じる最新情報に耳を傾けていた。

「ラジオで全部聴いたよ」トニが大声で言った。「トーン・ウィックっていうWLGN局のDJが、火事が発生したときちょうど町なかにいたらしくてさ。『午後の農場リポート』の放送中に電話してきて、実況中継みたいなことをしてたんだ」トニは自由奔放で、陽気な性格だ。代謝がものすごくいいおかげで、猫のような体型を維持している。きょうは細かいウエーブのかかったブロンドの髪を頭頂部で結いあげ、まるでサーカスのポニーのようだった。もっとも、サーカスのポニーはシュシュもつけまつげもサンゴ色のリップグロスもつけていないけど。

「放送を聴いて、心臓がとまりそうになったわ」ペトラが言った。がっちりした体格の彼女はピンクのシャツ、カーキ色のスラックス、それにあざやかな緑色のクロックスという恰好で、赤いチェックのエプロンを命綱のようにしっかりと握りしめていた。「CNNが生中継する中東の戦争を見ているようで」
「ハンナのことはなにか言ってた？」スザンヌは訊いた。トニはしかつめらしくうなずき、ふだんは冷静沈着なペトラでさえ、いまにも泣き出しそうな顔になった。三人ともこんな惨事が日常生活にずかずかと入りこんでくるのに慣れていない。キンドレッドは中西部にある静かな田舎町で、お隣さん同士でコーヒーやスティッキーバンをわけっこし、日曜日には教会で賛美歌を歌い、大きなかごを何個もいっぱいにするほどのズッキーニを育て、日々が平穏に過ぎていくのをながめる、そんな土地柄なのだ。

カトーバ川流域に広がるこの町は、ハイランドの霧のなかから、百年に一度だけ現れるというスコットランドの伝説の村、ブリガドゥーンを思わせる、とスザンヌはつねづね思っている。

ペトラはまだ呆然とし、同時にかなり腹をたてていた。「どうしてこんなことに？」と声をつまらせながら言った。「ハンナはうちの教会の信者だったのよ。子どもをりっぱに育てたし」穏やかな、スカンジナヴィア系の角張った顔が怒りでぎらついた。

気がつくと、ペトラは気の毒なハンナ・ヴェナブルのことを過去形で話していた。

「お祈りでもしたらどうかな」トニが遠慮がちに提案した。体にぴったりするカウボーイシャツが大好きで、自由奔放な女性を自任するトニは、ペトラのように足しげく教会に通っているわけではないものの、こういうときには厳粛な気持ちになるのがいいとわかっている。

「ええ、そうしましょう」ペトラは同意した。

スザンヌは仕切り窓ごしに、すばやく店内に目を走らせた。まだ三人のお客が残っている。ふたりがひとつのテーブルに、残りのひとりは大理石のカウンターにいる。全員が午後のコーヒーとアップルパイを食べているところで、すっかり満足している様子だ。

「そうね」スザンヌは言った。「いまなら何分か時間が取れるわ。でも、急がないと」

「お祈りはせかせかやるものじゃないわ」ペトラが言った。

「スザンヌは、手短に、でも心をこめて祈ろうって言ったんだと思うよ」トニが言った。「大丈夫だって、気持ちはちゃんと伝わるからさ」

「おお、神よ」ペトラは頭をさげて祈りはじめた。「どうか、心やさしきハンナ・ヴェナブルを受け入れてください。彼女は本当にすばらしく、とてもやさしい人で、そのうえ……」こみあげた涙が頬をはらはらと落ち、ペトラは思わず言葉を切った。どうしても先をつづけることができず、唇を嚙んで、かぶりを振った。

「そのうえ、ハンナがつくるチェリーパイは町でいちばんのおいしさでした」と、トニが締めくくった。

「アーメン」スザンヌは言った。いいかげん終わりにしなくてはならなかった。いつの間にか、年老いたミスタ・ヘンダーソンがレジのところであたりをきょろきょろ見まわし、支払いをしようと待っていたからだ。おまけに、正面側の駐車場に入ってきた保安官のパトカーがきらりと光るのが見えた。

今度はなんなの？

いきおいよくあいたスクリーンドアが、ライフルの銃声のような音をたてて壁に激突し、ドゥーギー保安官がほぼ無人となったカフェに大股で入ってきた。革のユーティリティー・ベルトをぎしぎしいわせ、幅のある肩を丸め、重く引きずるような足取りで歩いてくる。法執行官らしい鋭い目だけが、彼の怒りと意気込みの強さをうかがわせていた。

汚れた皿を灰色のプラスチックの洗い桶に詰めこんでいたトニが顔をあげ、スザンヌに言った。「このぶんだと、きょうはあまり早く店じまいできそうにないね」

スザンヌは保安官をちらりと見て、同じように思った。

保安官は大理石でできたカウンターのいちばん端のスツールに一直線に進んだ。大のお気に入りのそのスツールは、腰をおろすとみしりと音がするうえ、ここ数年のあいだに、あきらかに傾いてきている。

スザンヌはうしろに手をやり、古いドラッグストアから回収したソーダスタンド用カウンターに置いたコーヒーポットをつかんだ。陶器のマグにコーヒーを注ぎ、保安官に向けてカウンターの上を滑らせた。「火事の現場はどうなったの？」そう訊いたものの、保安官の顔を見れば、好ましい状況でないのは火を見るよりもあきらかだった。

「惨憺《さんたん》たるものだよ」保安官はそう言うと、コーヒーをすばやく大量に飲んだ。「最悪だ。ビルは見るも無惨なありさまだし、おまけに――」

ペトラがどかどかと靴音をさせ、髪を彼女らしくもなく逆立てながら厨房を飛び出し、話に割って入った。「わたしたちが知りたいのはハンナのことよ！　いくらかでも助かる見込みはあったの？」

保安官は悲しみと苦悩の入り交じった顔をペトラに向け、大きな頭を横に振った。「それはなかったろうな。残念だが……」声が沈み、最後のほうは、低くもごもご言うだけになった。

「ハンナは焼け死んだの？」トニが三人のほうにじりじり近づきながら訊いた。彼女は愉快とは言いがたい、ぞっとするようなものに惹かれる傾向がある。

「トニ！」ペトラが声を荒らげた。「よくもそんな残酷なことを！」

しかし、保安官がすかさず、彼女たちの恐怖心をやわらげようと口をはさんだ。

「いや、ちがうんだ」仲良くしようじゃないかと言うように両手を広げた。「ハンナはまず煙にやられたと消防署長は見ているそうだ」

「つまり、窒息したのね」ペトラはぞっとしたように、ほかのみんなをながめまわした。

「それだって、ひどい死に方に変わりないわ」

「そんなふうに考えちゃだめ」スザンヌは言った。「ハンナは気を失って、あまり苦しまなかったと思うようにしましょうよ」

ペトラは洟《はな》をすすり、エプロンのポケットからハンカチを出した。「そう思うように努力はするけど、そんな簡単にはいかないわ」

「火事の原因はもうわかったの？」スザンヌは訊いた。

「漏電じゃないのかな？」トニが言った。「だって、あのビルはえらく古いからさ」

「郡の史跡に認定されていたくらいだものね」スザンヌは運よく身を隠すことのできた表示板を思い出しながら言った。

保安官は前歯の隙間から息を吸いこみ、少しためらった。

「保安官、どうかした？」スザンヌは声をかけた。保安官のことはよく知っているから、時間稼ぎをしているのだなとぴんときた。三人から立てつづけに質問され、いささか面食らったのだろう。

保安官は手の甲で顎をさすった。「まいったな」なにやら、思いあぐねている様子だった。

「いったいなんなの？」ペトラが言った。

「ねえ、教えてよ」とトニ。

「フィンリー署長がいくつか調べているんだよ」保安官は答えた。

スザンヌは首をかしげた。「たとえば？」

保安官は彼女をまともに見つめた。「いきなり大きな火が燃えあがったんじゃなかったか？たしか、あんたはその場にいたんだろ。すぐ隣の美容室に」

「そんな感じだったと思う」スザンヌは言った。そうだった。煙のにおいがするのであわてて外に出てみたら、次の瞬間、ドーン！　大きな炎があがったのだ。

「最初に大きな爆発音は聞こえたか？」保安官は訊いた。

「ううん、とくには」スザンヌは言った。

「なにが言いたいのさ？」トニが訊いた。「ガス爆発だったってこと？」

「そうじゃない」保安官はコーヒーの入ったマグを手にし、ゆっくりゆっくり口に運んだ。最後のお客が立ちあがって帰っていくのを、目の隅で見送った。

「原因はほかにあると言いたいのね」スザンヌは言った。「すでになにか仮説を立ててるんでしょ」


保安官は少し口ごもってから答えた。「フィンリー署長は、アクセララントが使われたと考えている」

「アクシデント？」ペトラが訊き返した。

「ちがう、アクセララントだ。燃焼促進剤のことだ」

トニが顔をしかめた。「えっと、それってつまり、火が加速《アクセラレイト》して、光の速さで燃えたってこと？　自然発火のようなものかな？」

「そうじゃない」保安官は第三者が聞き耳を立てているのではないかと、あたりを見まわした。午後の四時にカックルベリー・クラブのカウンターを囲んでいるのは、自分たちだけではないといわんばかりだった。「これからする話は、あんたらの胸のなかにおさめておいてくれよな。つまり、あっちこっちに広めてもらっちゃ困るってことだ」

「まあ」スザンヌの心臓が小さく宙返りした。そして、保安官がいっこうに話そうとしないのに業を煮やし、全員が心のなかでは思っていながら、口に出す勇気のなかった最悪の事態を口にした。「誰かがわざと火をつけたと言いたいの？　放火だったと？」

保安官は口を固く結び、苦虫を嚙みつぶしたような顔をした。「ああ、そのようだ」

「なんでそう言い切れるのさ?」トニが訊いた。

保安官は顔をしかめた。「なにしろ、フィンリー署長が放火専門の捜査官を呼ぶとか言ってるくらいだからな」

「なるほど」トニは言った。「そりゃ深刻だね」

「火事だの放火だのなんておかしな事件がキンドレッドで起こるわけないじゃない」ペトラがきっぱりと言った。

ドゥーギー保安官は、十五分ほど前、スティッキーバンが三個入った白いパン用紙袋を手に帰っていた。残った三人は〈ニッティング・ネスト〉に落ち着き、保安官から聞いた話を整理し、理解しようとしているところだった。保安官はべつに、放火説についてくわしい話はしなかったし、それが唯一無二の真実と断言したわけでもなかったが、それとなくほのめかしてはいた。

「放火だとしたらさ」とトニ。「火事は……」

「故意によるものということよ」スザンヌは答えた。

「そのとおり」ペトラが言った。「でもそんなことをする人なんて……?」彼女はかぶりを振り、目もとにハンカチを押しあてた。芯のしっかりしているペトラだが、まだそうとうショックが残っているようだ。

「いったい誰の仕業なのかしらね」スザンヌはぽつりとつぶやいた。カフェと同じ建物にあり、〈ブック・ヌック〉のすぐ隣に併設された〈ニッティング・ネスト〉をぐるりと見まわした。何百という色とりどりの毛糸が文字どおり、隅々まで詰めこまれ、編み棒やキルト用の端切れが陳列されたこの場所は、なごやかな雰囲気に包まれている。誰もが安心して立ち寄れる、いわば避難場所といった趣だ。近隣三郡からたくさんの女性がここを訪れ、すわり心地のいい使い古した椅子に腰を落ち着け、制作中の作品に取り組み、お茶を飲んだりしながら、のんびり過ごす。〈ニッティング・ネスト〉は基本的にペトラの城だ。週に数回、編み物教室をひらき、生徒たちを笑顔で励まし、新しい編み方やテクニックについて創意あふれる助言をしている。しかも彼女みずから手がけた色彩に富んだショールやストール、それにセーターなどが壁のそこかしこにきれいに展示してある。

しかしきょうのペトラは心がとことん沈んでいた。どれほど心のこもった言葉をかけられても癒やされることはなく、すべすべした竹の編み棒を見ても絶望に打ちのめされた表情はやわらがなかった。

「なんとかしなくちゃ」ペトラがようやく口をひらいた。

トニは肩をすぼめた。「なにをするってての？　ぬくぬくした〈ニッティング・ネスト〉でものを言うのは簡単だけどさ、そもそもどうやって不正を正すつもり？」

「うーん、不正を正すのは無理だわ」とペトラ。「だってもう被害は生じてるのよ。ハンナは死んじゃったんだもの。でも、犯人に法の裁きを受けさせるために、できることはあるんじゃないかしら」

「復讐するってのはどう？」トニは威勢のよさが身上だ。「うん、それがいいよ」

「ねえ聞いて」スザンヌは言った。「わたしたちにもできることがあるわ」

「ありがとう、スザンヌ」ペトラが言った。

「どんなこと？」そう訊いたのはトニだ。

スザンヌは指を一本立てた。「とにかく、保安官とフィンリー署長が放火専門の捜査官を呼び寄せるまで辛抱強く待ちましょう。その放火のプロが灰やら燃えさしやらを分析して、火事がどのようにして起こったか説明してくれると思うの。けっきょく、事故だったという結論になるかもしれないんだし。いまの時点では放火とは断定できないのよ。保安官だって、ただ……推測でものを言ってるだけなんだし」

「つまり、なにもしないってこと？」ペトラはあきれたような声を出した。「だけど……」

「放火という手段は大胆すぎる気がするの」スザンヌは言った。「それも、郡民生活局に対してとなればとくに」きょうの火事には納得のいく説明があるはずだという期待が、急にむくむくと湧きあがった。

「それはどうかな」とトニ。「放火はそんな難しいものじゃないよ。サルにもできるくらいだからね。それが証拠に、ジュニアも昔、コーヒーの缶に油まみれの古い車用拭き取りクロスを何枚か詰めて、ラッキーストライクに火をつけたことがあってさ」ジュニアとはトニの別居中の夫で、どうひいき目に見ても頭が切れるタイプとは言えない。

「まあ、やだ」ペトラが言った。「それでどうなったの？」

「クロスがあいつの顔の真ん前で爆発してさ、眉毛を焦がしちゃったんだよ。もじゃもじゃの毛虫みたいなのが、燃えてなくなっちゃったってわけ」

「その騒ぎならよく覚えてるわ」スザンヌは言った。「ジュニアはその後、何ヵ月もアイブロウ・ペンシルで眉を描いてたもの」

「でも、いつもやりすぎてたよね」とトニ。「そのせいで、グルーチョ・マルクスをまねしてるみたいにしか見えなかったっけ」

「あなたのご主人は頭が変じゃないかと思うときがあるわ」ペトラはそう言うと、ロッキングチェアに揺られながら、ありもしない綿ぼこりをスラックスからゆっくりとつまみあげた。

「なに言ってんのさ。あいつはDDTなんだよ」

「ADD、つまり注意欠陥障害じゃないの？」スザンヌは言った。

「うん、そう言いたかったんだ」とトニ。

「ペトラったら」スザンヌは椅子に力なくすわった友人に目を向けた。「このまま鬱状態に突入しそうなありさまじゃないの」

「実際、そうなんだもの。だって、わたし……」ペトラはもっとなにか言おうとしたようだったが、口を固く結んで黙りこんだ。

トニが椅子からいきおいよく立ちあがり、急いでそばに寄って、両腕をペトラにまわした。

「そんなふうに落ちこんじゃだめだってば、ハニー。もっと明るいことや楽しいことを考えようよ」

「たとえばどんなこと？　いまのわたしが唯一望んでいるのは……」

「たとえばさ」とトニ。「明日はキットの盛大な結婚式だよ。あんたも楽しみにしてたじゃん。あたしやスザンヌと同じくらい」

キット・カスリックはときどきカックルベリー・クラブを手伝ってくれる女性で、〈フーブリーズ・ナイトクラブ〉という郡道一八号線沿いにあるいかがわしいバーでストリッパーをしていたところを、スザンヌとペトラが救いの手を差しのべたのだった。そのキットはいまや妊娠中で、明日、フィアンセのリッキー・ウィルコックスとファウンダーズ公園で屋外結婚式をあげることになっている。スザンヌら三人は結婚式を、この晴れの舞台を祝福するときをずっと心待ちにしており、とくにペトラはりっぱなウェディングケーキを焼いてあげると約束したほどだ。

「そうね」ペトラはまだ不安そうな表情をしていた。「それがあったわ」

「おまけにさ」トニはつづけた。「ビンテージ・ウェディングなんだよ。だから、披露宴は全員が、〈セカンド・タイム・アラウンド〉っていうジェサップにあるおしゃれな店のビンテージ・ドレスでめかしこむんだって」トニはそこでにやりとした。「キットが着るドレスをこっそりのぞいたけど、いかにも六〇年代の女性が好きそうな、ひだをたっぷりとった、うっとりするようなやつだったよ」

「さぞかしすてきでしょうね」スザンヌも相づちを打った。

「それにゆったりしてるからさ」とトニ。「おなかに赤ちゃんがいるなんて、誰も気づかないよ、きっと」

「もう、トニったら」ペトラは額にしわを寄せた。「その話は持ち出さないでほしかったわ」キットの結婚が、いわゆる〝できちゃった婚〟なのをペトラはよく思っていなかった。

「それはもういいじゃない」スザンヌは言った。「そうなっちゃったんだし、いまさら変えようがないんだもの」

トニはなにやら考えこんでいた。「とにかくさ、火事のせいで灰が降ったり、ダウンタウンが煙くさくなったりしないことを祈るばかりだよ。現場のビルはキットが式をあげる公園のすぐ近くだし」

「火事のせいで予定が崩れるなんてことにはならないと思うわ」スザンヌは言った。「近いといっても二ブロックは離れているし、式をあげる場所からは直接見えないはずよ。びっしり生えたカバノキとオークの茂みでさえぎられているから」

「ねえ、ペトラ」トニが声をかけた。「キットのウェディングケーキを焼く予定に変わりはないよね？」

「もちろんよ。やると言った以上、約束はちゃんと守るわ。デザインはできてるから、明日の朝いちばんに焼きはじめる。そうすれば、できたてを出せるでしょ」

「ほら、気分が上向いてきたじゃん」トニが言った。

「そうとも言えないわ」ペトラはあきらめたように大きなため息を洩らし、椅子から立ちあがった。「どうしてもハンナのことが頭を離れなくて……」それだけ言うと唐突に言葉を切り、かぶりを振った。

「ペトラ」スザンヌは声をかけた。「わたしたちに話したいことがあるんじゃない？」なんとなくだが、ペトラがなにか隠しているような気がしてしょうがなかった。

「いいの」ペトラは言った。「少なくとも、ちゃんとものが考えられるようになるまでは話さないでおく」

3

その後はカックルベリー・クラブを戸締まりし、あとは帰るだけとなった。ペトラが元気のないまま車で走り去ったあとも、スザンヌとトニは裏の駐車場でぐずぐずおしゃべりしていた。

隣との境をなすオークとマツの木立に晩夏の陽射しが射しこむせいか、ぽかぽかしたいい陽気だった。しかし、ウルシの葉は赤く色づきはじめているし、ポプラとホワイトオークには金色や黄色が見え隠れしている。

夏が終わりに近づき、秋がこっそり忍び寄ってきているんだわ。いつの間にそんなに時がたったのかしら。季節の移り変わりがあまりにめまぐるしく、なぜか、いきおいよくまわる回転木馬にまたがって、真鍮《しんちゅう》の指輪を取ろうと必死に手をのばしている気分になってくる。

しかしすぐにスザンヌは思い直した。真鍮の指輪ならちゃんと手に入れたでしょ。一年半前、夫のウォルターがこの世を去ったときは、二度と心からの幸せを感じることなどないように思ったものだ。その不安がカックルベリー・クラブをオープンするきっかけであり、推進力でもあった。店をやれば、みんなが来てくれる。彼女は自分にそう言い聞かせた。それに、一時的にせよ、悲しみを忘れさせてくれるはずだ。そうこうするうち、また安らぎと幸せを見出せるにちがいない。

思ったとおり、お客は来てくれた。おいしい朝食、採れたて食材のランチ、午後のお茶とスコーンを目当てのお客がひっきりなしに。しかも、事業主となって、契約をめぐる交渉をおこない、顧客層を築き、書店および手芸店にまで事業を拡張するといったもろもろの手続きをこなすうち、いつの間にか立ち直っている自分に気がついた。幸せを見出していた。おまけに、なんと、サム・ヘイズレット医師とも出会うことができた。彼の口もとをゆがめた笑い方、ユーモアのセンス、どんなときも楽天的な性格は、本当に彼女を幸せにしてくれる。

しかも、それだけにとどまらなかった。

スザンヌは物思いからふとわれに返り、トニに話しかけられたのだと気がついて、目をしばたたいた。

「ごめん、いまなんて言ったの？」

「今夜はすてきな予定でもあるのって訊いたんだよ」〝すてきな予定〟という言いまわしを使うことで、サムとデートするのかと遠回しに訊いたのだった。

「ううん、なにもないけど。あなたは？」

「あたしはまっすぐうちに帰ったら、寝っ転がって《ＯＫ》誌の最新号でも読もうかな。今度はどの芸能人がリハビリ施設に逆戻りしたか知りたいし」

「あら、そう」どうやらトニはなにかたくらんでいるらしい。どうせ、そのうち自分からしゃべるに決まっている。

トニはカウボーイブーツのすり減ったかかとを砂に突き立てると、ぐるぐる動かし、一面にヒエログリフの小型版のような図を描いた。「あのさ、あんたとあたしとで町まで行って、焼けたビルを調べたらどうかな」

「なんでそんなことをしなきゃいけないの？」

トニはかぶりを振った。「わかんないよ。ただ、なにかしなきゃいけないと思ってさ。ハンナのために。せめて見るだけでもいいじゃん……焼け跡を」

スザンヌはしばらく、その提案を検討した。「わかった。あなたの言うことももっともだわ」正直なところを言えば、彼女自身も少しは興味があった。現場はいまどうなっているのか。すでに放火の線で捜査が始まっているのか。ビルは正式に犯行現場とされたのか。行けば、なんらかの答えが得られるかもしれない。スザンヌは愛車トーラスの運転席側のドアをあけた。「向こうで落ち合うのでいい？」

「うん」トニは答えた。

道路に出ようとすると、青いBMWが駐車場に入ってきて、スザンヌのほうに進んできた。彼女は車をとめると満足そうにほほえみ、心のなかでつぶやいた――サムったら、絶妙なタイミングで現われるんだから。車からいきおいよく降りると、サムのほうも急いで車をとめて飛び出した。青い診察着姿で、ニューバランスの靴を履いている。さりげなく乱した茶色の髪と知的な青い目の彼は、ちょっとお金持ちのお坊ちゃん風で、とても親しみやすい感じがする。

丸二日、顔を合わせていなかったから、ふたりはすぐさま抱擁を交わしてキスをし、きつく抱きしめ合いながら、甘ったるい言葉を交わした。

「心配してたんだ」サムは早口に言った。「きょう、町まで出かけるのは知ってたから」彼の目には懸念の色がはっきりと浮かんでいた。いつもはよどみのない甘い声に、わずかながら不安がにじんでいた。

「一部始終を目の当たりにしたわ」スザンヌは言った。「爆発、火災、なにもかも。ちょうど〈ルート66〉で髪を、えっと、いろいろやってもらってるときだったの」具体的なメニューまでは説明したくなかった。四歳年下のサムに、根もとのリタッチだの、ハイライトだの、白髪染めだのといった色気のない話を聞かせる必要はないからだ。だから、そのあとは火事、消防士の到着、ハンナ・ヴェナブルを襲った悲劇について説明した。

「ひどかったらしいね」サムは言った。「ぼくはちょうど病院で会議に出てたけど、緊急治療室のエリアから救急車がサイレンを鳴らしながら出ていくのが聞こえたよ」

「でも、間に合わなかったわ」

「それでも、亡くなったのがひとりだけですんだのは、不幸中の幸いとしか言いようがないよ」

「ドゥーギー保安官によれば、放火の可能性もあるんですって」

「本当かい？ へええ、それは初耳だ。だとすると、見方が百パーセント変わってくるな」

「だけど、いったいどうしてわざと火をつけたりするのかしら？　スリルを味わうため？　なにかを隠すため？　それとも、そういう人は単に……頭がおかしいから？」

「ぼくは精神科医じゃないけど、放火というのはたいてい、不幸な子ども時代にまでさかのぼらなくてはならないほど根深いものなんだ」

「恐ろしいわね」スザンヌは言った。「それじゃあ、みんなに騒がれたくてやってるの？」

「そういう場合もある」とサム。「または、助けを求める無意識の行動の場合もあるし、あるいは……」彼はそこで黙りこんだ。

「あるいは、なんなの？」

「自分の行動は、どこから見ても正常だと思いこんでる場合もある」

スザンヌは眉根を寄せた。「正常だと思いこんでるですって？　そんな精神構造の人にはどう対処すればいいの？」

サムは彼女をじっと見つめた。「とても慎重な対応が必要だろうね」そう言うと、ふたたび笑顔をのぞかせた。「さてと、そろそろ仕事に戻らないと。くれぐれも気をつけてくれよ」

「いつも気をつけてるってば」

「うわあ、ひどいありさまだ」

およそ十分後、メイン・ストリートの真ん中で落ち合うと、トニはそう叫んだ。

「郡民生活局のビルがめちゃくちゃになったせいで、このブロック全体が前歯の欠けたカボチャちょうちんみたいになってるよ」

スザンヌも同意せざるをえなかった。まだくすぶっているビルは見るも無残な状態だった。正面側の壁と窓はすっかりなくなり、小さなアパートメントだった二階も同様だ。屋根も焼けただれた板がところどころ残るだけで、大半は空が丸見えになっている。〈ルート66〉がある側の煉瓦壁はほぼ無事のようだが、反対側と奥の壁は瓦礫《がれき》と化していた。破壊されつくして、ギザギザした焼け跡を見ているうち、古いニュース映画で見た、第二次世界大戦末期に空襲で破壊されたベルリンの建物を思い出した。

「おまけに、まだ煙っぽいし」トニは鼻をひくつかせた。

「たしかに、かなりにおうわね」スザンヌはうなずいた。鼻を突くにおいと、うっすらとした煙がキンドレッドの中心部にあるこの一角全体にただよっている。しかも、瓦礫は真っ黒に焼け焦げているにもかかわらず――燃えるところなどまったく残っていない――町に二台しかない消防車のうち小型のほうが、いまも縁石のところにとまっており、制服姿の消防士がふたり、警戒にあたっていた。

「また火事になると思ってるみたいだね」トニが消防車のほうをしめしながら言った。

「あるいは、ガス管が破裂して、ふたたび大火災が発生すると考えているのかも」スザンヌは言った。

「そんなことってあるの？」

「かもしれない、ってだけよ」ふと見ると、《ビューグル》誌の怖いもの知らずの記者、ジーン・ギャンドルがそこらじゅうを走りまわっては、親の仇《かたき》のように写真を撮りまくり、手帳になにやら書きつけている。やせこけていて、スーツがばさばさはためいているせいで、どこかカカシを思わせる。

トニが周囲を見まわすと、霞がかった夕闇が町をゆっくり包みはじめるなか、二十人ほどの人々が集まってきていた。小さな声でひそひそと話し、魅せられたように焼け跡をながめている。「ごらんよ、来ないではいられなかったのはあたしたちだけじゃなかったじゃん。こんなに大勢の人が、ひと目見ようとやって来てる」

「キンドレッドのような町にとっては大事件だもの」スザンヌは言った。「わたしだって、こんなに被害の大きい火事なんて見たことないわ」

「去年、〈ピクシー・クイック〉が火事になったじゃん」

「あれは、どこかの子どもが裏の大型ごみ容器に爆竹を投げこんだんでしょ。ふたが飛んで、腐ったレタスやらオレンジやらが散乱しただけじゃなかったかしら」

「あれ……そうだっけ」トニはそう言いながら、集まった人々をまだながめていた。「ねえ、ごらんよ！」知った顔を見つけ、顔を大きくほころばせた。「ほら、あそこ」腕をあげ、リッキー・ウィルコックスのほうを指差した。

「あら、また来てる」スザンヌは言った。「昼間、火が激しく燃えてるときにも見かけたのよ。まあ、彼だけじゃなく、キンドレッドの中心部にいたほぼ全員も見かけたけど」

「おおい、リッキー！」トニは大声で叫ぶと、昂奮しすぎたみたいに、腕がちぎれるほど大きく手を振った。「こんちは、元気？」

リッキーはトニが手を振っているのに気づき、自分も手をあげて照れくさそうにあいさつした。それからふたりと話そうと、人混みをかき分けながらやって来た。目の色にぴったり合うサンディブラウンの髪、がっしりした体格、若々しい顔はそばかすが散り、夏のあいだ屋外で長時間、仕事をしているせいですっかり陽に焼けている。

「こんなところでなにしてんのさ？」トニが訊いた。「独身さよならパーティでばか騒ぎして、ワイルド・ターキーでもがぶ飲みしてるはずなんじゃない？ なんたって、今夜は独身最後の夜なんだよ」

リッキーは首をすくめた。「いや、公園のほうの手はずはどうなってるかなと気になったんですよ」

「なんの問題もないといいわね」スザンヌは言った。煙が結婚式の計画に支障をきたすようなことがないといいのだけど。公園のなか、しかも緑豊かな木陰で式をあげるなんて、本当にすばらしいことを考えたものだわ。なにしろ、神様に見守られながら結婚するのだ。どんな教会だってかなうはずがない。

「なにもかも万全でした」リッキーは顔をほころばせた。「ステージはつなぎ合わせたガーランドと白く光る電飾で飾りつけてあったし、椅子は明日の朝いちばんに搬入されることになってます」

「考えるだけでわくわくしてくるでしょ」トニが訊いた。「あたしたちだってそうなんだからさ」

「新婚生活を堪能できるだけの時間があれば、もっとよかったんですけどね」

「嘘でしょ」スザンヌは言った。「まさか、所属する州兵の部隊に召集がかかったわけじゃないんでしょ？」そうなるような気がして不安に思っていたのだ。リッキーの部隊の状況についてはキットからまめに話を聞いていたし、町のそこかしこでも噂になっていた。

リッキーはうなずいた。「それが、アフガニスタンに派遣されることになりそうなんです。十一月以降にしてほしいと思ってたけど、今度の木曜日に出発せよとの命令が下ってしまって。少なくとも、そういう予定のようです」彼は眉根を寄せた。「仕事のほうは辞めざるをえませんでした。国から出る時間あたり二十ドルの手当を放棄したくはないですからね」

「出発まで六日しかないじゃん、せっかくの新婚生活なのに、短すぎるよ」トニはそこで意味深にウィンクした。「もちろん、その時間を最大限に活用するとは思うけどさ」

スザンヌはただほほえんだ。キットはすでに妊娠三ヵ月、いまさら新婚時代でもないだろう。とにかくこの若いふたりが、離ればなれの結婚生活と第一子の誕生からくるストレスをうまく乗り越えてくれるよう、祈るばかりだ。

トニがリッキーの背中を叩いた。「じゃあ、新郎くん、また明日！」

スザンヌとトニはそれぞれの車に向かう途中、またも、よく知った顔に呼びとめられた。

「こんばんは、おふたりさん」カーメン・コープランドが言った。カーメンは有名なロマンス小説家で、隣のジェサップという町に住んでいる。性格は辛辣で傲慢、なまめかしい顔立ち、おまけに《ニューヨーク・タイムズ》紙のベストセラーリストの常連で、お金もたんまり持っている。つまり、着るものやアクセサリーに注ぎこむ余裕があり、いつも最新の流行で決めているということだ。きょう着ている花柄プリントのシルクのブラウスと、クリーム色のスエードのスカートは正真正銘のジバンシイ、高さ四インチのワニ革のヒールがついた真っ赤な靴は、見るからにルブタンのものだ。

燦然《さんぜん》と輝くファッションリーダーであり、センスのよさなら誰にも負けないと自負するカーメンは、キンドレッドの中心部に〈アルケミー〉というブティックをオープンした。これは、カーメンからすればキンドレッドの哀れなミソサザイでしかない人たちに、ファッションとセンスを押しつけようという恐ろしい計画の一環だろうと、スザンヌは前々から思っていた。しかし、意外や意外、カーメンのブティックはかなりの成功をおさめている。キンドレッドの女性たちは、カーメンが仕入れるシルクのブラウス、薄手のスカーフ、革のライダージャケット、大ぶりの宝石がついた指輪、それにハドソンのジーンズを買っているのだ。しかもスザンヌの親友ミッシー・ラングストンが、何度となく解雇とその撤回を繰り返しながらも、あいかわらず店長として働いている。

〈ブック・ヌック〉では常時カーメンの既刊書を全巻揃えているものの、スザンヌとカーメンはまさに水と油のような関係だった。これといった理由などなしに、しょっちゅう口論や衝突を繰り返している。しかし今夜こそは、穏やかに接しようとスザンヌは心に決めた。そうじゃない、とても穏やかに、だ。ちゃんと誠意を尽くすことにしよう。

「《ニューヨーク・タイムズ》という高い山の薄い空気はどんな具合?」スザンヌは訊いた。

カーメンの最新刊『花の甘美な復讐』がランキングの七位に躍り出たばかりだった。

「まあまあといったところ。薄い空気と言えば、まったく惨憺たるありさまだと思わない?」カーメンは焼け落ちた建物の不格好な残骸のほうに、うんざりした様子で片手を振った。

スザンヌは黙っていたほうがいいとばかりに、唇を強く嚙んだ。

「ねえ、カーメン、ハンナ・ヴェナブルがきょうここで亡くなったのよ」

「ええ、そうね。本当に残念だわ」カーメンはそう言ったが、これっぽっちも残念そうには聞こえなかった。「それにしても、すごいにおいだこと……うちのブティックにまで入りこんで、売り物の服に染みついちゃうんじゃないかと心配だわ。けさ、ロベルト・カヴァリのジーンズが大量に、それも十箱以上も入荷したけど、箱をあけるべきか迷ってるところ」彼女は意志の力さえあれば、いやなにおいを消し去ることができるとばかりに、顔の前で手を左右に振った。

「今夜はさわやかな夜のはずだったんだけどね」トニが言った。「ま、そのうち煙もどこかに飛んでっちゃうだろうけど」そこで小さく鼻を鳴らした。「お隣のジェサップあたりまで」

「わたし、ジェサップに住んでるんだけど」カーメンが冷ややかな声で言った。

「ありゃ、ごめんよ」

「明日の結婚式には来るの?」スザンヌは訊いた。

「残念ながら、お断りしたわ」カーメンは言った。「いつものことだけど、本の締切が迫ってて、神経はすり減るわ、お肌のために必要な睡眠時間まで削られるわで大変なの」

「都合のいいときに、ぜひカックルベリー・クラブに顔を出してね」スザンヌは言った。「新作に少しサインをしてもらえたらうれしいわ。実はね、もう在庫の半分近くが売れちゃって」カーメンが満足そうにほほえんだのを見て、スザンヌは『眠れる森の美女』に登場する魔女を思い出した。カーメンにリンゴをひと切れ差し出されても、絶対に断ることにしよう。

「あんたの新しい本てさ、すごくセクシーな感じがするね」トニが脳天気に口をはさんだ。

「少なくとも、表紙の男がセクシーなのはたしかだよ」

「まあ、ありがたいわ。そこまで洞察に富んだ批評をいただけて」カーメンは見下したような目でトニをにらんだが、そこには哀れみの情すら浮かんでいた。

「じゃあ、また」スザンヌは言うと、トニの腕を強く引き、そのまま引っ張っていった。

誰にも聞かれないところまで移動すると、トニが言った。「最初は、自分に百万ドルの価値があると思ってても、カーメンに行き会うと、たったの一ペソにまで価値がさがっちゃうのはどうしてだろうね」

「彼女のことはいちいち気にしなくていいの」スザンヌは言った。「誰に対してもそういう人なんだから。相手を威嚇したり、出し抜いたりする人なの」

「あんたに対しても？」

「わたしに対してはとくによ」スザンヌは答えた。「どういうわけか、あらゆる機会をとらえて、わたしを見下しまくってるもの」

「それはたぶん、カーメンが以前、サムに気があったからじゃないかな。彼がはじめてこの町に来たときなんか、すごかったじゃん」トニは、そこでにやにや笑った。「でも、彼を捕まえたのはあんただった」

「大きな魚を釣りあげたみたいに言うのね」スザンヌは噴き出しそうになりながら言った。

「それより、ずっとずっと大物だよ」

スザンヌは少し迷ってから思い切って言った。「ねえ、トニ、今夜はうちに来て、一緒に食事をしない？」

ジュニアと別居してからというもの、トニはふた部屋しかない小さなアパートメントで暮らしている。狭苦しいキッチンにあるのはふた口のコンロと小型冷蔵庫だけで、大学の寮の部屋にありそうな代物だ。あるいは、森のなかのシカ狩り用の小屋にでも。

トニは急な申し出に顔をほころばせた。「そりゃもう、喜んで！」

4

スザンヌの家にはバクスターとスクラッフという二匹の犬がいる。しかしトニとふたり玄関を入ったところ、タンザニア北部のセレンゲティ平原に棲息する野生の犬でもいるのかと思うほど大騒ぎが始まった。二匹は飛んだり跳ねたり、けたたましい声で鳴いたり、わんわん吠えたてたりと、凶暴な番犬らしいところを見せると同時に、しっぽをさかんに振り、口角をあげてにっこりほほえんでいた。

「やめなさいってば、きみたち」スザンヌは首輪をつかんで、二匹をなんとか落ち着かせようとした。「軽くうなるくらいにしておきなさい、わかった？」

しかし、すでにトニは膝をつき、盛大にハグしたりなでたりしていた。

「バクスター、あいかわらずハンサムだね。ほら、ハイタッチしよう」アイリッシュセッターとラブラドールレトリバーのミックスであるバクスターは前脚をあげ、トニが差し出した手にのせた。

「あらまあ」スザンヌはふたりの様子を見て声をあげた。「そんな芸は教えてないのに」

トニはバクスターの顎の下を懸命にかいてやっていた。

「そりゃあ、この子はつまらない芸なんかやらないもん。バクスターは自立心が旺盛なんだよ」そう言うと、今度はスクラッフのほうを向いた。傷つき、暗い郡道をとぼとぼ歩いているところをスザンヌが見つけた白と黒が混じった犬だ。「ミスタ・スクラッフ、きみもあいかわらず元気そうだね」

「犬のトレーナーの勉強をしたことがないって、本当？」スザンヌは訊いた。二匹ともトニの言うことならなんでも聞くように思える。「犬と心を通わせる訓練も受けていないの？」

トニはいきおいよく立ちあがって、両手をジーンズでぬぐった。

「全然。生まれつき、動物と相性がいいんだよ」彼女はそこでにんまりとした。「だから、いまだにジュニアとこんなにウマが合うのかもね。だって、あいつってば、みすぼらしい動物みたいなものだからさ」

スザンヌはキッチンに入っていき、トニと犬二匹もあとにつづいた。

「離婚を申し立ててるとばかり思ってたのに」蛇口をひねり、手を洗った。「いいかげん、なんとかしたらどうなの」

トニとジュニアはラス・ヴェガスで意気投合したものの、結婚生活は帰りの飛行機が滑走路に着陸するまでしかつづかなかった。トニは口ではジュニア・ギャレットと離婚すると言っているが、これまでのところ、交渉はこれっぽっちも進展していない。

トニは表情をくもらせ、気遣わしそうな顔をした。

「とっととジュニアをお払い箱にすればいいのにって、あんたもペトラも思ってるのはわかってる。でもさ、あいつは……つき合えばつき合うほど憎めなくなるんだよ」

「あなたって人は、ウドンコ病でも木材の乾燥腐敗でも同じことを言いそうね」

「まじめな話なんだってば。ジュニアもさ、いろいろ埋め合わせをしようとがんばってるんだよ。二カ月くらい前に、あいつが陸橋にあたしの名前をスプレーで書いたの、覚えてる？デイグローの銀色のペンキでさ」

「忘れるわけがないでしょ。州警察が訪ねてきて、あなたに召喚状を発行するって言われたんだもの。保安官にあいだに入ってもらわなかったら……」

「うん、わかってる。でもさ、わかるよね？　あれはジュニアがあたしを大事に思ってる証拠なんだよ。心の奥底では、あたしを深く愛してる証拠なんだ」

「そうかしら」

「そうに決まってるじゃん。だって、あんなに車がびゅんびゅん走ってる二車線道路にぶらさがったんだよ。落っこちて、あのおばかな首を折ってもおかしくなかったんだから。でも、あいつはいちかばちか、決行したんだ。愛のために」

「なにを言ってるのよ、もう」スザンヌはつぶやいた。まったくいつから、全身をギプスで覆われるほどの危険を冒すことが、真の愛を意味するようになったのだろう。

　スザンヌがトマトやフレッシュハーブを刻んでサラダの用意をするかたわら、トニはカウンターを木のスプーンでドラムのように叩いて遊んでいた。

「この家のキッチン、本当にいいよね」トニは小気味よくカウンターを叩きながら言った。

「いつか、宝くじがあたったら、そのお金を全部注ぎこんで、こういうキッチンをつくるんだ。これこそあたしの夢のキッチンだよ」

「百万ドルがあたったら、家を買うのが先でしょ」スザンヌは言った。

「そりゃそうだ。とにかくさ、このキッチンは、まさに究極のキッチンなんだよね」

スザンヌは口もとをほころばせた。トニの言うとおりだ。以前のキッチンは一九三〇年代に建てられたケープ・コッド風ビンテージハウスにしつらえた、六〇年代風のオーソドックスなものだった。可もなく不可もないリノリウムの床、ハーベストグリーンのキッチン用品、安っぽい戸棚。しかし、数カ月にわたって案を練り、施工業者と交渉し、石膏ボードと喉が詰まりそうな埃にまみれて暮らした結果、いまのキッチンができあがった。大理石のカウンタートップ、銅のポットや鍋のコレクションをぶらさげるスペース、ウルフ社のガスレンジ、サブゼロ社の冷蔵庫をそなえた、明るくモダンな空間に生まれ変わった。

「さっきから鶏肉を無情にも切り刻んでるけど、なにをつくるつもり?」トニが訊いた。

「タマネギ、ショウガ、赤ピーマン、青梗菜、クワイと一緒に手早く炒めるのよ」スザンヌは答えた。「最後に甘酢あんであえるの」

「おいしそうだね。なにか手伝おうか。ここでぶらぶらしてると、役立たずのごくつぶしに思えてくるよ」

「冷蔵庫からワインを一本出して、水分補給に軽く注いでもらえる?」

「そりゃいいね」トニは言うと、頭上のラックからワイングラスを二個取った。「さっそく、無事に週末を迎えたことを祝して一杯やろう」

「いまでなきゃ、いつ飲むの、って感じよね」

スザンヌは野菜を刻み、トニはワインの用意をした。

「はい、どうぞ、クッキーちゃん」そう言って、シャブリを注いだグラスを差し出した。

スザンヌがひとくち飲むと同時に、電話のベルがけたたましく鳴った。

「なんだろ」トニが言った。「もうやっかいごとはごめんだよ」

やっかいごとではなく、サムからの電話だった。きょうの大火災について、あらたな情報を仕入れたかどうか知りたくてうずうずしていたのだ。

「とくにないわ」スザンヌは答えた。「でも、現場のビルはまだくすぶっていたし、まわりには大勢の野次馬が来ていたわよ」

「きみも含めてだね」

「わたしとトニを含めて、よ。まだ病院にいるの？」

「そうなんだ。でも、あと……一時間か二時間したら帰れるよ。長くても三時間かな」

「がんばってね」スザンヌは言った。

「本当はきみのそばにいたいんだけどな。さびしい思いをしていないといいけど」サムの声は残念そうな響きを帯びていた。

「わたしなら大丈夫。トニが夕ごはんを食べに来てるし」

「じゃあ、楽しんで」今度は本当に残念そうな声だった。

スザンヌは電話を切ってからトニに言った。「サムが、ふたりで楽しんで、ですって」

「それってつまり、ワイングラスにお代わりを注げって意味だね」

「わたしのほうに異存はないわ」スザンヌはつけていた指輪をはずしてコンロの隣のカウンターに置き、真剣な表情で炒めものに取りかかった。

「あんたのその指輪ってさ」とトニ。「母なる真珠？」

「そうよ」

「ずっと疑問に思ってたんだけど、母なる真珠があるなら、父なる真珠もあるのかな」

「興味深い疑問だわね」スザンヌは言いながら、熱くなった中華鍋に刻んだ鶏肉を放りこんだ。

「だってさ」トニはいよいよヒートアップして言った。「反対の言葉がないと、どうしても気になっちゃうじゃん。たとえば、手始めに買う家《スターター・ハウス》って言葉があるよね。てことは、終わりに買う家《エンダー・ハウス》って言い方もあるのかな？　それに圧倒される《オーバーウェルムド》って言葉も気になるんだ。ちょっとびっくりした程度なら、オーバーを取って、ウェルムドだけでいいのかな、とかさ」

「トニ」スザンヌは言った。「あなたったら、おかしなことばかり考えて」

「しかも、疑り深いときてるしね」

家事も、テーブルをすてきにセッティングするのも好きなスザンヌは、テーブルにプレースマットを置き、シルバーの燭台に白くて長いテーパーキャンドルを立て、それぞれの皿の隣に箸を並べた。

「うわあ」スザンヌがキャンドルに火をつけ、明かりを消すとトニが言った。「しゃれたレストランにいる気分で食事をするだけじゃないんだね。箸を使って食べなきゃいけないわけ？」

「前にも箸で食べたことがあるじゃない」

「そうだけどさ。たしか、ミスタ・チャンのゴールデン・フーフー・パレスで酢鶏をテイクアウトしたときだったよね。でも、こんなんじゃなかったよ」そう言いながら箸を手に取った。「なんで出来てるんだろ……象牙？」

「もう、象牙は輸入できないはずよ。それはどう見たって、単なるアクリル樹脂よ」

「さすがだね。調理にあたっては、いかなるアクリル樹脂にも危害はくわえられておりません、ってね」

ふたりは席について食べはじめた。鶏肉の炒めものを味わい、ワインをちびちびと飲み、きょうの火事について、またもいろいろ論じ合った。

「保安官の要請で州から放火専門の捜査官がやって来れば」とトニ。「あいつの言う疑問点なんか、たちどころに解明されるだろうね」

「そう思う？」

「もちろんだよ。前にディスカバリー・チャンネルで放火を取りあげた番組を見たんだ。放火専門の捜査官って本当に慎重なんだ。細かい化学テストをおこなって、どんな種類の気体、灯油、ライター用オイルが使われたか判断するんだってさ。購入したガソリンスタンドがどこかまで、正確に突きとめられるらしいよ」

「それがどういう役に立つの？」

「警察はエリア内にあるすべてのガソリンスタンドの監視カメラに目をとおすんだよ」トニは肩をすくめた。「近ごろじゃ、ほぼすべてのガソリンとコンビニに防犯カメラがあるからね。だって、ほら、拳銃強盗が多いからさ」

「ずいぶんと科学捜査にくわしいじゃないの」

「テレビのおかげ。それに、リアリティ番組の『ダンシング・ウィズ・ザ・スターズ』と、医学ミステリの番組だね。でもあんまり気持ち悪いのはだめだ。毒ヘビに嚙まれる話とか、重さが六十ポンドもある腫瘍だとかさ」

「あなたの言うとおり、放火専門の捜査官ならあっと言う間に解決してくれるでしょうね」スザンヌは言った。「でも、保安官と話したときは、なんだかちょっと……なんて言えばいいのかしら？　途方に暮れてた感じだったわよ」

「それでもさ、保安官は必要とあらば冴えたところを見せるって」

食事を終えたところへ、玄関のベルが鳴った。当然ながら、それを合図に調子っぱずれな大合唱が始まり、犬たちがドアに突進した。

「なんだろう？」トニが訊いた。「誰か来る予定でもあるの？　サムとか？」

「うぅん、ないわ」スザンヌは玄関に急ぎながら、肩ごしに答えた。「少なくとも、今夜は来ないはず」

「きっと気が変わったんだよ」トニはスザンヌの背中に向かって言った。「その場合、あたしはとっととおいとましないとね。恋するふたりだけにしてあげなきゃ……」

「ペトラ！」スザンヌがびっくりした声をあげた。

トニは、はっとなって目を向けた。「ペトラだって？　彼女が来たの？」

二秒とたたないうちに、スザンヌとペトラが飛び跳ねる二匹の犬を引き連れ、ダイニングルームに入ってきた。

「いらっしゃい」ワインを二杯飲んだせいで、トニの声は浮かれていた。「しばらくぶりだね」そのとき、ペトラの大きな顔に断固たる決意の表情が浮かんでいるのに気がついた。

「あれあれ、なんかあった？」

「ペトラがね、わたしたちに話があるんですって」スザンヌはトニに言った。

「どうしても話しておかなきゃいけないことがあるの」ペトラはそう言ったきり、しばらくためらっていたが、やがて言葉を継いだ。「というより、みんなで考えなきゃいけない話なの。でも、食事が終わってからでいいわ」

トニが昂奮したホリネズミよろしく、椅子からいきおいよく立ちあがった。「もうすませたから。本当だって。で、話したいことってなに？」

「リビングルームに移りましょうか」スザンヌは自分のワイングラスを手にし、ペトラに声をかけた。「あなたもシャブリを一杯いかが？」

「そうねえ……いただこうかしら」

「楽にしていてね。いま、あなたの分を取ってくる」

「いいって」とトニ。「あたしがちょっと行って、ボトルごと持ってくるよ」

ようやく全員が落ち着いた。スザンヌとペトラはふかふかのソファに腰かけ、トニは床にぺたんとすわって、脚を交差させた。ペトラはネップヤーンのセーターを脱ぎ、バッグをコーヒーテーブルの真ん中に置いた。イギリスの女王が持っているのによく似た、四角くてしゃれっ気のない、大きな黒革のバッグだ。ただし、ペトラのは二十年も前から使っているものので、そこが倹約を宗《むね》とし、いいものは絶対に捨てない主義の彼女らしい。

「なにかあったの？」スザンヌは訊いた。どうしたわけか、ペトラは見るからに緊張していて、なかなか口をひらこうとしなかった。

ペトラは咳払いをした。「ずっと考えてたんだけどね」

「なにを？」トニがせっつく。

「ペトラ、なにがそんなに気がかりなの？」スザンヌは訊いた。不安そうな顔をしたペトラが胸に抱えているもののせいで部屋の雰囲気がわずかに変化し、ピリピリしたものになった。

「あれは誰かが故意に火をつけたんだと思うの」ペトラは言った。

スザンヌは親友の顔をじっと見つめた。「そうね、それに関してはわたしたちもまったく同意見よ。ドゥーギー保安官も燃焼促進剤が使われたらしいとか、放火専門の捜査官に協力を要請するだとか言って、それとなくほのめかしていたもの」

だったら、どうしてペトラはわざわざ訪ねてきたのだろう。みんなも同じように疑っているのを確認し、とことん話し合う、つまり、ハンナのことで乱れた心を落ち着けるため？それともほかになにかあるのかしら。

トニがわが意を得たりとばかりに割りこんだ。

「うん、それはわかってるよ、ハニー。もちろん、いちばんの問題は、なぜあのビルが放火されたかってことだよね。だってさ、ハンナとブルースが働いてたのは、郡民生活局だったんだよ。だとしたら、いったいどんな目的だったのかな。パンフレットだのなんだのを燃やすため？　それはいくらなんでもあり得ないよ」

「じゃあ、話すわ」ペトラは突如として表情を硬くした。「こういうことなの。ハンナ・ヴェナブルのご主人は浮気をしてるらしいわ」

「え！」大げさに反応しすぎたトニは、腕を勢いよく引き、そのはずみでワインをカーペットにこぼしてしまった。「それ、ジャックのこと？」

ペトラの発言は、ささやかな雑談の真っ只中に落ちた大きな爆弾も同然だった。

「ちょ、ちょっと待ってよ」トニは手にしたナプキンでこぼれたワインを吸い取りながら言った。「その話はたしかなの？」

「絶対にたしかよ」ペトラの目が険しくなった。「ちゃんと知っているんだもの」

「ハンナから聞いたの？」スザンヌは不安な表情でペトラを見つめながら、この情報は、放火の捜査にとって重要な役割を果たすにちがいないと考えていた。

「まあ、あまりくわしいことは話してくれなかったけど」ペトラは答えた。

トニは好奇心もあらわな顔になった。「だったら、なんて言ったのさ？」この数年間、ジュニアと別居している経験から、トニは不誠実な配偶者のあしらい方をよく心得ている。ジュニアが浮気をしたのは、正確に言うなら、はじめて浮気をしたのは、髪にホットピンクのエクステをつけた、いかにも身持ちの悪そうな海外戦争復員兵協会のバーテンダーとだった。以後、彼はトレーラー住まいの女性を次々と渡り歩いている。

「ねえ、ペトラ」スザンヌは言った。「もう少し具体的に説明してくれなきゃわからないわ。ハンナのご主人は浮気をしていたの、それともしていなかったの？　それにこんなことは訊きたくないけど、ジャックはハンナを脅すようなことをしていたわけ？　彼女は……ハンナは身の危険を感じていたの？」

トニが鋭く息をのんだ。

「わたしの知るかぎりでは、ないわ」ペトラは答えた。

「ほっとしたよ」トニが言った。「でも、頼むから、どういうことかちゃんと説明してってば！」

「この数時間というもの、ずっと頭に引っかかってるのよ。ううん、胸が張り裂けそうな思いがしてるわ。ジャックのことはよく知ってるの。同じ教会に通ってるから。いつ見ても、とてもちゃんとした感じの人よ」

「だけど、よその女の人とよろしくやってるんだよね」トニが言った。「相手は誰? 〈フーブリーズ〉のウェイトレス? じゃなかったら、そこのヌードダンサー?」

「そのふたつに違いはあるの?」スザンヌは訊いた。

「厳密に言えば、あるよ」とトニ。

「細かいいきさつは知らないんだけど」ペトラが言った。「ジャックが出ていきたいと言ったと、あるときハンナから打ち明けられたのよ」

「家庭からってこと?」スザンヌは訊いた。

ペトラはうなずいた。「そうよ」

「それで、ハンナは彼が浮気をしてると思ったわけね」

「ええ」ペトラはまだ一度もワインに手をつけておらず、何度も何度も手をもみしだいていた。

「いっときの気の迷いってことはないのかな?」トニが訊いた。「単なる出来心ってことは? 男のなかには、五十だか六十だかに近づくと、ちょっと頭がおかしくなっちゃうのがいるからさ。〝中年の狂気〟とか言うんじゃなかったっけ」

「ジャックはかなり真剣だったようよ」ペトラは言った。「いまにも家を出ていきそうないきおいだったみたい」

スザンヌはしばし考えこんだ。「ちょっと整理させて。あなたの話からすると、ハンナはジャックと別れたくなかったみたいね。離婚を望んでいなかったんでしょ」

ペトラはいまにも泣きそうな顔になった。「そうなのよ。彼女はジャックを愛してたんだもの。人間としての弱さも含めて」

「だけど、ジャックは出ていこうとしてた」とトニ。

「ええ」ペトラはかすれた声で言った。「そう思う。そうとしか思えない」

「いまの話はハンナから聞いたのね?」スザンヌは言った。

「そうよ。二週間ほど前、ハンナがとても落ちこんでいたことがあってね。教会のミサが終わって、歓談の時間のあとだったわ。みんなでコーヒーカップを洗ったり、クッキーのかすなんかを掃除してたときのことよ」

スザンヌはワインをひとくち含んでトニと目を合わせると、相手は顔をいくらかゆがめた。トニがなにを考えているか手に取るようにわかったので、彼女に言わせることにした。

「困ったね」トニは言った。「きょうの火事にジャック・ヴェナブルが関わってるとしたら、彼は第一容疑者になっちゃうよ」

「へたをすれば」スザンヌは言った。「極悪非道な人間ってことになるわ」

ペトラはうなずいた。「わ……わたしもそう思ってるの。だから、こうして訪ねてきたのよ」

「でさ、ふたりはこの情報をどうすればいいと思う?」トニが言った。

「ジャック・ヴェナブルの自宅に押しかけて、わたしたちみずから逮捕するわけにはいかないわね。そうしたいのはやまやまだけど」

「じゃあ、どうするの？」ペトラが訊いた。

スザンヌは顔をしかめた。「わたしたちがやるべきなのは、ドゥーギー保安官に伝えることよ」

「やっぱりね」ペトラはそう言うと、ソファの背にもたれてため息をついた。「そう言われるんじゃないかと思ってた」

5

チキンソーセージと刻んだ赤ピーマンが、鉄のフライパンのなかでジュージューと音をたて、サワークリーム入りコーヒーケーキとシナモンマフィンが焼ける得も言われぬ香りが、オーブンからただよってくる。土曜のカックルベリー・クラブの営業はお昼までと短い。朝食メニューはいつもどおり、そのあと一時半まで簡略版のランチメニューを出す。

「けさは緊張しちゃってドジばかりしてるわ」ペトラが訴えた。言われたスザンヌは、寄せ木のテーブルのところで熟した桃をスライスしていた。この季節、おいしく食べられる果物はこれしかない。リンゴの収穫が本格的に始まるまでの辛抱だ。

「いつもと変わらないわよ」スザンヌはなぐさめた。実際、みんな目がまわるほど忙しかった。カフェでひっきりなしに注文を取っているトニも含め三人全員、最高の仕事ぶりとまでは言えない状態だった。

「ケーキの生地に必要な材料は全部量ってあるの」ペトラは言った。「コーヒーケーキとマフィンが焼きあがって……五分だけひと息ついて……このパンケーキを焼き終えたら……すぐにでも生地をつくって、ウェディングケーキを焼きはじめるわ」

「キットのウェディングケーキは何段にするの？」

「五段よ」ペトラは言うと、パンケーキの生地が入ったボウルを取り、手早く混ぜた。

「いいんじゃない？」スザンヌは言った。キットとリッキーの式はこぢんまりとしたもので、招待客はだいたい四十人から五十人程度。だから、ケーキの大きさはそのくらいがちょうどいい。

ペトラはヴィーダリアオニオンをさいの目に切り、ハッシュドポテトをフライパンに投入した。「保安官は本当にきょう、顔を出すかしら？」

「絶対に来るわよ」スザンヌは言った。「さっき電話したときに、わたしたちの話を聞きに来てほしいって、はっきり伝えたもの。しかも、できるかぎり早くって念を押したし」

ペトラは不安そうな顔になった。「いま、〝わたしたち〟って言ったわね。あなたとわたしという意味？　一緒に話をしてくれるんでしょう？」そう言うと、パンケーキの生地にお玉をくぐらせ、きれいな円形の生地をフライパンに落とした。

「もちろんよ。でも、話というか説明は、あなたの口からしたほうがいいと思うの」

ペトラは大げさに身を震わせた。「単なるおせっかいで、とんでもないことをしでかしてしまいそうな気がするわ。ハンナとジャックのあいだになにがあったか、ちゃんと知ってるわけじゃないのに」

「そんなことないわよ。だって直感でひらめいたんでしょ。あなたの直感に間違いはないわ」

トニが大量の注文を伝えに、自在扉から飛びこんできた。「ねえ、デイヴィー・ホルツァーがカナディアンベーコンが食べたいって言うんだけど、いくらか残ってたっけ?」

「ううん」ペトラが答えた。「なんにも残ってないわ。食料庫はすっからかんよ」

「そう?」トニは顔をしかめ、あたりを見まわした。「でもさ、ソーセージとおジャガがフライパンでジュージューいってるじゃん。それに、いま焼いてるのはシルバーダラー・パンケーキだよね」そう言うと、こっそり近づいてフライパンのなかをのぞきこんだ。「ほら、ポツポツと穴があいてきてる。早く、この子たちをひっくり返したほうがいいんじゃない?」

ペトラはフライ返しを手に取り、タイミングよくパンケーキをひっくり返した。

「けさのペトラは、ちょっと神経質になってるの」スザンヌはトニに説明した。「保安官に説明しなきゃいけないから、落ち着かないのよ」

「その気持ちはよくわかるよ」とトニ。「特大サイズの、真っ赤に焼けた、いかにも胸焼けしそうな朝食用ブリトーを保安官に食べさせなきゃいけないんだもんね」

ペトラはますますうろたえた。「べつに誰かを告発しようというんじゃないのよ。ただ、知ってることを保安官に伝えたいだけで」

「あんたが勘ぐってることも伝えるんだよね」とトニ。

「トニ」スザンヌはたしなめた。いいかげん、このやりとりはやめさせたほうがいい。「そんなことを言ったら、よけいにピリピリさせちゃうでしょ」

「そんなつもりじゃなかったのに」トニはおどけてしょんぼりしてみせた。「ねえ、ペトラ、動揺させてごめん」

ペトラは空気の入れ換えをするように、金属の大きなフライ返しを振った。

「ううん、いいの。気にしないで。動揺したのはこれがはじめてじゃないもの。すぐに落ち着くわ」

スザンヌは白い皿を六枚ほど並べ、そこにペトラがソーセージとハッシュドポテトを盛りつけるのをながめた。

「できあがりだね」トニが言った。「ありがと。急いで運んでくるよ」

「そうそう、パンケーキに添える桃を切り終えたわ」スザンヌは言った。

「わかった」ペトラは皿一枚につきパンケーキを四枚のせると、うしろにさがり、今度はスザンヌがスライスした桃とホイップクリームをたっぷり盛りつけた。それらの皿を仕切り窓まで持っていき、銀色の小さなベルを鳴らした。注文の品ができたことをトニに知らせる合図だ。

そこへ短くチーンという音が響き、オーブンのタイマーが切れたのを知らせた。

「上出来だわ」ペトラはオーブンからコーヒーケーキとマフィンを出しながら言った。

「うっとりするようなキツネ色に焼きあがったじゃない」スザンヌは言った。「これでウェディングケーキに取りかかれるわね」

その後二十分間は、スザンヌがかわりにコンロの前に立って注文に応じるかたわら、ペトラは手早く生地をつくって、五つのケーキ型に流し入れ、オーブンに突っこんだ。

「まだ、不安そうな顔をしてる」スザンヌは言った。

「だって実際、不安なんだもの」

「ケーキのデコレーションのことだけを考えるのよ。いつだってすばらしい仕事をしてるじゃない」本当にそうだった。ケーキを一からつくり、ごく普通の砂糖ベースのアイシングで手のこんだ花、バラの形、らせんなどを描くペトラの腕前のおかげで、結婚式、卒業祝いのパーティ、それに誕生日のケーキを特注するならカックルベリー・クラブと思ってくれるお客がどんどん増えているのだ。

ペトラは無理にほほえんだ。「きょうはキットのためにも、前向きでいなきゃいけないわね。だって、あの子の結婚式に水を差したくないもの」

「ハニー」スザンヌは言った。「あなたがそんなことするわけないわ」


スザンヌが黒板に簡略版ランチメニューを書いていると、ドゥーギー保安官が入ってきた。いや、正確に言うなら、肩で風を切るようにして入ってきた。制帽を目深にかぶり、州警察官がよくかけているミラーサングラスをかけ、歩き方は見違えるほど颯爽《さっそう》としている。彼は鍵をじゃらじゃらいわせ、銃をおさめたホルスターを揺らしながら、カウンターのいつもの席についた。

スザンヌはコーヒー用のカップを取って保安官の前に置き、さらにナイフ、フォーク、スプーン、砂糖入れを並べた。保安官は大の甘党で、砂糖をこよなく愛している。コーヒーに入れる角砂糖も一個や二個ではすまず、三個、四個と入れるのもざらだ。

「スイートロールはいかが？」スザンヌは訊いた。

保安官の制帽のふちが傾いた。

「遅い朝食か早めのランチも食べていく？」

保安官は大きな手で制帽を取った。そして、ここはおれの縄張りだと言わんばかりに、脱いだ帽子を隣のスツールに置き、薄くなりかけた白髪交じりの髪をなでつけた。

「ランチのメニューによる」と不機嫌な声で答えた。

「きょうは結婚式があるから早じまいなの」スザンヌは言った。「だから、メニューは簡略版よ。グリルした野菜をはさんだピタパン、ハムとスイスチーズをのせたライ麦パン、トマトスープ、それにツナメルトから選んで」

「それしかないのか？　チーズバーガーはなしか？」

「お望みとあれば、なんとかつくれると思うけど」

「いや、いい」保安官は黒板に目をこらした。「ハムとチーズのオープンサンドにするよ。だが、チーズはチェダーチーズにしてもらえるか？」

「わかったわ」スザンヌは注文票を書き、仕切り窓から厨房のほうに滑らせた。

腰をかがめて、スザンヌと目を合わせたペトラは、顔をわずかにしかめた。見るからに不安そうで、怖気づいている。

一方、保安官はと言えば、半分ほど埋まった店内をきょろきょろ見まわしている。トニはあいかわらず両手に一個ずつコーヒーポットを持ってちょこまかと動きまわり、おかわりを注ぎ、お客と冗談を言い合っている。トニなら、野球のボールのステッチでさえ、うまいこと言ってほどいてしまうだろう。

「いまだにきのうの大火事の話で持ちきりのようだな」保安官が言った。

「その話ばっかりよ」スザンヌはそこで、しばしためらってからつづけた。「今後も放火の線で捜査するの？」

「そうするしかないだろう。フィンリー署長は放火だと信じて疑っていないようだしな」

「専門家がそう言うんじゃ、しょうがないわ」

「そんなこんなで、州の科捜研所属の正真正銘の専門家数名と連絡を取った。きょうの午後にでも到着する予定だ」

「あなたが忙しいのはわかってる」スザンヌは言った。「だから、わざわざ足を運んでくれて、お礼を言うわ」

「いや、いいんだ」保安官はでっぷりとしたおなかを軽く叩いた。「どうせ、どこかで食べなきゃいけないことだしな」

「そうね。それから、朝の電話では、あいまいなことしか言えなくてごめんなさいね。店に来て、ペトラの話を聞いてほしいと言うばかりで」

「たしかに、やけに秘密めかしてたな」保安官はコーヒーをひとくち含んだ。「で……いったいどういうことなんだ？」

「まともに取り合ってもらえるかわからないし……そもそも、具体的にどうこうという話じゃないかもしれないんだけど……」

カフェの正面入り口が突然、大きくあき、長身で赤ら顔の男性が入ってきた。青と白のチェックのシャツは裾が半分ジーンズから出ているし、ブーツのひももぞんざいに結んであるだけ。そして、怒りの波をガンマ線のように四方八方に放射していた。

「いったい何事？」スザンヌは思わずつぶやいたが、はじめて見る男性をじっと見つめているのは、彼女だけではなかった。

男性は手をあげ、スザンヌのほうを指差した。「そこのあんた！」と怒鳴った。

「わたし？」スザンヌの心臓が飛び出しそうになった。あの男性は何者？　しかもやけに怒っているけど、わたしがいったいなにをしたと言うの？

そのとき、保安官が振り返り、流れるような一連の動きでスツールをおりた。それからその場で脚をひらき、両手をベルトの位置に置いて威圧するような姿勢を取った。「やつはおれのことを言ってるんだよ、そうだな？」

「誰なの、あの人？」スザンヌは声を落として尋ねた。

「マーティ・ウルフソンだ」保安官も声を抑え気味に答えた。「きのう、二階のアパートメントから救出された女性の亭主だ。別居中だがな」

「そうだったの」見るとウルフソンは足音も荒く保安官のほうへと歩いてくる。店内にいるお客全員が、その様子を好奇心をふくらませながらじっと見ていた。

「なんの用だ、ウルフソン」保安官の肉づきのいい顔にはうんざりした表情が浮かんでいたが、いかにも、あらゆる修羅場を経験してきた保安官らしい顔だった。あらゆるは言いすぎにしても、たいていの修羅場は経験しているはずだ。

しかし、マーティ・ウルフソンは頭から盛大に湯気をあげ、保安官の冷静で権威に満ちた態度にもひるむ様子はまったく見せなかった。

「おれたちを捜査してるそうじゃないか」とわめいた。「あんた、頭がどうかしてんじゃないのか？」

「この一帯の人たち全員から話を聞いているのはたしかだ」保安官は答えた。

「おれに隠れてこそこそ聞いてまわってんだろうが！　よくもそんなことを！」

スザンヌの目は、熾烈な口論ではなくテニスの決勝戦でも見ているように、保安官からウルフソンへと移り、ふたたび保安官へと戻った。いつもはすぐ頭に血がのぼる保安官が冷静さを失わないでいるのが信じられなかった。それに、マーティ・ウルフソンがあまりに殺気立っているのも信じられなかった。あらたに文句を言いはじめるたび、口から唾がはじけ飛ぶほどのいきおいだった。あとで大理石のカウンターを、ライゾールをたっぷり使って拭かなくては、と心にメモをした。

「さがれ、ウルフソン」保安官は警告した。その声は有無を言わさぬ響きを帯びていた。

しかしウルフソンはすっかり神経を高ぶらせ、怒りをつのらせていた。「許さないからな！」右手をぎゅっと握り、腕全体をわななかせた。「もしも――」

「ねえ、ふたりとも」スザンヌはやっとのことで口をはさんだ。「このつづきは外でやってもらえないかしら」お客たちが一言一句聞き洩らすまいと、耳をそばだてているのには気づいていた。殴り合いに発展するのを期待しているのはまちがいない。

「スザンヌの言うとおりだ」保安官が言った。「おもてに出よう」そう言うと、出ていけというように手を動かした。「いますぐ」

「えらそうに命令するな！」ウルフソンは怒鳴った。「なんの証拠があるっていうんだ！」すばやく向きを変えた彼の肩が、厨房のドアのそばにあるアンティークの木の食器棚のへりにぶつかった。食器棚が揺れ、棚に並んだ色とりどりの陶器のニワトリたちがカタカタいいはじめたかと思うと、小さなメンドリ――斑点入りのサセックス種――がころんと倒れ、死のダイブとあいなった。床に激突し、十以上もの破片に砕け散った。

ウルフソンは足音も荒く出ていき、保安官がそのすぐあとを追った。

「とんでもない野郎だね、まったく！」トニは目を皿のようにして、泥沼のやりとりを最初からずっと見ていた。「うちの大事なニワトリを壊すなんてさ」

「しょうがないわ」スザンヌは言ったが、もちろん心からそう思っているわけではなかった。大切な思い出の品が壊れるたび、心臓に短剣を突き立てられたような気分になる。

ショータイムが終わり、お客はふたたび朝食を食べはじめた。しかし、トニは膝をつき、ニワトリの破片を慎重な手つきでエプロンに集めていた。

「かわいそうなニワトリさん」トニはいちばん大きな破片をそっとなでた。「首からぽっきり折れちゃって」

「ねえ、いったいなんの騒ぎ？」仕切り窓からペトラの声が飛んだ。「ケーキがオーブンのなかで崩れたりしたら、ただじゃおかないわよ！」

五分後、ドゥーギー保安官は大股でカックルベリー・クラブの店内に戻ってきた。腰をおろし、疲れたように両肘をカウンターにのせた。

「おれのサンドイッチはできてるか？」

「すぐ持ってくる」スザンヌはまわれ右をすると、皿を取り、保安官の前に注文の品を並べた。「ペトラがトーストしたうえに、ハッシュドポテトも少しのせてくれたわ」

精神を安定させるザナックスを混ぜられなくて残念だけど。

「そうか」保安官はサンドイッチを半分取って、むしゃむしゃと食べはじめた。「ばかと言い合いをすると、必ず食欲がわいてくるんだよ」と食べながら話した。

「そのようね」スザンヌは言った。「それで……さっきのウルフソンって人だけど、放火の容疑者のひとりなの？」

「ああ、何人かいるなかのひとりだ」保安官はあたりさわりのない返事をした。

「いかにも気が短そうな人ね」

保安官はハッシュドポテトを突き刺した。「やつが放火魔でもあるのか、たしかめないとな」

「なぜ、あの人が犯人かもしれないと思うの？」スザンヌとしては、たとえ別居中にせよ、夫が妻と子どもを殺そうとするなんて想像できなかった。しかも、ビルに火を放つなんて。

「ウルフソンの女房と話をした」保安官は言った。「アニーって名前だ。いまは別居しているんだが、それでも、亭主を恐れているようだったよ」

「本当なの？」

保安官はうなずいた。「それと、アニーの話では、彼女の両親の遺言書と連生生命保険の証書すべてに、あの亭主の名前がまだ入ってるそうだ」

「つまり、彼女の身になにかあれば相続できるわけね」

「それもかなりの額をな」

「父親がわが子をあんな目に遭わせるなんて考えにくいわ」

保安官は顔をあげた。「子どもはあの場にいるはずじゃなかったんだよ。保育園に行っているはずだったんだが、風邪を引いて自宅にいたんだそうだ」

「となると、話がちがってくるわね」


ハムとチーズのサンドイッチをたいらげる保安官を残し、スザンヌは引きあげた。トニと一緒に店内をめまぐるしく動きながら、テーブルをセットし、ランチタイムのコーヒーを用意し、早めにやってきたお客をテーブルに案内した。

全員を案内し終え、トニがあわただしく注文を取り始めると、スザンヌはペトラを捕まえた。引っ張るようにしてカフェに連れ出し、保安官とともに〈ニッティング・ネスト〉に押しこんだ。

五分後、スザンヌがコンロでタマネギと赤ピーマンをグリルしていると、ペトラが戻ってきた。落ち着きがないながらも、ほっとしている様子だった。

「話は全部終わった？」スザンヌは訊いた。

ペトラは弱々しくほほえんだ。「とりあえず、いまのところは。あとで、もっと話を聞かれるかもしれないけど」

「なにもかもうまくいった？　急かされたり、無理強いされたり、嘘を言うよう強要されたりしなかった？」

「最初のうちはちょっとぶっきらぼうだったけど、わたしが泣きそうなのに気づくと、いくらか態度をやわらげてくれたわ」

「涙ね」スザンヌは言った。「われら女性が持つ武器のなかでも、すごい威力を発揮するもののひとつよね。少なくとも、九十パーセントの確率できくわ」

トニが大量の注文票を手に、いきおいよく厨房に入ってきた。「最近じゃそうはいかないんじゃないかな。あたしの見るところ、確率は五十パーセントにまで落ちてるね。気がついてないかもしれないけど、男も変わったんだよ」

「そうなの？」ペトラが言った。

「そうだって。敵もそうとうこっちを研究してるんだから」

スザンヌは大きめに切ったペカンパイを保安官のもとへと運んだ。それを見たとたん、彼の目がうれしそうに輝いた。

「ごほうびにありついた気分だよ」

スザンヌは新しいフォークとギンガムチェックのナプキンを置いた。

「それで？　どう思った？　ペトラからジャック・ヴェナブルの話を聞いた感想は？」

「ひとつの線ではあるな」

「奥さんが亡くなった場合、たいていはご主人が犯人なんでしょう？」

保安官は居心地悪そうにスツールの上で腰をずらした。「そういうこともある」

「つまり、あの人を慎重に調べてくれるのね」

「ジャック・ヴェナブルから話を聞くのかという意味で言ってるなら、答えはイエスだ。だがな、いずれにしろ彼からは話を聞くつもりだったんだよ」

「そうなの？」スザンヌはそう言ったはしから、好奇心に突き動かされ、「どうして？」と尋ねた。

「あの火事が放火なら、というか、実際、その線が濃厚なわけだが、ハンナを恨んでいた者はいないか、ジャックに訊かなきゃならんからだ。あるいは、ジャック本人を恨んでいる人間でもいい」

「じゃあ、型どおりの質問をするだけ？」

「そうだ。ただし、べつの視点がくわわったわけだが」

「離婚の可能性をめぐる視点ね」

「ここで大事なのは〝可能性〟という言葉だ」保安官は言った。「なにしろ、ふたりのあいだがどうだったのか、われわれには知りようがないんだからな」

「でも、ペトラの話を聞いたでしょ。彼女の様子から、本当に動揺しているのがわかったはず。だから、あの話はでっちあげなんかじゃないわ」

保安官は椅子の背にもたれ、ベルトをゆるめた。がまんしていたげっぷも出したようだ。

「家庭内暴力の通報を受けた場合」保安官は言った。「どんな展開になるのか予想もつかないんだよ。たいていは、ごくごくありきたりなものになる。どっちかがカッとなって警察に通報したってケースだ。だが、たまに、女のほうが男に殴られてると緊急通報してくる場合がある。それで駆けつけてみると、女は態度を豹変させ、おれたちが男をしょっぴこうとしようものなら、こっちの目玉をくり貫かんばかりになるんだよ」

「どうかしてるわ」

「警察官のすてきな世界へようこそ」

「ほかにあやしいとにらんでいる人はいるの？」スザンヌは訊いた。「さっきのウルフソンという人と、それにジャック・ヴェナブル以外に」

保安官はパイをまたひとくち食べ、考えこむような顔でもぐもぐやった。

表情や態度からなにを考えているのかわかるくらい、保安官のことはよく知っている。

「ほかにもいるようね」

「それは、まあ……」

「もったいをつけないで。わたしはもうこの件に腰まで浸かってるのよ。話してくれてもいいじゃない」

「たしかに、あとひとりいる。あんたは知らないだろうけどな。ダレル・ファーマンって男だ」

「まったく知らないわけじゃないわ」

「けっこうな男前でな。真っ赤なジープ・グランドチェロキーを乗りまわしてる」

スザンヌはうなずいた。きのう、火災現場で見かけたあの人だ。

「で、ファーマンは二カ月ほど前、消防署をくびになった」

「理由は？」

「懲戒処分とやらを受けたそうだ」

「それはわかるけど、なぜ処分されたの？」

「くわしい話はおれにもわからないんで、一時間後、フィンリー署長に会ってくる。訊いてみるしかないだろ。ファーマンにはファーマンなりの言い分があるかもしれないんだし」

「きのうの火事は彼がわざとつけたものだとしたら、そうとうな言い分があったということになるわね」スザンヌはいったん口をつぐんだ。「その人、きのうの現場にいて、一部始終を見物してたわよ」

「ファーマンが？」

「興味深いと思わない？　あのときは、どうしてほかの隊員のように消防服を着てないんだろうと、不思議だったのよね」

「これで理由がわかっただろ」

「知りたいことはまだ出てくるかもしれないけど」スザンヌは保安官の前の皿に手をのばした。「じゃあ、捜査対象は三人になったわけね」

保安官は肩をすくめた。「そのようだ」

その口調にスザンヌは引っかかるものを感じた。

「嘘でしょ、まさかまだいるの？　四人めの容疑者が？」

保安官の灰色の目が、かつて作られていた鋼鉄製の一セント硬貨のように冷たい輝きを帯びた。

「そいつはなんとも言えん。だが、妙なタレコミがあってな。それで、二、三、確認しなきゃならないことが出てきたんだよ」

6

正午をまわると店内はほぼ満席で、テーブルはあとひとつしか残っていなかった。

「ピタサンドがものすごい売れ行きだよ」スザンヌとすれ違いざま、トニが言った。

「よかったわ」スザンヌは言った。「はやく売り切れれば、それなりの時間に店を出られるもの」

「美しく化けなきゃいけないもんね。髪、爪、お化粧、その他もろもろを駆使してさ」

「ねえ」スザンヌは言った。「うんと凝ったドレスを着ていくの？」

「あんたに似合うって言われた、ピーチ色のワンピースにしようかなと思ってるよ。南部テレビ局の朝のニュースキャスターみたいに見える服」

「ばっちりじゃない。わたしは黒いワンピースでいいかしら？」

「もちろんだよ。いいに決まってるじゃん。魔女みたいになるんじゃないかって心配してるわけ？」

「ううん、そういうわけじゃ……」

店のドアがあいて目を向けると、モブリー町長の顔がのぞいていた。スザンヌは応対に出ようと、顔に笑みを貼りつけた。モブリー町長はこの世でもっともお気に入りの人とは言えない——腹黒くて、やることが汚く、政治家としては下劣にすぎる。それでも、お客には変わりない。

しかし、町長の連れを見たとたん、スザンヌの笑みは呆然とした驚きの表情に変わった。

ブルース・ウィンスロップじゃないの！　長年、郡の職員として働いてきた、あのブルース・ウィンスロップ。きのうの午後、ハンナ・ヴェナブルを助けに飛びこもうとした、あのブルース・ウィンスロップ。あのあと彼は、ほかのみんなとともに悲劇的な結末を、なすすべもなく見守っていたのだった。

ウィンスロップを思いやる気持ちが一気にこみあげた。きょうの彼はひと晩で十歳も老けたのか、とても中年には見えず、体調も悪そうだ。しかも、悲しげな表情からは、大切な人を失ったことが痛いほど伝わってくる。

「いらっしゃいませ、町長」スザンヌは声をかけた。

モブリー町長はおざなりに「やあ、スザンヌ」と応じた。

「ブルース」スザンヌはウィンスロップの元気のない顔を見つめ、うるんだ青い目が悲しみに沈んでいるのを見てとった。「ハンナのことは本当に残念だったわ。ふたりは長いこと、一緒に働いてきたのよね」

ウィンスロップは弱々しい笑みを浮かべた。「六年だ」とかすれた声で答える。「ありがとう、スザンヌ。そう言ってもらえるとうれしいよ」

スザンヌはふたりを唯一残っていたテーブルに案内した。ウィンスロップが椅子にぐったりと腰をおろしたのを見て、声をかけた。「どうしてた？　大丈夫？」

「正直に打ち明けると、スザンヌ、ずっとつらくてたまらないんだ」ウィンスロップは言った。「わたしの人生のなかでも最悪の出来事だよ。ハンナが死に、建物が跡形もなく燃えてしまうなんて……」そこまで言うと、完全に打ちのめされた表情になって黙りこんだ。

「本当に残念だわ」スザンヌはウィンスロップの肩を軽く叩き、気持ちはわかるわというようにうなずいた。「わたしでなにか力になれることがあれば……」

「だったら、コーヒーを持ってきてもらえんか」町長が口をはさんだ。

「承知しました」スザンヌは大急ぎでカウンターに行き、上等なフレンチローストのコーヒーが入ったポットをつかむと、町長たちのテーブルに舞い戻った。

「ありがとう」コーヒーを注ぐスザンヌにウィンスロップは言った。「きみは本当に親切な人だ」

しかしモブリー町長はいらいらしていた。赤ワイン色のゴルフシャツのお腹部分がぴんと張り、深くくぼんだ豚のような目をした丸い顔からはウィンスロップに同情している様子は微塵もうかがえない。

「心配せんでいい」町長は言った。「犯人は必ず捕まえる。郡の関係者全員、事件の解決を心から望んでいるんだからな」彼は肉づきのいい手で不揃いなバーコード頭をなでつけた。

「このような状況は町にとって望ましくない。商売《ビジネス》にとって望ましくないからな」ジェイ・

Zの最新ビデオを見たばかりなのか、〝ビジネス〟という単語を、ラッパー風に〝ビドネス〟と発音した。

「ドゥーギー保安官は全力をつくしてくれますよ」スザンヌは口をはさんだ。

「われわれ全員が全力をつくす」町長は言った。

「実を言うと」いまだ打ちのめされた表情のウィンスロップが言った。「記録がすべて焼けてしまって。なにもかも……わからない状態に」

「書類はコンピュータにバックアップを取ってあるんじゃないの？」スザンヌは訊いた。

「すべてコンピュータにバックアップしてあったよ。でも、肝腎のコンピュータがだめになってしまったんだ。なにひとつ、復旧できなかった」

「クラウドは利用していなかったの？」

ウィンスロップは悲しそうに首を横に振った。「追加の予算をずっと要求してはいたんだよ。でも……」そう言って肩をすくめた。「なにしろうちで使っていたのは古いシステムでね。ウィンドウズ95がせいぜいだったんだ」

出し抜けにモブリー町長がスザンヌを見あげた。「わたしはツナメルトをもらおう」

「ブルース、あなたは？」スザンヌは言った。「なにをお持ちしましょうか」

「スープだけにしておくよ」

スザンヌは厨房に引っこんだ。「ツナメルトとスープをひとつずつお願い。注文を受けるのはこれで最後にしないといけないわね。トニがあと二十分でドアを閉めて、〝閉店〟の表示を出したいって言ってるの」

「そうしてもらえると助かるわ」ペトラは言い、スライスしたパン二枚にツナサラダを塗ってチーズをのせ、それをグリルに入れた。それから、トマトスープをボウルによそった。

「ケーキの出来具合はどう？」

「自分の目でたしかめてみて」ペトラがわきにどくと、奥のカウンターに白いアイシングに覆われた三段重ねのケーキが現われた。アイシングが光を受けて輝き、夢のような美しいウエディングケーキに仕上がったところが目に浮かぶようだ。

「すてき！」スザンヌは思わず声を洩らした。「これまでのところ順調ね。残りの二段をどうするのか楽しみだわ。そこがデコレーションのなかでもいちばん大変なんでしょう？」

「たいしたことないわよ。愛用の絞り袋を使って、十分以内に二十個以上のバラを絞り出してみせるから」

「デコレーションはそれにするの？　バラで飾るの？」

「それだけじゃないわよ。星形の口金と葉っぱの形の口金も使うわ。フォンダンを波形に絞り出したり、段のふちをアラザンで飾ろうかなとも思ってる」

「すごいじゃない」スザンヌはそう言うと、注文の品ふたつを持ち、大急ぎで運びに行った。

五分後、スザンヌは〈ブック・ヌック〉にいた。レジに身を乗り出すようにして、常連客のシェリル・タナーが選んだ三冊の本の値段を打ちこんでいた。

「このお茶会の本は絶対に気に入ってもらえると思うわ」スザンヌはシェリルに言った。

「うちでもお茶会をやってみたくなって」シェリルは言い、すぐに「もちろん、おたくと張り合うつもりなんか全然ないのよ」と付け足した。

「あら、そんなこと気にしないで」カックルベリー・クラブがオープンして数カ月ほどたった頃、スザンヌはアフタヌーンティーという概念――と流儀――を取り入れてみた。ランチの片づけをすませると、カックルベリー・クラブは、イングランドのコッツウォルズから空輸されたのかと思うような、こぢんまりとした居心地のいいティールームに変身する。使い古された木のテーブルを覆う白いリネンのテーブルクロス。そこに並んだ色とりどりのカップとソーサー、小皿、シルバーのスプーンにバターナイフ。小さなキャンドルをセットしたガラスのティーウォーマーと、その上にのった花柄模様のティーポット。

キンドレッドの女性はアフタヌーンティーという新しい提案をあっさり受け入れ、骨灰磁器《ボーン・チャイナ》のカップ、フィンガーサンドイッチ、ドラマ『ダウントン・アビー』を模したヨーロッパの気品あふれる世界に夢中になった。カックルベリー・クラブで出すアフタヌーンティーは、中国産の紅茶にクロテッド・クリームを添えたスコーンというシンプルなものも多い。けれども、イベントとなれば、カニサラダにディル風味の卵サラダ、バジルペーストを練りこんだクリームチーズなどをはさんだ小さな三角形のサンドイッチが、三段のトレイにあふれんばかりに盛りつけられる。

「スザンヌ?」

シェリルに本とおつりを渡したところへ、ブルース・ウィンスロップが入ってきた。彼はそそくさとすれちがうシェリルを見て、悲しそうにほほえんだ。

「ブルース」スザンヌは声をかけた。「すごく疲れてるみたいね」

ウィンスロップはうなずいた。「そうだけど、がんばって前向きになろうと努力しているんだ。地域のみんなからたくさんの励ましを受けているし……」彼はそこで感謝するようにほほえんだ。「とくに、きみたち友人から」

「さっきも言ったけど、わたしにできることがあったら言ってね」

ブルースは少し迷う様子を見せたものの、すぐに心を決めた。

「実は、頼みたいことがあるんだ、スザンヌ。きみはドゥーギー保安官ととても親しいんだろう？」

「あの人は、ペトラがつくるスティッキーバンとチョコレートドーナッツが目当てで来てるようなものだけど」

ウィンスロップはスザンヌのほうに一歩近づいた。「それに、きみはいろいろな情報を耳にするという特殊な立場にいる。なにしろ、キンドレッドの住民の半数が、週に一度はきみの店を訪れているんだからね」ウィンスロップの呂律があやしくなりはじめた。

「つまり、目をしっかりあけて、耳をそばだてていてほしいのね？」スザンヌは言った。

彼は感謝するようにほほえんだ。「やってもらえるかい？」

「もちろん引き受けるわ」スザンヌはためらうことなく答えた。「なにか耳にしたら、それがどんなことでも、必ずあなたに伝える。保安官にもね」

ウィンスロップは長々と安堵のため息を洩らした。「ありがとう、スザンヌ。こんなことを頼んでいいものか迷っていたんだよ。でも、例の墓地の事件はきみの協力があって解決できたことを思い出したんだ」

「あれは運がよかっただけよ」

「いやいや、頭が切れるからさ」ウィンスロップは心から安堵したのか、肩の力がいくらか抜けたように見えた。「感謝するよ。どんな形でも協力してもらえれば、本当にありがたい」

「まだなにもしてないじゃない」またも彼を思いやる気持ちがこみあげた。「でも、努力するわ。それに気休めになるかわからないけど、助けを求めてきたのはあなたがはじめてじゃないから」

ブルース・ウィンスロップは右手をあげた。中指を人差し指に重ねてある。

「それを聞いて気が楽になったよ。ありがとう」そう言うと、ぎこちない笑みを浮かべて出ていった。

まったく悲しいにもほどがある、とスザンヌは心のなかでつぶやいた。彼女は、テーブルの下にほうきを差し入れ、食べかすを掃き寄せようとしていた。ハンナは気の毒にもこの世を去り、ブルースはすっかり意気消沈し、ひょっとしたら生き残ったことで罪悪感を抱いているかもしれない。そしてドゥーギー保安官は容疑者とおぼしき人を片っ端から捕まえて、取り調べている。自分はと言えば、仲間ふたりとともに店の片づけという面倒な仕事の真っ最中だが、それでもカックルベリー・クラブの経営者であることに幸せを感じ、満足もしていた。さらには、この町を動かす立場でもなく、緊急時の対応要員でもないという幸運に感謝した。あの火事の——というより、ハンナが生きていないとわかっていながら、鎮火後の対応をしなくてすんだ幸運に。

こう考えると、カックルベリー・クラブの経営は本当に自分に合っていると感じる。経済は低迷しているけれど、店は好調を維持している。本当にありがたいことだ。繁盛しつづけている要因が朝食、ランチ、アフタヌーンティー、〈ブック・ヌック〉、〈ニッティング・ネスト〉のうちどれなのかは、自分でもわからない。どんな魔法にせよ、すべての歯車がうまくかみ合っているように思えるのだ。

スザンヌは腰をのばし、店内を見まわしてほほえんだ。

うん、あと少しだわ。

入り口のドアをノックする音がして、笑みがわずかに引っこんだ。スザンヌはドアのところまで行き、レースのカーテンごしに応答した。「すみません、もう閉店です」

ふたたびノックの音。

このしつこい訪問者は保安官かしら？　なにか用事があってふたたび訪ねてきたとか？

レースのカーテンをわきに寄せると、ジーン・ギャンドルがのぞきこんでいた。ジーンは《ビューグル》紙に特集記事を書くだけでなく、広告の営業、求人欄、スポーツ記事、訃報記事も手がけているが、優先順位はこのとおりとはかぎらない。彼が最近手がけた特集記事は、囲いから逃げ出した牡牛が農場主を二日にわたって納屋に閉じこめた事件を報じるものだった。

ジーンは片手をあげ、くるくるまわす仕種をした。「話があるんだ、スザンヌ」ドアごしなので、声がくぐもって聞こえた。それにあわてているようでもあった。

スザンヌはやめたほうがいいと思いながらも渋々掛け金をはずし、ジーンをなかに入れた。

「なんの用なの？」

「こんにちはのあいさつもないんだね」ジーンはいつにも増してやせこけ、間が抜けた感じで、しかもひどく昂奮していた。

「なんの用なの、ジーン？」ランチにはかなり遅い時間だから、ニュースになりそうなネタを聞き出そうという魂胆だろう。

「例の大火事の件だよ」

「痛ましい出来事だったわ」

「ほかになにか知らないのかい？」彼はメモ帳とペンを出した。

「ハンナ・ヴェナブルが亡くなり、ビルが全焼したわ」スザンヌは答えた。

ジーンはらせん綴じのメモ帳をペンでコンコンと叩いた。

「ぼくだってそれくらいは知ってるさ」

「ジーン、なにが知りたいのよ」スザンヌから人好きのよさが急速に失われていた。というより、そんなものは二分前に、ごみと一緒に捨ててしまった。

「きょう、ドゥーギー保安官がここに来たのは知ってるんだぜ」

「保安官が来るのはしょっちゅうでしょ」スザンヌは一九二〇年代につくられた、古くさいソーダスタンド用カウンター、スツール、奥の棚を指差した。「カウンターのいちばん端のスツールがあるでしょ？　あそこに真鍮のプレートをつけようかと思ってるくらい。保安官事務所の所有って彫ったプレートをね」

「保安官はすでに容疑者を何人かに絞っているんだろ」

「本人に訊けばいいじゃない」

「訊いたさ。今度はきみに訊いてるんだ」

「なんで、わたしがさっき言った以上のことを知ってると思うのか不思議だわ」

「頼むよ、スザンヌ」ジーンはいつもの甘える作戦に出た。「あの放火事件に関わってないなんて言わないでくれよ。きみが現場にいたのは知ってるんだ。この目で見たんだからね」

「わたしだけじゃなく、町の住民の半数もいたわ」

「マーティ・ウルフソンのことでなにか知らないかな？」

「あの人のことは本当にろくに知らないの。数時間前、うちの店に押しかけてきて、苦情を申し立てたこと以外には」

「きみの素人くさい見解以上のものがほしいんだよ、スザンヌ。事実がほしいんだ。締切を抱えてるんだからさ」ジーンはいつも、ウッドワードとバーンスタインの有名ジャーナリストコンビに第三の男として仲間入りしたかのように振る舞っている。

「きょうは土曜日よ、ジーン。落ち着いて。《ビューグル》が出るのは木曜日でしょうに」

「ほかのメディアに先を越されるのが心配なんだよ」

「ほかのメディアって、地元ラジオ局のこと？　たしかにあそこは火災現場から実況していたけど」

「でも、ラジオは一過性だろ」ジーンは手にしたペンを振り動かした。「ニュースを二分、くだらないコマーシャルを五分、そのあと一曲かけて終わりだ。あんなの、まじめに聴いてるやつなんかいないさ。ラジオってのは……その場かぎりのものなんだよ」

スザンヌは新聞だって鳥かごの底に敷くじゃないと、いじわるなことを言おうかと思った。しかし、《ビューグル》で編集長兼発行人をしているローラ・ベンチリーとは友だちなので、その言葉をのみこんだ。「教えてあげられることは本当になにもないのよ、ジーン。なんにも知らないんだから」

ジーンはがっくりと肩を落とし、ドアに向かってのろのろと戻っていった。やがて振り返り、スザンヌに向かって言った。「なにか突きとめたら、連絡してくれよ。ひとつ貸しだからな！」

「あなたに借りなんかないじゃないの」スザンヌが言うと、ジーンは乱暴にドアを閉めた。

「誰が来てたの？」トニが訊いた。こっそり歩く猫のように、足音も立てずに自在扉を抜けてきたのだ。

「ジーン・ギャンドル。火事に関する情報はないか、調べてまわってるの」

「調べてまわってるっていうより、こそこそ嗅ぎまわってる感じだよね」トニは駐車場のほうに目をやった。「まったく不愉快ったらないよ」そこで黙りこみ、目をしばたたかせた。

「おっと」

スザンヌは体をこわばらせた。「まさか、ジーンが戻ってくるんじゃないでしょうね」

「そうじゃないよ」とトニ。「ジュニアの車が入ってきた」

トニの別居中の夫、ジュニア・ギャレットはまさに変人そのものだ。シェルビー自動車修理工場の仕事はどうにかこうにかつづけている状態で、町のごみ集積場の近くに違法駐車した中古のトレーラーハウスに暮らし、おんぼろ車と見ると、なんとかしたくなる性分ときている。四十三歳の体をした十六歳の不良少年と言えば、当たらずといえども遠からずだ。

ドアがガタガタいったかと思うと、ジュニアが大きな琥珀色の瓶を手に、のんびりとした足取りで入ってきた。いつもの黒革のジャケットに腰穿きしたジーンズ、ベルトからはシルバーのウォレットチェーンをさげ、世の中には心配事などひとつもないというように、たっぷり時間をかけて歩いてくる。

トニは腰に手をあて、対決姿勢をしめした。「ちょっと、なにしに来たのさ」

「みんなに見せたいものがあってね」ジュニアは陽に焼けた顔に得意げな笑みを浮かべた。

「見せたいもの？」スザンヌは訊いた。

ジュニアは若返りの泉の水を一リットル盗んできたのかと思うほどの昂奮ぶりで、持っていた瓶を突き出した。「こいつさ！」

「なんだ、ビールじゃん」トニはたいしておもしろくもなさそうな顔で、瓶をながめた。

「そんじょそこらにあるビールとはちがうんだって」ジュニアはめげなかった。「クラフトビールなんだぜ」

「クラフトビール」スザンヌは同じ言葉を繰り返した。自分でもおかしいとわかっているが、ジュニアの自信過剰な態度と次々に湧いてくるくだらないアイデアには、どこか惹かれるものがある。このときも、危険なコブラに魅入られたマングースのような気持ちになっていた。

「おれのオリジナルブランドなんだ」ジュニアは瓶を傾け、みすぼらしい茶色いラベルを見せびらかした。「その名もフッパブッバ・ビール。いかしてるだろ、え？」

「どこで手に入れたのさ」トニが訊いた。

ジュニアは間が抜けた笑いを浮かべると、頭を振りながら、その場で小さくダンスをした。

「聞いて驚くなよ、このおれがつくったんだ！」

「あなたが、ビールを、つくったですって？」スザンヌは言った。

「本気で言ってんの？」トニが言った。「どこで？」

「おれんちの浴槽さ。さっきも言ったように、こいつはクラフトビールだ。つまり、うんと少規模で醸造してれば、しだいに熱狂的なファンがつくほどの人気が出るってわけだ」

「あんたんちの小汚い浴槽でつくったビールにファンがつくなんて本気で思ってるわけ？」

「あったりまえだろ。こういうのがいま大流行してんだよ。知らないのか？　地ビール製造って聞いたことないのか？」

「聞いたことならあるわ」スザンヌは言った。それどころか、すべてのビール愛好家は地ビール製造に精を出していて、〈ハウンド・ドギー〉だの〈レッド・デーモン〉だの〈バスターボーイズ・ビール〉だのというばかげた名前をつけようと夢見ているんじゃないかと思っている。

「で、もういくらか売れたわけ？」トニが訊いた。

「おっと」とジュニア。「やっと流通の話になったな。そこがおれの売り込み戦略の最大のポイントなんだよ」

「で、その売り込み戦略というのは？」スザンヌは訊いた。

「フェイスブックで宣伝するか、ユーチューブにビデオをアップしようかと考えてるんだ。そしたら、一般に広がるだろ」

「ソーシャルメディアの活用だね」とトニ。

「そういうこと。おれもちょっとやってみようと思ってさ」

スザンヌはかぶりを振った。これ以上は聞かないほうがいい。話題を百八十度変えなくては。そこで、「きょうの結婚式には出席するの？」と訊いた。

「行くともさ」ジュニアの目がピンボール・マシンのように輝いた。「なにがなんでも駆けつけるって。リッキーはいいやつだ。あいつの八八年型カマロにヘミ・エンジンを取りつけるのを手伝ってやったことがあってさ。で、ゴールデン・スプリングズ・スピードウェイのレースにその車で出場させてくれって頼みこんだが、絶対だめだと断られたよ」

「賢明ね」スザンヌは言った。

「へへっ」ジュニアはまたも小さくダンスした。

「今度はなにをたくらんでるのさ？」トニが言った。「なんで、いかれた七面鳥みたいにぎゃーぎゃー言ってんの？」

「おれたちで、リッキーの車にすごいことしてやろうと思ってさ」

「誰がすごいことをしてやるの？」ペトラの声がした。彼女は腰をかがめ、仕切り窓から三人を見ていた。

「おれと修理工場の仲間数人だよ。やつの車のリアバンパーにブリキの缶をひもでいくつもつなげるんだ。そのあと、ボンネットと全部の窓にいたずらスプレーを噴きつけてやるって寸法だ」

「いい歳をした大人が考えることじゃないわね、ジュニア」スザンヌは言った。

ジュニアはがっくりと肩を落とした。「そんなこと言わないでくれ、スザンヌ。結婚式なんだぜ。そのくらい、誰だってやるだろ。なんかこう……ロマンチックじゃないか」

「フロントガラスについたいたずらスプレーをこそげ落とすのがロマンチックなわけ？」ペトラの声が飛んだ。

「わかった、こう考えてくれ。そういう伝統なんだって」

「それを言うなら、肩ごしに塩を投げて悪魔を撃退するのだって伝統だけど、わたしはそんなことしないでしょ」ペトラは言った。「だって、わたしには、昔ながらのお祈りという方法があるもの」

しかしトニは、いたずらスプレーで車を飾るというジュニアのアイデアをおもしろいと思ったようだ。「花嫁が身に着けると幸せになる四つのもの。なにか古いもの、なにか新しいもの、なにか借りたもの」そこでくすくす笑った。「そして、ピンクの泡でべたべたしたものもひとつ」

「うまい!」ジュニアは人差し指をトニに向けた。

ジュニアがあたふたとカックルベリー・クラブをあとにすると、三人は厨房に集まり、ペトラの手になるケーキを驚嘆のまなざしで見つめた。

「豪華ねえ」スザンヌは言った。直径十二インチの円形のケーキを三枚重ね、その上に、八インチのケーキを二個、慎重にちょっと傾けるようにしてのせてある。装飾がいっぱいついた帽子箱をふたつ重ねたような仕上がりだった。帽子箱はどちらもフォンダンでつくったバラ、シダ、ヒナギクで飾られ、フォンダンの真珠をつなげたネックレスがかかっている。不安定な最上段には、砂糖でつくった新郎新婦の人形が置かれていた。

「これを見たら、キットは大喜びするね。だって完璧だもん!」トニはそう言うと、ペトラが使っているコルクボードに貼られた紙きれに目をやった。「あれ、金曜日の一大イベントのメニューをもう決めたんだ」

今度の金曜の夜、カックルベリー・クラブは、キンドレッド初の試み、ディナー・シアターを主催することになっている。地元演劇集団から提案があって、ノエル・カワードの『陽気な幽霊』を上演するので、イギリスをテーマにしたディナーを用意してもらえないかと打診されたのだ。チケットはひとり二十五ドルで、収益は地元の図書館に贈られるという。言うまでもなく、チケットはすでに完売だ。

「たしかにメニューは決めたけどね」ペトラが言った。「結婚式のあと、あらたな一大プロジェクトに使えるパワーが残っているか自信がないわ」

「なに言ってんのさ」とトニ。「一週間近くも先の話だよ。大丈夫だって」

「だといいけど」ペトラはケーキに手をのばし、フォンダンでつくったシダをフロスティングにもう少し押しつけた。

「披露宴会場まではどうやってケーキを運ぶの？」スザンヌは訊いた。「出席者が取りに来るの？」

ペトラは腕時計に目をやった。「ジョーイが二時に来る約束なのよ」ジョーイはときどき店で働いてもらっている、あまりまじめとは言えない片づけ係だ。彼が人生でおおいに関心を寄せているのはスケートボード、スノーボード、ラッパー風のチェーンネックレスを着けること、それにMCハマーみたいなぶかぶかのズボンを腰穿きし、裾を腰のところでたるませることだ。

「ちょっと待って」スザンヌは言った。「あの子が取りに来るの？　つまり、車で運ぶってこと？」

「お母さんのステーションワゴンを借りるみたい」とペトラ。

「本当にあの子がケーキを運ぶわけ？〈シュミッツ・バー〉まで？」そこが披露宴の場所だった。〈シュミッツ・バー〉にあらたに増設されたドカンドカン・ルームが。

「おやおや。パックマンのゲーム機をちゃんとどかしておいてくれるといいけどね」トニが心配そうに言った。

「わたしとしては、ジョーイがちゃんと運転免許を持ってることを祈るばかりよ」スザンヌは言った。

7

スザンヌは自宅の二階にある寝室で化粧台を前にし、鏡をのぞきこんだ。身支度はほとんど終わっていたが、ふっくらしすぎた髪が気に入らなかった。そのうえ、アイシャドウを少しつけすぎたような気もする。なのに、着ているのは、ちょっとカクテルドレスっぽい雰囲気がある黒いドレス。だとすると……どんな感じに見られるかしら？　洗練された都会人？それとも商売女？

この期におよんで、ばかげたマイナス思考はやめなさい、と自分をたしなめた。とてもすてきよ。冗談でなく、エレガントだもの。言うなれば……。

スザンヌは首をかしげた。ミシェル・ファイファーっぽい感じ？　うーん。ちょっとちがうかな。でも、髪をふっくらさせた姿は、ちょっとリンダ・エヴァンスに似ているかも。『ダイナスティ』が放送されていた八〇年代の彼女に。

浴室から出てきたサム・ヘイズレットが、カフスボタンをはめようとしながらうしろに立った。彼は黒いビニールのキャリーバッグにスーツをきちんとおさめ、ウエストヴェイル診療所から直接ここにやってきたのだ。濃紺のスーツと赤いレジメンタルストライプのネクタイで決めていて、とても小粋でしゃれて見える。

「きょうはまたいちだんとすてきだ」サムが言った。

スザンヌは鏡に映ったサムに見入った。「あなたもよ」と答える。わたしがむさぼるような目で見つめているのに気づいたかしら？ 少しはひかえなきゃだめ？ そんなこと言ったってしょうがないじゃない。彼ったら、とてもハンサムなんだもの。しかも四歳年下。そこがまた、いいのよ。四十代なかばすぎの女性が、恋人にするには若すぎる男性から好意を寄せられるなんて。

「それはともかく、きょうはどんな結婚式なのかな？」サムが訊いた。甘えん坊で好奇心旺盛なバクスターがクリーニングしたてのスラックスに体をこすりつけ、銀色の毛をごっそりつけようとするのを、必死で追い払いながら。

「言うなれば、屋外でおこなわれるエドワード朝風でビンテージで宗教色のない結婚式というところ」

サムはきょとんとした顔をした。「女の人はそういうのが本当に好きだね」

スザンヌはパールのネックレスを手に取り、彼にほほえんだ。「そういうのって？」

「特定のテーマに沿った結婚式だよ。ビーチでの結婚式にルネッサンス風の結婚式、ヴィクトリア朝風の結婚式……」

「ずいぶんとくわしいじゃない」スザンヌはネックレスをとめ、慎重に位置を調節した。

「そうじゃないんだ。待合室に読み古した《モダン・ブライド》っていう雑誌が何冊もあるからね」サムは言葉を切り、自分のスラックスを見おろした。「ねえ、糸くずローラーはあるかな」

スザンヌは抽斗《ひきだし》に手を入れ、ごちゃごちゃと入っているストッキング、くし、香水のサンプルをかき分け、ローラーを出した。「女の人は結婚式が好きなんだと思うわ。パーティやその準備、華々しい演出、そういうもの全部が好きなのよ。もちろん、ロマンスもね」彼女は椅子にすわったまま少し向きを変え、サムを横目でちらりと見た。「べつにそんな悪いことじゃないでしょう？」

サムは黙々とスラックスに糸くずローラーをかけながら答えた。「そうだね」

ハープが奏でる甘い旋律が、両脇にカバノキが植えられた芝の通路をそぞろ歩くスザンヌ、サム、その他の招待客を出迎えていた。午後の風に吹かれ、木の葉がさらさらそよぎ、水色の空から太陽がまぶしく照りつける。しばらくして枝から白いリボンがはためく小さな木をまわりこむと、閑静な森のあずまや《ガゼボ》が現われた。ここまで来ると、バイオリンとオルガンもくわわって、バッハのカンタータ二十九番のシンフォニアのメロディが、八角形をした挙式用ガゼボがあるオークとポプラの木立一帯に響きわたっている。

ガゼボの凝った装飾に目をこらしたスザンヌは、感嘆のあまり息をのんだ。古めかしいガゼボは、小さな白い電球とピンクや白のバラでできたガーランドで飾られていた。青々とした蔓《つる》にヒナギクを編みこんだものが、頭上の木から木へと渡してある。枝にぶらさげた何十個ものキャンドルホルダーで、白いキャンドルに火が灯っていた。五十脚の木の折りたたみ椅子は半円形に並べられ、椅子の両脇には、グラジオラスとヒャクニチソウでつくった大きなブーケが飾られていた。ダークグリーンの苔で覆われた中央通路の両側では、広口瓶のなかで白いキャンドルが揺らめいている。

「すごいや」サムがあちこち見まわしながら言った。「こんなのははじめてだよ。あとはエルフと白いハトの群れがいたら完璧だ」

「すごくすてきでしょう？」スザンヌは言った。

「とても華やかだね。装飾はいかにも結婚式という感じだけど、男がしりごみしたくなるような息苦しい感じはまったくしない。開放感があって、自然が感じられて、おまけに……なにもかもすがすがしい感じがする」

「神様がおいでになる聖堂だもの」スザンヌは小さくつぶやいた。たくさんの植物が、公園の小さな一角を壮麗でぬくもりあふれる場所に変えてくれたことを喜ぶと同時に、わたしもいつか、こういう式を挙げられるかしらと自分に問いかけた。

次々と到着する招待客のなかに、スザンヌはトニとペトラをめざとく見つけた。

「ふたりのところに行きましょう」スザンヌはサムに声をかけた。

彼は彼女にしっかり手を握られ、あとをついていった。並んだ椅子をぐるりとまわりこみ、知り合いを見つけてはにこにこと会釈し、数フィートおきに足をとめて立ち話をした。

「猛烈な竜巻にさらわれ、魔法の王国に落とされた気分だよ」合流すると、トニが開口一番そう言った。

「たしかに、目をみはるほどの美しさだものね」スザンヌは相づちを打った。

「こんなの、はじめてだよ」サムはさっきから、頭上にぶらさがった蔓を感心したように見つめている。

「誰がこれを手配したか知ってる？」ペトラが言った。

「誰？」全員がフクロウのコーラスよろしく、一斉に訊いた。

「ブレットとグレッグがやっている、ささやかな副業なんですって」とペトラ。「〈パーティ・アニマル〉っていう会社だそうよ」

「あのふたりはイベントの演出の才能があるって、前々から思ってたわ」スザンヌは言った。

「だって、ほら、去年、うちで女子力アップのお茶会をやったときに手伝ってくれたでしょ……で、今度はこれだもの。もう、びっくり」

「ほら、プログラムを見てごらんなさいな」ペトラが椅子から一部、手に取った。「ビンテージ風の紙にセピアカラーのインクで印刷してあるでしょ。しかも、縁のところなんかこんなふうにしてあるし」プログラムの縁は、レース模様に切ってあった。

「本当だわ」スザンヌは言った。「スクラップブック専門のお店にあるような、特別なデコレーション用のはさみを使ったのね」

「あたしも、そのはさみを買おうっと」トニが言った。「こういうカードやプログラムの作り方を習うんだ。そしたら、副業《サイドライン》としてやれるかもしれないし」

「あなたの付属物《サイドライン》が来たわよ」ペトラが小声で言った。「それとも、余興《サイドショー》って呼ぶほうがいい？」

ブルージーンズにかかとのすり減ったブーツ、肩幅が二サイズは大きい八〇年代風の黒いジャケットという恰好のジュニアが、四人のほうにまっすぐやってくるのが見えた。

「調子はどうだい？」ジュニアは愛想よく手を振りながら言った。四人のところまで来ると、身をぐっと乗り出し、おれのものだと言わんばかりにトニの腰に腕をまわした。「えらくきれいじゃんか」そう言うと、彼女の頬の片方だけにキスをした。「おお～、いいにおいまでさせてるな。なにをつけてるんだ？　香水か？」

「はずれ。犬のノミよけの首輪」トニは言った。「なあんてのは冗談。うん、香水だよ」彼女は体を引いた。「ちょっと、頼むから、ドレスを引っ張りあげるのをやめてくれる？」

「ったく、うるさいやつだな」ジュニアはまぬけな薄笑いを浮かべ、サムを見やった。「おれとトニが、なんでこんなに相性がいいかわかるかい？」

「ぼくには天によってさだめられた結婚に思えるな」とサム。

スザンヌは彼の足首を軽く蹴った。

「いてて。だったら、死後に行く特別な場所によってさだめられたと言い換えるよ」

「リッキーの車の仕上がりを見てくれ」ジュニアは言った。「すげえ、かっこいいんだぜ。保安官もわざわざ足をとめて、じっくり見てたくらいだ」

「そうそう、そうなんだよ」とトニ。

「ねえ、みんなすわらない?」ペトラは五人のなかでもっとも教会とのつながりが強く、しきたりや作法を常に気にかけている。トニはたいていアドリブでごまかし、スザンヌはどうにかこうにかしのぐのが常だ。

五人は前から三列めに、サム、スザンヌ、トニ、ジュニア、ペトラの順に腰をおろした。トニがペトラに顔を近づけた。「スラックスで来たんだね。レースのついたピンクのドレスを着るのかと思ってたよ」

ペトラは眉ひとつ動かさずにトニをにらんだ。「わたしがドレスを着るのは、手持ちのゆるゆるズボンが全部、洗濯中のときだけよ」

ジュニアがぷっと噴き出したが、ペトラの冷ややかなひとにらみで、すぐさま笑いを引っこめた。

トニはジュニアの腕をひっぱたき、ペトラに小声で「ごめん」と謝った。「気を悪くさせるつもりじゃなかったんだよ」それから反対側のスザンヌのほうを向き、彼女の手をつかんだ。「いままで見たなかで、いちばんすてきな結婚式だと思わない?」

「公園の一部をこんなにも見事に変身させるなんて、思ってもいなかったわ」

「あたしなんか、結婚式をやり直したくなっちゃった」

「だめ」スザンヌは小声でたしなめた。「深呼吸して、そんな考えは頭からきれいさっぱり消し去ること」

トニは含み笑いを洩らすと、さっきからうしろの列の男性と夢中でおしゃべりしているサムのほうを顎でしゃくった。「おふたりさんはどうなのさ？」とひそひそ声で訊いた。「具体的な計画はあるの？」

「そんなものがあったら」とスザンヌ。「真っ先にあなたに知らせるわ」

演奏家たちがべつの楽曲を演奏しはじめると、参列者は水を打ったように静まり返った。全員がもっとよく見えるようにと、椅子にすわったまま体の向きを変え、首をめぐらしている。

リッキー・ウィルコックスと新郎付添人をつとめる男性——たしか、〈デイルズ〉というスーパーマーケットの袋詰め係だ——が中央通路を歩いてきた。ふたりともひだ飾りのついたシャツに薄紫色のタキシードを着ている。状況が状況なら、ジュニアプロムに行くのにめかしこんでいると見えただろうが、階段で白い木製のガゼボにあがって定位置につくと、一変してタキシードはこの場にふさわしいものになった。

ふたりにつづいて、丈の長い黒い礼服姿のジュディス・ウィルソン師が登場した。ウィルソン師はユニテリアン教会に新しく赴任した牧師で、キンドレッドにも最近来たばかりだ。気立てがよく親しみやすそうな彼女は、宗教色抜きでという要望にも嫌な顔をせず、キットとリッキーの結婚式を執り行うことに同意してくれたのだった。

教会に通う人が減りつづけている昨今、あらゆる機会をとらえて、話を聞いてもらう必要があるからだろう。

キットの花嫁付添人である姉のカーラがそのあとにつづいた。彼女はゆっくりと通路を進み、そのあとをフラワーガール役の少女ふたりが両手を小さなかごに入れ、白い花びらをまきながら歩いてくる。

「あの子たち、かわいいねえ」トニが小声で言った。

スザンヌも同感だった。

音楽がいったんやみ、三人の演奏家がパッヘルベル作曲「カノン　ニ長調」の冒頭を演奏しはじめると、どこからともなくキットが現われた。甘美な調べが響きわたるなか、キットは一瞬、とまどった様子を見せたが、全員の目が自分に注がれるのを意識して、笑顔で周囲を見まわした。それから、エメラルドグリーンの苔に覆われた中央通路をゆっくりと歩き出した。参列者はふたたび水を打ったように静かになったが、キットのあまりの美しさにそこかしこから、ささやき声が洩れはじめた。

キットが着ているハイウエストのウエディングドレスはクリーム色で、レースの裾を長く引くデザインだった。一歩足を進めるたびにひらひらとひるがえるドレスは、彼女を円熟した大人の女性に見せると同時に、一九六〇年代を彷彿とさせた。ブロンドのロングヘアには木の葉と花を編みこんだリースをのせ、手にした白いカラーの花束からは長いリボンがなびいている。中央通路を進む彼女のアーモンド形の目はたっぷりのマスカラで際立ち、幸せそうにきらきらしていた。

まばゆいばかりに輝いているわ、とスザンヌはひとりつぶやいた。

「きれいだねえ」トニは言い、今度はスザンヌにささやいた。「だよね？　あれなら腹ボテだなんて、誰も思わないよ」

「シッ！」スザンヌは人差し指を唇の前に立てた。そんな話をするには、時も場所もふさわしくない。きょうはキットの晴れの日、おめでたい結婚式の日であり、それに水を差すようなまねはひかえなくては。

キットがわきを通りすぎていくと、サムが手をのばしてきて、スザンヌとさりげなく指をからめ合わせた。彼女は十年以上も前の、ウォルターとの結婚式を思い出していた。そこへサムの手が触れ、いまこの瞬間に引き戻してくれた。

過去を振り返ってはだめよ、とスザンヌは自分に言い聞かせた。きょうを生きなくては。一瞬一瞬を大事にするの。

見ると、キットはガゼボの舞台に通じる三段のステップをあがっていくところで、リッキーがその腕を取り、絶対に離さないとばかりに自分のほうへと引き寄せた。

ウィルソン師は詩の朗読で式を開始した。同時に、三重奏楽団が穏やかなメロディを奏でたが、スザンヌも知っているイングランド民謡の「グリーンスリーブス」だった。それが終わると、結婚の誓いを交わす番だ。

キットとリッキーはそれぞれ誓いの言葉を書いてきていた。最初にリッキーが読みあげ、キットを愛し、守り、尊重することを約束した。彼女こそ、人生における愛と光であると述べた。

次はキットの番だった。全員の目（その多くがうるんでいた）が見守るなか、彼女は心地よく響く声で、ゆっくり、はきはきと読みあげた。

「わたしはすべてを懸けてあなたを愛します」キットはリッキーに語りかけた。「あなたが人生に現われるまでのわたしは抜け殻のようでした。いまは生きていることを実感しています。リッキー、これからずっと、おたがいにどれだけ歳をとろうとも、あなたを尊敬し、あなたを思いやり、あなたをいたわると約束します」

「泣かせるねえ」トニがハンカチで目もとをぬぐった。

「では指輪の交換をおこないます」ウィルソン師が言った。

リッキーの付添人がベストのポケットに手を入れ、細いゴールドの指輪を出した。

「リッキー」ウィルソン師が呼びかけた。「その指輪をキットの手にのせ、わたしの言うとおりに繰り返してください。『この指輪とともに……』」

「この指輪とともに」リッキーは復唱した。

「わたしはあなたを……」

次の瞬間、絵のように完璧だったキットの結婚式が、まったくの悪夢に転じた。

「やめろ！」威厳に満ちた大声が響いた。

「なんなの？」スザンヌは縮みあがった。いったいどういうこと？　ブーツの荒々しい靴音が聞こえ、入り口のほうではなにやら押し問答をしているようだ。立ちあがりかけたスザンヌは、険しい顔をしたドゥーギー保安官とふたりの助手がすさまじいいきおいで中央通路を歩いてくるのを目にし、呆気にとられた。

「おやめください！」ウィルソン師がかき集められるかぎりの怒りをこめて言った。「いまは厳粛な結婚式の真っ最中……」

保安官が肉づきのいい手をあげた。「申し訳ないが、そいつは待ってもらうしかない」彼は一段とばしでガゼボにのぼると、分厚い手をリッキーの肩に置いた。「こんなことを言うのは心苦しいんだがね、放火と殺人の容疑できみを逮捕する」

参列者からあがった怒りの声が、ほかのすべての音をのみこんだかのようだった。しかしスザンヌには保安官の言葉がはっきりと聞こえていた。放火。それに殺人。そんなはずがないわ、そうでしょう？　まさか……リッキー・ウィルコックスが？

ドリスコル助手がきらりと光る銀色の手錠を出し、それをカミツキガメのひと噛みに匹敵する素早さでリッキーの手首にかけた。

「だけど……だけど……まだ結婚式もすんでないのに！」キットがわめいた。その声と顔に浮かんだ表情からはショックと怒り、それにくわえて五感が麻痺してしまうほどの恐怖がうかがえた。

そんなことを言っても無駄だった。リッキーは連行され、誰ひとり〝異議あり〟と言うことすらできなかった。それどころか……。

「いったい全体どういうことなの？」スザンヌは声を荒らげた。「保安官はなんて言ってるの？」

「逮捕って言わなかったかい？」とサム。

「ばかも休み休み言えってんだ！」これはジュニアの声。さすがの彼もうろたえていた。

トニは頭に血がのぼるほど怒っていた。「ねえ、いまのあれを見た？　みんな見た？」非道なふるまいを目撃したのは自分ひとりだと言わんばかりに、唾を飛ばしてわめいている。

「保安官がリッキーを取り押さえて、それから、それから……」舌がもつれてうまく言葉が出なくなり、必死で息をととのえた。「それから……逮捕して連行しちゃったんだよ」

ただひとり、まったく動じていないのはペトラだった。「こんなことは言いたくないけど」彼女は口をきゅっと引き結び、しかつめらしい顔をしていた。「結婚式を中断してよかったと思うわ」

「冗談じゃないよ」トニは大声で言い返した。

「おそらく、これは一種の神による介入じゃないかしら」ペトラは小声でつぶやいた。

「ううん、保安官による介入よ」スザンヌが言った。実際、彼は部下ふたりとともにナチスの突撃隊員よろしく駆けつけ、キットの結婚式を台なしにしたのだ。そんなの、どんな理由があっても受け入れられない。それどころか……。

スザンヌはあまりに腹がたって、気がつくと、椅子からいきおいよく立ちあがり、中央通路に出ていた。

「どこに行くんだい？」サムがうしろから声をかけた。

「スザンヌ、やめて」とペトラ。「邪魔しちゃだめよ！」

しかしスザンヌにはスザンヌなりの考えがあった。中央通路を早足で進み、動揺して騒然とする招待客をかき分けていった。

「保安官！」と大声で呼びかけた。ぴかぴかの黒いピンヒールで可能なかぎり急いだ結果、彼との距離は二十フィートにまで縮まり、もう少しで追いつきそうだ。「どういうこと？よくもあんなことができるわね」

ポプラの木立を抜けると、ドリスコル助手がリッキーの頭のてっぺんを手で押さえ、気の毒な新郎をえび茶と薄茶色のパトカーの後部座席に押しこもうとしているのが見えた。

「大勢の招待客の目の前で、キットとリッキーに恥をかかせるなんて」スザンヌは保安官に追いすがった。「おまけに、ふたりの結婚式をめちゃくちゃにして！」

保安官は表情のないまなざしをスザンヌに向け、さがれというように手を振り動かした。

「口を出さないでくれ、スザンヌ」

「いやよ」スザンヌは大声で言い、さらに距離を詰めた。「口を出さないわけにはいかないわ。いったいどんな理由があって、リッキー・ウィルコックスを逮捕するわけ？　だって……彼はきのうの火事とはなんの関係もないじゃない」

「リッキー・ウィルコックスの勤め先を知ってるか？」保安官はスザンヌをにらみつけた。顔がローマトマトのように真っ赤だ。制帽がゆがんでいるせいで、顔まで妙にいびつに見える。

スザンヌは顔をしかめた。それがいったいなんの関係があるのかしら、と思いながら。やがて肩をすくめた。「知らないわ。郵便局じゃなかった？」

保安官は首を激しく左右に振った。「それは二カ月ほど前の話だ。いまはサラザール鉱業で働いてるんだよ」

「だから、なんなの？」スザンヌの心臓は暴れるティンパニかと思うほど激しく鼓動していた。なんとしても、こんなことはやめさせなくては。この危機を打開しなくては。だって、キットの結婚式の日なんだもの。

「サラザール鉱業ってのがなにをしてる会社か知ってるか？」保安官が訊いた。

まったく保安官ときたら、なんでそんなくだらない質問をわたしに浴びせるの？

「ええとたしか……珪砂を採掘してるんじゃなかった？」

「そのとおり。では、珪砂はどのようにして採掘するか知ってるか？」保安官はガンベルトに両手の親指を引っかけ、スザンヌのほうに歩み寄った。

「ブルドーザーかしら。それともシャベル？」それ以上は思いつかなかった。もっとも、この時点では、どうでもいいような気がした。

保安官はぐっと顔を近づけた。「山に発破をかけて取り出すんだよ。ダイナマイトだのプラスチック爆弾のような物騒な爆発物を使ってな」

それを聞いて、スザンヌはまるまる五秒間、固まった。「ちょっと待って。あまりにばかげてるわ。まさか本気で思ってるんじゃないでしょうね、リッキーが……」

「採掘場から爆破用の雷管がいくつかなくなっている」保安官は言った。「雷管がなにかわかるか?」

スザンヌは首を横に振った。わからない。それでも、保安官がなにを言うつもりかは、はっきりわかった。

「よりでかい爆発を起こすための起爆装置として使われるものだ」

信じられない、とスザンヌは心のなかでつぶやいた。保安官は本気でリッキーが火事に関わっているとみているんだわ。おまけに、ハンナの死にも。

「採掘場に勤めているからって、リッキーが盗んだとはかぎらないでしょうに。誰が犯人でもおかしくないじゃない」

「ほう、そうかい?」保安官は言った。「だったら、リッキーの車のトランクから雷管が見つかったのはどういうわけだ?」

「なんですって?」スザンヌは思わず大きな声をあげた。そんなの、とてもじゃないけど信じられない。

「そうなんだよ」保安官は言った。「いくつか形式的な質問がしたくて、ドリスコル助手とおれとでリッキーを探しに来たところ、あんたの友だちのジュニアがリッキーの車のトランクをあけるところに出くわしてね。そのときに見えたんだよ。はっきりとね」保安官はわざとらしく間をおいた。「そこで質問だ。ここまで歴然とした証拠から、どのような推論が導かれると思う? カールソン判事がなぜリッキーの逮捕令状に署名したと思う?」

スザンヌは反論しようと口をひらきかけたものの、すぐに閉じた。なにも思いつかなかった。筋道のとおった説明をひとつも思いつけなかった。

8

とにかく、全員が重い足を引きずりながら二ブロック先の〈シュミッツ・バー〉に向かった。土曜日の夕方近くで、誰もが度数の高いアルコールを欲していたし、それにもちろん、ケーキもあった。

しかし、ドカンドカン・ルームの丸テーブルを囲んだのは、陰気で心ここにあらずな人たちばかりだった。

「まずは飲み物だな」どうした風の吹きまわしか、ジュニアがとりまとめ役を買って出ていた。「飲み物がほしいやつは手をあげてくれ」

「スイカのダイキリなんてメニューにないんでしょう？」ペトラが言った。

「ビールと強い酒にしておいたほうが無難だと思うぜ」ジュニアは助言した。

「ちょっと、ジュニア」スザンヌはこぶしでテーブルをコツコツ叩き、彼を振り向かせた。「いったいどういうわけでリッキーの車のトランクをあけて、保安官になかを見せたりしたの？　なんでそんなことになったわけ？」

ジュニアは目をぱちくりさせた。「なぜかって？　保安官が見たそうにしてたからさ」胸のところで腕を組んだせいで、ぶかぶかのジャケットがやせた首のまわりにたるみをつくっている。「そんなこともわかんないのかよ、スザンヌ。男ってのは車が好きで、それが男の証しってわけだ。みんな好きなんだよ、シリンダーヘッドだのデファレンシャルギアだの、アルミホイールだの、それから……」

「車のトランクとかね」スザンヌはさえぎった。「保安官がリッキーの車のトランクから、行方不明、というかおそらく盗まれた爆破用の雷管を何個か見つけたのは知ってる？　だから結婚式の最中に乗りこんできて、彼を連行したのよ」

「あのせいだったのか？」ジュニアは口をあんぐりあけてスザンヌを見つめた。

「そういうこと」スザンヌもべつにジュニアに腹をたてているわけではなく、ただ、ここまで悪化した事態にショックを受けているだけだった。

「じゃあ、全部あんたのせいなんだね」トニが固めたこぶしでジュニアの腕を素早くパンチした。

「痛ってぇー」ジュニアはうめくと、ずいぶん痛くしてくれたなというように腕をさすった。

「なんでおれのせいになるんだよ？」

ペトラが片手をあげた。「ちょっと待って。つまり、リッキーの車のトランクに雷管があったのは事実なのね？」

「そうらしいわ」スザンヌは答えた。証拠品Aである爆破用の雷管。リッキーにとって不利な状況だ。

「で、ドゥーギー保安官は、リッキーがそれを使って火事を起こしたと考えているのね？」ペトラが言った。

「そうらしいわ」

「だったら一件落着じゃないか」そう言ったのはサムだった。彼はずっとひとことも発言せず、みんながやいのやいの言うのに耳を傾けていたのだが、ようやく自分の意見を表明した。「雷管、それも盗まれた雷管を所持していたのなら、それこそ動かぬ証拠ってことになる」

「結論を急がないで」スザンヌは言った。「盗まれたものかどうかもはっきりわかってないのよ。捏造《ねつぞう》かもしれないじゃない。どこのものかはわからないんだから。だいいち、リッキー・ウィルコックスが郡民生活局の建物を燃やす動機がどこにあるの？」

「じゃあ、ほかの人には動機があるのかい？　事件の全容は流動的で、つかめていない。つまり、いまのところ具体的な動機は見つかってないんだ」サムはスザンヌに視線を据えた。

「たしかきみはいつも、すべての犯罪には基本的な動機があるはずだと言ってるよね。事件を解決するには、その動機を探り出さなくてはならないと」

わたしったら、よくもそんな大口を叩いたものだわ。

「リッキーはハンナに恨みがあったのかもしれないわね」ペトラが言った。「あるいはブルース・ウィンスロップに」

「人当たりのいい郡職員と、有能なる助手だったのよ」スザンヌはゆっくりと言った。「とても人から敵視されるようには思えないわ」

「あなたの言いたいこともわかるけど」ペトラが言った。

全員がしばらく黙りこみ、やがてジュニアが立ちあがって、ふたたび尋ねた。

「飲み物はいらないのか?」

今度は全員がオーダーした。


スザンヌがカクテルのレモンドロップをまともにひとくち飲む暇もなく、キットが姉のカーラを引き連れ、猛然と店に入ってきた。彼女は奥の部屋の入り口でふいに足をとめて室内を見まわし、白い飾りリボン、銀色をした結婚の鐘、それにテーブルを飾る花束にひとつひとつ目をやった。やがて、テーブルにでんと置かれたウエディングケーキをあてつけがましく指差した。ペトラが丹精こめて焼き、デコレーションしたケーキ。やがて彼女の下唇が小さく震えはじめた。

「ハニー……だめよ」スザンヌは椅子からはじかれたように立ちあがり、キットを抱きかかえた。「お願いだから泣かないで。きっとなにもかもちゃんと片づくわ。今度のことは絶対に……とんでもない間違いに決まってるんだから」少なくとも、スザンヌはそうであってほしいと思っていた。

しかし、キットは泣き出した。涙が頬をとめどなく流れ、嗚咽《おえつ》がひっきりなしにこみあげてくる。おまけにカーラまでが、うろたえたのか、それとも単になにもすることがないからなのか、一緒になって泣き出した。

「たまんねえな」ジュニアが言った。「泣けばすむと思ってやがる」

「あんたは黙ってればいいの」トニがぴしゃりと言った。「もう一日のうちに起こすには充分すぎる面倒を起こしてるんだからさ」

「悪かったな、ハニー」ジュニアはもごもごと言った。「そんなつもりじゃなかったんだよ」

「キット」カーラが高ぶる感情を必死にこらえながら、妹の袖を引いた。「手前の部屋に戻ろうよ。ボックス席にすわって、上等なお酒でも頼んで、少し気持ちを落ち着けなきゃ。ね？」

「そうね」キットは言うと、スザンヌの手をぎゅっと握り、押し殺したような声で「ありがとう」とつぶやいた。それから向きを変え、手前の部屋に引き返していった。ピーナッツの殻や煙草の吸い殻の落ちた床に、美しいウェディングドレスの裾を引きずりながら。

あらためてドリンクを飲みはじめたものの、ふた口と飲まないうちに保安官が顔を見せた。

「おやまあ」保安官に気づいたとたん、トニは鼻にしわを寄せた。「ちょっと、保安官。よくもここに顔を出せたもんだね」

「法を適正に執行するためだ」トニにしろ、ほかの者にしろ、つべこべ言ったら承知しないぞという態度だった。「そういうわけで、ジュニアに話がある」

「おれに？」ジュニアは焼けた火かき棒を押しあてられたみたいに飛びあがり、そのせいでビールをこぼしてしまった。「おれがなにをしたってんだ？」

「事件の共犯なんじゃないの」トニが言った。

「共犯になんかされたかないよ」ジュニアは情けない声で抗議した。

「共犯じゃない」保安官が言った。「目撃者だ」

「そのふたつに違いはあるのかい？」ジュニアは訊いた。

「あらあら、ジュニアったら、ロースクール出じゃないみたいね」ペトラがからかった。

「そんなにあわてないで落ち着け、ジュニア」保安官は言った。「リッキーの車について、話を聞きたいだけだ」

「へ？」ジュニアは貧乏揺すりをしながら言った。「ブリキ缶だのいたずらスプレーだののことかい？」

「雷管のことだ」

「おれが入れたんじゃないからな！　本当だって、おれじゃない」

「明日の午後三時頃、おれのオフィスに来てくれないか？」保安官は訊いた。

「なんでだよ？」ジュニアはまだびくびくしていた。

「話をするだけだ。いくつか質問に答えてもらいたい」

「逮捕されたりしないんだろうな？」

するとと保安官の口が痙攣《けいれん》をはじめ、はからずも笑顔になった。「心配するな、ジュニア。逮捕したりしないから」

ジュニアはわざとらしく額をぬぐった。「ふー、思わずびびっちまったぜ」

保安官はユーティリティー・ベルトを引っ張りあげると、まわれ右して引きあげようとした。しかし二秒後、彼の目の前に、怖い顔をしたキット・カスリックが現われた。

「ここでなにをしてるの？」キットは強い口調で尋ねた。怒りのあまり、唾を飛ばすほどのいきおいだった。

「妙だな。みんなから同じことを訊かれてばかりだ」保安官は手の甲で頬をさすった。「おれは放火および殺人とおぼしき事件を解決しようとしてるだけなのに、ここでなにをしてると訊かれるとはな」彼はキットのほうに一歩進み出ると、少し冷ややかな声になって言った。「自分の仕事をしてるんだよ。それが質問への答えだ。それが気に入らないやつは、とっととおれの前からうせろ」

保安官は足音も荒く立ち去り、キットはただただ目を丸くしていた。

「そんな言い方をしなくてもいいでしょ！」保安官の背中に向かって怒鳴った。それから向きを変え、すがるような目をスザンヌに向けた。「あんな言い方しなくたっていいじゃない、ねえ」

「まったくだ」とサム。

スザンヌは飲み物を押しやり、立ちあがった。キットのそばに駆け寄り、肩に腕をまわし、女性用トイレに通じる狭い廊下へと連れていった。「ちょっと話しましょう」

ふたりは〝ビール――もはや朝食のためだけのものではない〟と書かれたブリキの看板の下で足をとめた。キットはがっくりうなだれると、しばらく声をしのばせ、絶望したようにすすり泣いた。スザンヌはしばらく泣かせてやった。たまったものを吐き出すほうがいいと思ったからだ。

やがてキットはバッグからハンカチを出して洟をかみ、縁を赤く腫らした目でスザンヌを見つめた。「助けてもらえる?」とかすれた声で尋ねた。

「ええ、できるかぎりのことはする。でも、あなたもしっかりしなきゃだめよ」スザンヌはキットの両肩に手を置き、ぎゅっとつかんだ。「どう、できる?」

キットはうなずいた。「がんばってみる」

「だったらいいわ。じゃあ、まず第一に、リッキーに弁護士をつけなきゃね」

「わかった」

「自分でできる? それともわたしが電話しましょうか?」

「自分でできるわ。というか、自分でやりたいの」キットはそこで言葉を切り、盛大に洟をすすりあげた。「でも、あなたにも助けてもらわないと」

「どういう面で……?」スザンヌは言ったが、これからなにを言われるかは、ちゃんとわかっていた。

「あなたは保安官と親しいでしょ。しかも、謎を解き明かすのが得意ときてる」

「それほどでもないわよ」

「ううん、本当だってば。頭が切れるし、勘は鋭いし、むずかしい事件を解明する才能に恵まれてるし」言葉が堰《せき》を切ったようにキットの口からほとばしり出た。

「そういうことを保安官の耳に入れちゃだめよ」スザンヌは言った。

「聞かれたって、かまわないわ」とキット。

「なにしてんのさ？」すぐそばで声がした。トニだった。なにをこそこそ話しているのかと、足音を忍ばせて来たのだった。

「スザンヌに手を貸してほしいと頼んでたところ」キットが答えた。

「そりゃ、いいね」トニは言った。

「よくなんかないわよ」とスザンヌ。

「なに言ってんのさ。あんたは超一流の素人探偵なんだよ。少女探偵ナンシー・ドルーも顔負けのね」

「そういう比喩はやめてちょうだい」スザンヌは言った。

トニは指をぱちんと鳴らした。「わかった、じゃあ、『ジェシカおばさんの事件簿』のジェシカおばさんってことで。あの人を若くした感じだね」

「わたしになにかできるとも思えないんだけど」スザンヌはぼかした言い方をした。手を貸したいのはやまやまだ。自分ではそのつもりがなくても、スザンヌは弱者を擁護し、敗者に手を差しのべずにはいられないたちだ。だから、犬の保護団体、女性の保護施設、退役軍人の団体から支援を求められれば、いやとは言えない。だけど今度のこれは……千倍はむずかしい。それに危険でもある。

ふと気づくと、トニもキットも期待のにじんだ、訴えるような目でスザンヌを見つめていた。

困ったわ。どうすれば、この気の毒な彼女にノーと言えるのかしら。とてもじゃないけど無理。言えるわけがない。それも、本当なら結婚式がおこなわれるはずだった日に。しかもおなかのなかに三カ月の赤ちゃんがいる相手に。

「わかった」スザンヌは言い、人差し指を立てた。「なんの約束もできないけど、できるかぎりのことはするわ」

「ありがとう」キットは言った。

「それでこそ、スザンヌだよ」トニが言った。

スザンヌとトニがさきほどのテーブルに戻ってみると、ペトラがサムと深刻な議論の真っ最中だった。ジュニアは少し離れたところからその様子を見ていたが、片目はペトラとサムに据え、もう片方の目でケーキを見ていた。

「だから」ペトラの額には深いしわが寄り、目と目のあいだに数字の11のような縦じわがくっきり刻まれていた。「本当にリッキーが放火したんだとしたら？　あなたはどのくらい彼のことを知ってるの？」

「ちょっと待ってよ」スザンヌはサムの隣に腰かけ、ペトラの顔をのぞきこんだ。「ほんのちょっと前は、ジャック・ヴェナブルこそ放火犯で人殺しだと言ってたくせに。今度はべつの仮説に取り憑かれて、リッキーが犯人だと言い出すなんて。どっちなの、ペトラ。ちゃん

「誰にもわからないのよ。謎なんだもの」

「そんなの、わかるわけないでしょ」ペトラは顔を真っ赤にして言った。「誰にもわからないのよ。謎なんだもの」

「殺人という謎だよな」ジュニアが言い、テーブルごしにスザンヌを見つめ、ウィンクした。

スザンヌは無視を決めこんだ。

「まずは動機の解明からだな」サムが言った。その目はスザンヌをじっと見つめていた。

動機ね、とスザンヌは心のなかでつぶやいた。どこからか手をつけなくてはならないが、もっとも適切なのは、ジャック・ヴェナブルの浮気相手を突きとめることだろう。それを手がかりにすれば……。

「キットから助けてほしいと頼まれたの?」ペトラが訊いた。

「当然じゃん」トニが言った。

「で、あなたは力になると答えたんでしょう?」ペトラまでがスザンヌを見つめてきた。

スザンヌはみんなの視線を避けようとした。「できるかぎりのことはするとは言ったわ」とぼそぼそ答えた。「できるかぎりはとね」

「なあ」ジュニアが言った。「そこのケーキを切ろうぜ」

二十分後、ささやかなパーティはおひらきとなった。ただし、サムはこのまま〈シュミッツ・バー〉に残ってなにか食べるつもりだったし、トニとジュニアはバーカウンターで二杯で一杯の値段になるハッピーアワーのドリンク——この店では〝ダブル・バブル〟と呼んでいる——にありつくつもりだった。

「本当にこのお店で食べていくの？」店の正面側に戻り、年季の入った木のボックス席にするりとすわりながらスザンヌは訊いた。「よかったら家でなにかつくるのに」

「いいんだ」サムは言った。「ここで食べていこう。そのほうがおたがい、楽じゃないか」

「楽とは思えないけど」とスザンヌはサムに聞こえないようにつぶやいた。

年配のヒッピー風バーテンダー兼オーナーが、すかさず、ふたりのボックス席までやって来た。

「メニューをどうぞ、おふたりさん」

彼はそう言うと、脂ぎった、ぺらぺらのメニューをふたりに渡した。もっともこの店の客は誰もが、中身をそらで覚えているけれど。フレディはヤギひげを編み込みにして小さなゴールドの指輪でまとめ、ブルージーンズ、赤いサスペンダー、それに〝ベーコンのひとことできみに夢中〟と書かれたTシャツという恰好だった。

「バーガー・バスケット」サムは言った。いつもはチキン、魚、野菜、それに果物という心臓にやさしい食事を心がけているが、フレディがつくるグリル・ハンバーガーとなれば、そんなことは気にしていられない。地獄の燃えさしから発掘してきたのかと思うような旧式で、油がこびりついたグリルで焼くハンバーグは、なかはピンク色で肉汁がたっぷり、外はいい感じの焦げ色がついているのだ。

「チーズはいるかい？」フレディは訊いた。「冷蔵庫にめずらしいメイタグブルーがあるよ」

「それをもらおう」

フレディはスザンヌにほほえみかけた。「なににするかな、マダム」スザンヌは心臓を矢で射貫かれたような気がした。マダムと呼ばれるなんて。四十をほんのちょっと超えた女性でも、マダムと呼ばれたいはずがない。

「わたしも同じものをいただくわ」スザンヌは言った。

「ハンバーガーと一緒においしいオニオンリングもどうだい？」フレディが訊いた。彼はもうひと品を注文させるのが本当に上手だ。

「いいね」サムが言った。

フレディは左に傾いたねじれた文字でふたりの注文を書きとめると、顔をあげてスザンヌを見やった。「披露宴のことは本当に残念だったね。公園でなにがあったか、聞いたよ」そう言うと、重々しく首を横に振った。「とんでもない話だ。保安官がずかずか乗りこんでいったとはね。せめて若いふたりが、〝誓います〟と言うまで待ってやればよかったのに」

「同感だわ」スザンヌは言った。

「奥の部屋の使用料を請求するつもりはないよ」フレディは言った。「いくらなんでも気の毒すぎる」

「やさしいのね」スザンヌは言った。フレディのささやかな思いやりに触れて、なぜだか泣きたくなってしまった。このときまでは、ショックだったし、腹もたっていたし、唖然とし、頭は混乱していたけれど、泣きたい気持ちだけは感じていなかった。それがどうしたわけか、体のなかが煮えたって、いまにも感情がこぼれそうになった。

スザンヌの動揺を察したのか、サムがテーブルごしに腕をのばし、そっと手に触れてくれた。〝リラックスして〟と言っているように見えた。それからとても慎重で、ゆっくりとした口の動きで〝愛している〟と告げた。

ハンバーガー一個に、ふたつかみ分のオニオンリング、食後の白ワイン一杯で、スザンヌはすっかり気分がよくなった。誰かがジュークボックスをかけたらしく、いまはリトル・リチャードの「グッド・ゴリー・ミス・モリー」がガンガン鳴っている。

土曜の夜の客が大挙して押しかけると、昔の曲に歌われたように〝酒場は大にぎわい〟となった。店内のざわめきはジェットエンジンにも匹敵し、ウェイトレスたちはくたくたになりながらも泡のたったビールのマグを運び、グリルからはおいしそうな音が絶え間なく聞こえ、奥のビリヤード台からは玉がセットされる小さな音が流れてきていた。

「あれ、ふたりともまだいたんだね」トニが言った。

彼女とジュニアはバーカウンターのスツールをあけわたし、スザンヌとサムがいるボックス席にするりと腰をおろした。二ドルのビールを二杯以上流しこんだせいで、ゆったりとくつろいだ様子に見える。サムは勘定書きに目をやりながら、会計をしようと札を一枚一枚、勘定しているところだった。

「ちがうのよ」スザンヌは言った。「そろそろ帰ろうと思ってたところ」

「まだしばらくいたほうがいいぜ」ジュニアが言った。「このあと肉のくじをやるんだよ。青年商工会議所の資金集めでさ」

「おもしろそうだね」サムは言うと、スザンヌを横目でちらりと見やり、目もとにしわを寄せた。

「賞品はペカーナ精肉店提供の牛肩肉のローストだって」トニが言った。

「冷凍庫に入れときゃ、一カ月は食えるぜ！」とジュニアが昂奮した声を出す。

「先に解凍しなきゃだめだけどね」スザンヌは言った。バッグを引き寄せながらカウンターを見やると、ちょっとした騒動が起こっているようだ。よくよく見れば、中心にいるのは、赤い格子柄のシャツに色落ちしたジーンズという恰好をし、神の手によってそこにぽとんと落とされたようなダレル・ファーマンだった。カウンターに肘をついて身を乗り出した彼は、見るからに喧嘩腰で、指を振り立てながら、自分の言い分をとおそうとしているところだった。

スザンヌは肘でトニを軽く押した。「カウンターのところにいるのはダレル・ファーマンじゃない？」

トニは首をうしろに向けて、周囲を見まわした。「うん、たしかに。そう、あいつだよ」

「ダレル・ファーマンってのは何者なんだい？」サムが訊いた。

「信じてもらえないかもしれないけど」スザンヌは声を落としたまま言った。「保安官が容疑者と見なしている人のひとりよ」

「なんだって？」サムとジュニアが膝を乗り出した。

「もっとも、いまとなってはもう、容疑者ではなくなったのかもしれないけど。だって、状況がいくらか変わったから」

「ちょっと待って」とサム。「その情報はどこで入手したの？」

「保安官から。けさ、ファーマンにはあやしい点があるって聞いたの」

「どうしてそういう話になったのかな？」

「ファーマンはフィンリー署長によって消防署を解雇されたらしいの」

「なんで解雇なんかされたんだよ？」そう訊いたのはジュニアだった。

スザンヌは肩をすくめた。「さあ、それはフィンリー署長に訊くしかないと思うけど」

「じゃあ、おれが訊く」ジュニアは言った。

「あんたは関わるんじゃないの」トニがたしなめた。

「まじめな話」とサム。「どうして保安官はそのファーマンって男を疑ってるんだい？」

「わたしも具体的なことは知らないの。保安官もついでという感じで名前を出しただけだし」

「こんな話を聞いたことがあるぜ」ジュニアが言った。「消防士のなかには火事となるとえらく昂奮するやつがいるんだとさ。炎、熱、破壊。それどころか、なかには好きが高じて、自分で火をつけるやつもいるらしい」そう話すあいだ、ジュニアの目は飛び出さんばかりに大きく見ひらかれていた。

「えらくぞっとする話だね」トニが言った。「でも、それって本当?」

「それを裏づける事例をいくつか読んだことがあるよ」サムが言った。

四人がファーマンを見やると、相手はカウンターのところで王様のように振る舞っていた。見るからに酔っ払っていて、バースツールに傾いてすわり、あいかわらず、大きすぎる声でなにやらしゃべっている。

一斉に見つめられているのに気づいたのか、ファーマンは四人に目を向けた。

「おまえら、なにを見てる?」

「いや、べつに」サムが言った。四人はすぐさま、視線をおたがいの顔に戻した。

「おれの話を盗み聞きしてたな?」ファーマンは強い口調で尋ねた。

高飛車で詰問するような言い方だった。喧嘩したくてうずうずしているようだ。

このときも、四人ともなにも言わず、ぴくりとも動かなかった。

「例の噂も耳にしてんだろう、え?」ファーマンは大声で言った。「こないだの火事はおれの仕業だって噂をさ」彼はバースツールの上でゆらゆら揺れながら、酔っ払い特有の下卑た笑い声をあげた。「だけど、これでおれが無実だとわかったろう?ドゥーギー保安官がどつかのとんまを逮捕したんだからな!」

「みんな」サムが言った。「そろそろ出よう」

ファーマンのそばを通りすぎる際、トニはうっかり彼をちらりとにらんでしまった。

ファーマンは残忍な目を向け、あたりにとどろくような声を出した。

「もしかしたら、火をつけたのは女ってことも考えられるんじゃないか。最近じゃ、なにがあるかわからないもんな」

そう言うと彼はカウンターに向き直り、ハイエナのような声でげらげら笑った。

9

スザンヌは片方の目をどうにかこうにかあけて、寝室を見まわした。室内は薄暗く、ナイトテーブルの上の置き時計は六時十五分を指している。なんだ……まだこんな時間。いくらなんでも、元気よく起きるには早すぎる時間だ。なのに、隣には誰も寝ていなかった。おまけに、枕は叩いてふくらませてあるし、パッチワークの上掛けは元どおりになっていて、すべてきちんと整えてあった。

ヘイズレット先生ったら、こっそりどこに行っちゃったの？

スザンヌは体の向きを戻し、しばらく考えこんだ。朝の五時頃にサムの携帯電話が鳴って、盲腸の緊急手術をしなくてはならなくなったというようなことを彼がごにょごにょ言っていたのはぼんやりと覚えている。盲腸の手術じゃなく、気管切開だったかしら？

それはともかく、ぼんやりした頭でつらつら考えるうち、ふいに、昨夜はキットに無理な約束をしたんじゃないかと心配になった。話をするだけで、保安官の見当違いを正せるものかしら？　でも、リッキーが犯人なんてありえない。

大きく息を吸うと、ベッドの上で体を起こし、頭をはっきりさせようとした。両脚を振り出し、剝き出しのつま先をふわふわのシャギーラグにおろした。

うん……少しよくなった。頭が少しずつはっきりしてきた。

一、二分ほどたつと、さらにいくつかのまともな考えが頭のなかを駆けめぐりはじめた。キットからはぜひにと助けを求められた。ブルース・ウィンスロップからもだ。ウィンスロップはハンナの死を嘆き悲しみ、キットはリッキーが殺人の罪で起訴されるのではないかと恐れている。

まったくひどい話だわ。関係者全員にとって。

そして保安官は……これで容疑者の数は何人になったのかしら？　スザンヌは指を折って数えた。まずはハンナの夫のジャック・ヴェナブル。リッキー・ウィルコックス。元消防士のダレル・ファーマン。そして、救出された女性の別居中の夫、マーティ・ウルフソン。あの人もまだ容疑者よね？　うん、そうよ。絶対に。

保安官の捜査に間違いがないなら――敏腕で粘り強い捜査官なのはわかっている――この四人のうち誰かが放火犯ということになる。問題は、それが誰かだ。

スザンヌは手のなかに顔を埋め、目をこすった。それから、両手を首のうしろ、夜のうちに凝りがたまった部分に持っていった。首をゆっくりゆっくり揉んだのち、ふと顔をあげると、ふた組の澄んだ茶色の目に見つめられていた。バクスターとスクラッフだ。

「どうしたの？」と言ったが、すぐに「ええ、わかってる。おなかがすいたんでしょ。歯を磨いて、髪の毛をとかして、大急ぎでTシャツとレギンズに着替えるから、十分だけ待って。

そしたらおいしいドッグフードをあげるわ。そのあと、一緒にお散歩に行きましょう。それでいい？　ふたりとも、どう？」

うれしそうな笑顔としっぽで床を叩く仕種から、二匹ともそれで文句はないとわかった。

スザンヌが裏口から出ると、ヒマワリの種をくわえた真っ赤なコウカンチョウが、シーダーの木からべつのシーダーの木へと飛び移った。バクスターは興味がなさそうに、その様子を見つめるだけだったが、スクラッフはしっぽを大きく振った。犬たちを連れて裏庭を突っ切る途中、スザンヌはまたも、そのうち芝生をもとのきれいな状態に戻すにはどうしたらいいだろうかと考えた。茶色と黄色のクロスワードパズルになっているだけではすまず、最近のものとおぼしき大きな穴がいくつもあいている。犬たちは遊び半分に穴を掘っているのか、映画『大脱走』を観てやりたくなったのかはわからない。ありがたいことに、チャイブ、ローズマリー、バジル、パセリを植えたハーブ園にはあまり近寄らないでくれている。

そのハーブ園もしっちゃかめっちゃかのまま放ってあった。理由その一は季節はずれの寒さと雨だ。しかも、やわらかな芽が出るのを見計らったように、ウサギが荒しにやってくる。これについては、二ロールほどの金網を使い、どうにかしのいでいる。また、のろのろと這いまわる小さな青虫には葉っぱに穴をあけられたり、幼虫とおぼしき白い点のようなものをつけられることもある。自然に対する尊敬の念と、わずかばかりのハーブを育てる天賦の権利とが絶えずせめぎ合っているようなものだ。もちろん、農薬を使うのは論外だ。愛犬たちはウサギを遠ざけるくらいはするが、青虫を追いまわすところまではいっていない。おまじないを唱えながら、セージでもたくしかないかもしれない。

門から裏の路地に出ると、ひとりと二匹はスピードをあげた。犬たちはスザンヌの前を悠々と闊歩し、スザンヌのほうはローマ時代の馬が引く戦車に乗っているみたいに、リードをしっかりつかんでいた。まだ朝のはやい時間で、近所の人は誰も起きていないようだ。つまり、犬たちが大通りをくんくんやっても、適当な庭に入りこんでも、こっそり用を足しても大丈夫ということだ。

もう八月の終わりとはいえ、昼間は暑さがつづいている。まだきれいに咲いている花も若干あるが、マルハナバチの動きは鈍くなってきているし、落葉樹はすでにピークを過ぎ、葉が落ちるようになるのもそう先のことではなさそうだ。しかも朝、とくにこの日の朝は、空気がすがすがしく、秋の到来を予感させた。

犬たちとぶらぶら歩くうち、スザンヌは筋肉が温まってきたのを感じ、気持ちもすっかり乗ってきていた。外で体を動かすのがあまりに爽快で、何ブロックも歩きつづけた。近隣の小さなケープ・コッド風の住宅やクイーン・アン様式の住宅を過ぎ、玄関ポーチにブランコがあったり、窓の下枠に植木箱をつけた家々や、シマ猫が庭をこそこそ歩きまわっている大きなアメリカンゴシック建築の家の前を通りすぎた。

ふと気がつくと、十二ブロック以上も歩いてしまい、きのうの公園まであと少しのところまで来ていた。前方に目をやると、大きな林と緑の芝生が広がっている。

まあ、公園まで来ちゃったわ。飾りたてたガゼボとガーランドは、まだきのうのままかしら？

好奇心に引き寄せられるようにしてスザンヌは通りを渡り、きのうの午後、サムと一緒に歩いた並木道を進んだ。

ほんのきのうのことなの？　たった十六時間前のことなの？　まるまる一カ月がどこかに消えてしまったような気がしてならない。

スザンヌは一抹の悲しさと若干の恐怖を感じて足をとめ、結婚式がおこなわれるはずだったささやかな場所をじっと見つめた。椅子は片づけられていたが、ガーランドや蔓はまだ同じ場所に飾られていた。あらためて木を見あげると、きのうは枝に小さなリボンがいくつも結びつけてあるとしか思わなかったが、一緒に紙きれも結んであった。

祝福の言葉だわ。

スザンヌは手をのばし、ひとつ取った。小さな円形の模造羊皮紙に金色のインクで〝末永くお幸せに〟と書いてある。その紙をていねいにたたみ、フード付きパーカのポケットにしまった。

キットとリッキーは永遠の幸せをつかめるだろうか。それとも、あんなことのせいでべつの道、それも暗い道を歩むことになるのだろうか。

スザンヌは犬のリードを引っ張り、まわれ右して来た道を引き返しはじめた。シーソーがぽつねんと置かれ、ブランコが風に揺れている遊び場を突っ切った。つづいてカイパー金物店の先の角で曲がったが、ふと思いついて、すばやく右に折れた。気がつくと、焼け落ちた建物の裏の通りをゆっくりと歩いていた。

裏はまだ煙のにおいがぷんぷんし、隣接するビルからのびた犯行現場の黄色いテープがぴらぴらはためいていた。しかし、テープがところどころ破られているところを見ると、好奇心旺盛な隣人たちがここを車か徒歩で通った際に、あちこち嗅ぎまわったと思われる。なにか見つかっただろうか。おそらく、なにも見つからなかっただろう。放火専門の捜査官が荒っぽく捜しまわり、見つけるべきものはすべて見つけたはずだ。微量のサンプルを採取し、それを科捜研に持ち帰って分析し、それから……それからどうなるかは、スザンヌには知るよしもない。

愛犬たちは路地の真ん中で退屈そうにしていたが、スザンヌは灰や燃えた柱や瓦礫の山にできるかぎり近づいていった。明るいグレーの灰がたまった部分に、底がビブラムのハンティングブーツでついたとおぼしき大きな足跡が点々とついている。つまり倒れた板や傾いた煉瓦の柱をよけながら、じっくり調べた人がいるということだ。

わたしはそんなことはしないけど。この現場は見るからにとても危ない感じだもの。危ない感じ、どころじゃない。保安官にしろフィンリー署長にしろ、どうして一帯にプラスチックの塀を設営して、現場を保存しないのだろう。子どもが入らないようにしたほうがいいのに。

今度は足をとめて、現場をじっくりながめた。出火場所はどこだったのだろう。人生最後の瞬間、ハンナはどれほど苦しい思いをしたことか。引っかくような小さな音がうしろから聞こえ、スザンヌは思わず体をこわばらせた。ぱっと振り返った。誰かに見られていたのだろうか？　あるいは、バクスターがかゆいのをなんとかしただけかも。

しかし、ちがった。愛犬は身動きひとつせずにじっと見つめているばかりだ。スザンヌは警戒しつつ、路地の左右に目をやった。しかし、見えるのは残骸、ごみ箱、それに崩れて焼け焦げた煉瓦の山だけだ。

なんでもないじゃない、と自分に言い聞かせる。なんでもなかったのよ。

ため息をひとつつき、そろそろ移動しようと思ったそのとき、目を惹くものがあった。

うん？

地面に目をこらしたところ、燃えかけた紙だか屋根板だかが重なっている下に、赤いものがちらりと見えた。あれはいったいなんだろう？

スザンヌはあたりを見まわして棒きれを拾いあげ、灰の山をかきまわして、小さな赤いものをほじくり出した。

腰をかがめて拾いあげる。

コインのようだ。ゲームのコインか、昔の路面電車で使われていた乗車用コイン。なんのコインかはわからないが、とにかく興味深い。破壊されつくした場所から回収された小さな遺留品。

スザンヌはためらうことなく、それをポケットにしまった。

十一時、スザンヌは自宅のキッチンで鍋やフライパンの派手な音をさせながら、チーズオムレツを焼くか、パンケーキの生地をつくるか悩んでいた。冷蔵庫をあけ、紙パック入りの生クリームのほか、いくつかの材料を出した。膝で冷蔵庫の扉を閉めようとしたちょうどそのとき、玄関のドアを軽くノックする音が聞こえた。さらに、まぎれもない、掛け金をカチャカチャさせる音がそれにつづいた。

「いるかい?」サムが呼ぶ声がした。病院から戻ってきたのだ。

「こっちよ」スザンヌは大きな声で返事をした。「キッチンにいるわ」

疲れた顔で入ってきたサムは、いくらかよれよれになっているものの、色褪せた赤いヘンリーシャツにブルージーンズという恰好がとてもすてきだった。

「帰ってきてくれたのね」スザンヌは言った。

「帰ってくるって言ったじゃないか」

「本当に?」スザンヌはとぼけた笑みを浮かべた。「言われた記憶がないんだけど」

「あのときは寝ぼけていたようだからね」

「あら、でもいまはちがうわ。というか、しばらく前から起きてたもの。古いリアジェットに飛び乗ってマウイまで出かけ、日がな一日、ビーチで過ごそうかと思ったくらい。でも、ふと思ったの。サムが訪ねてくるかもしれないじゃないって。彼がおなかをすかせていたらどうするのって」

「そのとおり、腹ぺこなんだ」サムはカウンターの前のスツールに腰をおろし、期待するようなまなざしをスザンヌに向けた。「腹ぺこで死にそうだよ」

「病院の食堂で出してるジェローは好きじゃないのよね？」

「うん」

「粉末卵は？」

「パスする」

スザンヌはほほえんだ。「だったら、わが家のキッチンは営業中だとお知らせするわ」

たちまちサムはほっとした表情になった。「実は期待してたんだよ……」

「とは言え、日曜の午前のわたしはフルサービスのシェフじゃなく、即席料理専門のコック程度のことしかやらないけどね。というわけで、なにを召しあがる？　卵料理？　パンケーキ？」

「パンケーキがいいな」サムは言った。

「わたしの定番、ブルーベルベット・パンケーキを何枚か重ねたものでいいかしら」

サムの目が期待でぱっと輝いた。「どんなものか見当もつかないけど、ぜひとも食べたいな」

ダイニングルームでブランチを食べながら――スザンヌはブルーベルベット・パンケーキにカナディアンベーコンを二枚、付け合わせた――サムが言った。「きょうはなにをする予定？」

スザンヌはうっかり〝殺人事件の捜査〟と言いそうになったが、実際にはこう言っていた。
「モカ・ジェントを町の車庫近くの原っぱに連れていって、少し練習させようと思ってるの」

彼女が飼っているクォーターホースは、バレルレースに出場している。購入した時点で充分な訓練を受けていたし、この二年間も技術を維持する努力を重ねてきている。つまり、三カ所に置いた金属の樽《バレル》をクローバーを描くようにフルスピードでまわったり、樽を猛スピードで急激にまわる際には、モカの脚が折れませんようにと強く祈りながら、手綱を強く握ったりしているのだ。

無謀なのは承知のうえだが、次週のローガン郡カウンティ・フェアでおこなわれるバレルレースへの出場を考えている。

「カウンティ・フェアはいつから始まるんだっけ？」サムが訊いた。スザンヌがバレルレースで優勝するというひそかな野望を抱いているのを知っているのだ。出たとしても、よくて五位か六位だろうけれど。

「たしか……今度の木曜からじゃないかしら。うん、木曜の夜よ。ダウンタウンでパレードがおこなわれることになってるの」

「バレルレースはいつおこなわれるの？」

「金曜の午後よ。でも、まだエントリーするかどうかも決めてないわ」

「エントリーするくせに。だって、ずいぶん熱心に練習してるじゃないか」

「そうは言うけど」とスザンヌ。「問題はね……ほかにもいろいろ仕事があるってことなの」サムは彼女をちらりと見やった。「ドゥーギー保安官のあとを尾けまわすとか？　先日の放火犯は誰かを突きとめるとか？」

「とんでもない。火曜日にひらかれるお茶会のことや、水曜日にあるハンナのお葬式のことや、金曜の夜に開催するディナー・シアターに向けてカックルベリー・クラブをグレードアップすることなんかよ」

サムは片方の眉をあげた。「じゃあ、もう悪党を追いかけたり、事件を解決したりはしないわけだ」

「今週は本当にお店の行事のほうが気になるの」スザンヌは次々に繰り出される質問を、うまいことかわしながら言った。「そう言えば、あなたのほうこそ、お芝居の科白はちゃんと覚えたのかしら」サムは最近、キンドレッド演劇集団に誘われ、金曜の夜の演目でも役をもらっている。

「聞き捨てならないことを言うね。ぼくがシェイクスピア演劇の訓練を受けてるのを知らないな」

スザンヌは彼の顔に見入った。「インターンを終えてレジデントになる前、ロンドンのグローブ座でやった夏期公演のことを言ってるのよね」

「そのとおり」サムは彼女の手を取った。「今や不満の冬も過ぎ、ヨークの太陽が輝かしい夏をもたらしてくれた」

「すごく上手」スザンヌは言った。「でも、細身の剣で決闘したリチャード三世を演じるんじゃなく、ヴィクトリア朝の衣装に身を包むのよ。だって、出演契約をしたお芝居は、『陽気な幽霊』だもの」

カックルベリー・クラブの裏のだだっ広い土地はスザンヌのものだった。亡き夫ウォルターとふたりで投資目的で購入したのだが、ここ数年は、リード・デュカヴニーという名の農夫に貸している。リードは妻のマーサと農場に住み、せっせと土地を耕しては、大豆やジュビリーコーンといった生産性の高い作物を育てている。

寄棟屋根の大きな納屋ではかつて、乳牛がもぐもぐ口を動かし、モーと鳴き声をあげていたものだが、いまはここで馬を二頭飼っている。いや、正確に言うならモカ・ジェントという馬が一頭と、グロメットというラバが一頭だ。

二頭は最高のコンビで、いつも仲がいいのをスザンヌは喜んでいる。モカ・ジェントは飼い主のにおいによっぽど敏感なのか、あるいは本物のサイキックなのだろう。なにしろ、スザンヌがなにもつながれていないスタンチョンの前を通りすぎ、モカ・ジェントがいる四角い仕切りのほうに向かっていくと、低くいななくような声をあげるのだから。

「元気だった？」手をのばすと、モカが馬房の入り口に胸を押しつけてきた。スザンヌは耳のうしろをかいてやってから、すべすべしたローマ鼻と硬い毛に覆われた顎の下をさすった。さらに親愛の情をしめすため、顔を近づけ、軽くふっと息を吹きかけた。馬はこうやって息とにおいを感じさせてもらうのが大好きだ。悪意がなく、信頼できる相手だとわかるからだ。まあ、馬の調教をしている人の受け売りだけど。

モカの隣の馬房で、グロメットがそわそわと動きまわり、大きな黒い頭を突き出した。スザンヌは横に移動し、彼の大きな耳のうしろを軽く叩いた。

「あらあら、べつにのけ者にしてるわけじゃないのよ」スザンヌは体調維持とえこひいきをしていないとわかってもらう目的で、ときどきグロメットにも乗っている。しかし、落ち着きのない歩き方をするので、そこがちょっぴりつらい。

「さあて、これからなにをするかと言うとね」スザンヌはモカのほうを振り向いた。「ちょっと練習をしようと思うの。例のカウンティ・フェアに行く場合にそなえて」彼女が馬房のゲートを大きくあけると、モカは耳をぴんと立てた。「どう、やれる？」

馬がわきに寄り、スザンヌは赤と黒の大きな格子柄のサドルブランケットをその広い背中にかけた。それから馬具置き場まで行き、茶色いウェスタンサドルを手に取った。それを馬の背中に乗せ、鞍帯を締め、しばらく時間をおいたのち、膝で馬の腹部を押した。モカがこらえていた息を吐き出すと、スザンヌはあらためて鞍帯を締めた。

三マイルほど行ったところに町の車庫があり、隣に地元の乗馬クラブであるサークル・K・ライダーズが設営したバレルレース、キーホールレース、ポールベンディングの練習コースがある。

スザンヌは原っぱをいくつか突っ切り、アスファルトの道をゆっくりと進み、車庫に入った。光沢のない灰色のペンキを塗った、巨大なシンダーブロックの建物だった。並んでいるのは除雪車、除雪グレーダ、冬に道路が凍ったときに出動する砂まきトラック。道路が凍結するのは、冬のあいだのほぼ毎日だ。

モカを急がせて建物をまわりこんだところ、自分たちが一番乗りだとわかり、スザンヌは思わずうれしくなった。

よかった。これなら心ゆくまで練習できる。少なくとも、ほかの人たちが何人か来て、ここが即席のロデオ会場になるまでは。

バレルレースのコースは三個の樽が三角形を描くように置いてあった。このレースでは、馬をうまくあやつって、クローバーの模様を描きながら、できるだけ速く三個の樽をまわらなくてはならない。タイムを競うレースなので、コースをもっとも短い時間でまわった馬と騎手が優勝となる。

スザンヌはコースへの入り口と書いてあるほうにモカを向け、腹部を軽く蹴って走り出した。入り口を飛ぶようにくぐり、右にある最初の樽に向かった。それを半円を描くようにまわりこみ、二個めの樽を目指す。今度は左まわりになるため、スザンヌはモカが確実に正しい方向からまわれるよう自分の体重を移動させた。さらにスピードをあげ、いちばん奥の樽をまわって、ゴールに向かった。

同じことを四回、五回、六回と繰り返した。スザンヌは両脚を鞍帯にぴったりとつけるよう心がけ、まわるときはできるだけ樽に接近し、最後の直線は全速力で突っ走った。

もう充分だろうと判断し、クールダウンのためにモカを十分ほど円を描くようにゆっくり歩かせ、それからスタート地点に戻った。車庫の真ん前、セメントでできた停車帯のところに、車が一台とまっていた。車の主は彼女たちを見物していたのだろうか。それとも整備員が道具を取りに来ただけなのだろうか。いずれにせよ、スザンヌは愛想よく手を振り、コースのほうを向いた。

あと一回だけ、とスザンヌはつぶやいた。今度はすべてを出し切ろう。

スタートラインを駆け抜けながら、スザンヌは腕時計に目をやり、時間を頭に刻んだ。歯を食いしばって全精力を馬に集中させ、鞍の上で体をぎゅっと縮め、できるだけ上手に走らせるよう心がけた。

樽が目にもとまらぬ速さで飛んでいく。右にまわり、左にまわり、そして最後にもう一度、左にまわる。

ゴールラインを越えると同時に、腕時計に目をやった。いいタイムだ。十八秒。もちろん、正確なタイムではないが、いい線をいっていると思う。

ひょっとしたら、金曜日のレースに出られそうだ。あくまで、ひょっとしたら、だけど。

「よくやったわ」スザンヌは水飲み場のほうに歩かせながら、モカに言った。モカは彼女を背中に乗せたまま水を飲み、土埃の舞うなかで足踏みをし、また少し水を飲んだ。

引きあげようと向きを変えたとき、さっきの車が目に入ったが、誰も乗っていなかった。ラッキーだわ、と思う。コースをひとり占めできてラッキーだった。自分がこの馬の飼い主で、ほどほどの大胆さをそなえているのもラッキーだった。彼女よりも若く、経験豊富なカウガールはいくらでもいる。二十代にしてすでにロデオの達人である彼女たちは、嚙み煙草のようにガムをくちゃくちゃ嚙み、まるで怖いものなどないと言うように、猛然と樽をまわらせるのだ。

あと少し、様子を見よう、と自分に言い聞かせた。あと一、二回練習をしてから見きわめよう。用心するに越したことはない。

帰りはアスファルトの道を通らず、草刈り場を突っ切って、近くの森に入った。このルートは少しばかり岩が多く、いくらか勾配《こうばい》がきついが、同じ道を戻るよりも半マイルほど短くてすむ。

それに、うっすらとついた踏み分け道をてくてく歩きながら見る森はきれいだ。

風がひと吹きするたび、黄色と金色の葉がそよぎ、ひらひらと舞う蝶のように陽射しのなかを降り注ぐ。

それにずいぶんと暖かくなっていて、気持ちがよかった。冬はすぐそこまで来ているし、そうなれば、馬に乗るのも納屋のまわりをぐるっとまわる程度しかできなくなる。

角が取れて丸くなった石をまわりこむように水が流れる細い川床を渡った。足がしっかりしていて、乗用馬並みに慎重なモカがそろそろと進む途中、スザンヌの頭をなにかがかすめた。

ヒューン！

スザンヌはとっさに身をすくめた。

いったいなにごと？

心臓が胸から飛び出しかけ、アドレナリンがいきおいよく噴き出したところで、スザンヌはなにがあったかを悟った。

いまのはライフルの弾だ。本物の銃弾があたりかけたのだ。

スザンヌは首を一方に向け、つづいて逆のほうに振り向け、誰が発砲したのか突きとめようと、森のあちこちを夢中になって見まわした。

「待って、待ってちょうだい」と大声で呼びかけた。「撃たないで。人がいるのよ」

ポプラの木立を吹き抜ける風をべつにすれば、なにも聞こえなかった。

射撃練習でもしていたのかしら？　でも、さっきのはどう考えても本物の銃弾だ。

だとすると、ハンター？

モカの横腹にかかとを強く押しつけ、前へと進めた。賢明かつ安全なのは、できるだけ早くここをあとにすることだと思ったからだ。

しかし、混乱した頭で、革の鞍をぎしぎしいわせながら全速力で馬を走らせるうち、思い出した。猟が解禁になるのは一カ月も先だ。

10

ペトラ愛用の鋳鉄のフライパンのなかで、赤ピーマンの輪切りがいい音をたて、香ばしいにおいを放っていた。片側がカリッと焼けると、彼女は縁からフライ返しを差し入れてひっくり返した。輪切り一個一個のなかに農場直送の卵を割り入れ、火をとおす。できあがったのは──額に入った卵だ。

もちろん、べつのバージョンもある。厚切りにしたサワードウ・ブレッドをトーストし、中央にクッキーの型抜きで穴をあけ、それをフライパンに入れて卵を割り入れて焼くのだ。これは額に入った卵のバージョン2。

「ひゃー、まいった、まいった」トニが滑るように自在扉を抜け、厨房に入ってきた。「店は大にぎわいだよ」

「月曜日だもの」ペトラは斑点模様のセラミックのボウルに、卵を片手で次々と割り入れながら言った。「月曜日はぎゅうぎゅうに混むじゃない」

「けどさ、ほかの日だって忙しいよ」トニはペトラに注文票の束を渡し、せっせとトーストを焼いているスザンヌのほうを向いた。「だよね？」

「本当にありがたいことだわ」スザンヌは言った。なにしろ、カックルベリー・クラブも商売なのだ。それに、利益をあげることは赤字にならないようやりくりすることとは大きな違いがある。スザンヌが思うに、多角経営――カフェ、〈ブック・ヌック〉、〈ニッティング・ネスト〉、それに特別イベントの開催――という方針が、経営的に大きな相乗効果を生んだのだろう。ほかの小規模ビジネスが苦戦し、場合によっては店をたたんでいるなか、カックルベリー・クラブはアクセルを踏みっぱなしでひたすら突き進んでいると言っていい。

「あいかわらず、火事の話でもちきりなんでしょう？」ペトラはチキンと米のソーセージをひとつかみ、グリルにのせた。

「それと、リッキー・ウィルコックスの逮捕だよ。そいつもビッグニュースだからさ」トニは言うと、イチゴをひとつ手に取って宙に投げあげ、口で受けた。「結婚式のあの場面はいまだに信じられないよ」と口をもぐもぐさせながら言う。「最悪のひとことだね」

「ハンナの死だってそうよ」ペトラは思いつめたような顔で言った。

「不思議なことに」スザンヌは言った。「リッキー・ウィルコックスとハンナの死にはどうしてもつながりが見出せなくて」

「雷管があるじゃない」とペトラ。

「でも、リッキーはハンナを恨んでなんかいなかったでしょう？」

「雷管はリッキーの車のトランクにわざと置かれた可能性もあるよ」とトニ。「そんなのわけないし」

「誰がそんなことをするの？」ペトラが反論した。

トニは肩をすくめた。「わかんないよ。リッキーをはめようとした誰かとか？　あるいは警察の目をくらますためとか？」

「たしかに」とスザンヌ。「採掘場で働いている人なら誰でもおかしくないわ」

保安官は雷管を入手できる全員を徹底的に調べたのだろうか。それにハイウェイの建設現場でも発破は使っているはず。保安官が来たら、そこをちゃんと訊いてみよう。たぶん、そろそろ店に来る頃だ。月曜日はペトラが定評のあるクランベリーとナッツのブレッドを焼くことだし。

「ハンナのことは本当に気の毒だと思うけどさ」とトニ。「キットの結婚式が中止になっちゃったのも残念だよ」彼女はスザンヌがバターを塗って、給仕用のトレイにのせた追加注文のトーストを受け取った。「とは言うものの、けっきょく〈シュミッツ・バー〉でめいっぱい楽しんだんだけどね」

「ジュニアと一緒だったから？」スザンヌは言った。

「まあね、やっぱりあいつといると気分があがるんだ」

ペトラが小さく体を震わせた。「だから、わたしは長居しなかったのよ」

「あんたが帰ったあと、ちょっとワイルドになっちゃってさ。はめをはずして騒いだんだ――でもさ、ペトラ、あんたもたまには殻を破って、ビヨンセのバラードで頭がからっぽになるまで踊ってみてもいいんじゃない？」

「遠慮しておく」ペトラは言った。

スザンヌはトニのあとを追ってカフェに出ていき、フル回転で働きはじめた。トニがほかほかの料理を出し、新しく入ってきたお客の注文をとるかたわら、ポットにスマトラ・コーヒーとイングリッシュブレックファスト・ティーをあわただしく用意した。店内を見まわして、テーブルが三つあいているのを確認し、これから朝食を食べにお客が飛びこんでくる前にとセッティングの最終調整をした。

十時をまわる頃には、店内は気持ちよくにぎわっていた。席はすべて埋まっていたが、大半のお客は食事を終えていた。いまはゆったりとくつろぎ、最後のコーヒーを味わい、世間話に興じ、今週の予定をあれこれ考えていた。

「もう終わりみたい」スザンヌは厨房にするりと入り、ペトラに告げた。「朝食の注文はなさそうよ」カフェが気持ちよくにぎわっているとすれば、厨房のほうはその何倍も気持ちのいい香りがただよっていた。「うーん、このいいにおいはなにかしら?」

「オーブンでクランベリーとナッツのブレッドを二個焼いていて、いまはカボチャのブレッドをつくろうとしてるところ」

ペトラは小麦粉を振った板に大きな生地をのせた。それから、ふと思い出して、結婚指輪をはずした。ペトラは結婚しているが、夫のダニーはセンター・シティ養護施設に入所している。アルツハイマー病をわずらっているため、いまではもうペトラのこともほとんどわからない状態だ。それでもペトラは週に三、四回はクッキーやレモンバーを手みやげに訪ね、夫の手を握りながら一緒にテレビを見て過ごす。会いに行くたび、ダニーに自己紹介をするところから始めなくてはならないが、それで訪問するのをやめることはなかった。ペトラにとって、結婚とはどんな場合でも、死がふたりを分かつまでつづくものだからだ。

「パン生地をこねるあなたの手を見るのが好きよ」スザンヌは言った。「いつも、力強くて自信にあふれている感じがするから」

「みんな、パンを手作りするって言うとびっくりするけどね」とペトラ。「でも、そんなにむずかしいものじゃないのよ。たしかに、うんと質のいい材料を使わなきゃいけないし、手順も覚えなきゃいけないけど」彼女はしばらく、こねる手をとめ、そばのカウンターに置いた結婚指輪をじっと見つめた。「そう言えば……」

「うん？」スザンヌは言った。ペトラの顔にいつもとちがう、怯えているといってもいい表情が浮かんでいた。「どうかしたの？」

「いましがた、生地をこねるのに指輪をはずしたとき、ハンナから言われたことを思い出したの……たしか、二、三週間前だったかしら」

「どんな話？」

「彼女の結婚指輪がなくなっちゃったんですって」

「それが大事なことだと思うわけね……その理由は？」

「さあ。ただ、おかしな話だなと思っただけ。ご主人のジャックが盗んで処分しちゃったとか。なんか悪い意味で象徴的な話でしょ……ご主人はもうハンナと一緒にいたくないってことだもの」

「もしかしたら、うっかりなくしちゃっただけかもしれないでしょ」

「まあ、そうだけど」

「ちょっと待って。指輪の件はジャックの話を聞かされる前のこと？　彼が浮気をしてるかもしれないっていう前のことなの？」

「たしか、それより前だったと思うわ」ペトラはゆっくりと言った。

「だったらきっとなんでもないわよ」

「おそらくね」とペトラ。「でも、やっぱりなにか妙な感じがするの」

「わかるわ」ペトラはいまもハンナの死に動揺しているのだから、頭のなかがいくらか混乱していてもおかしくない。悲しい出来事を自分なりに納得しようとするのも当然のことだ。

ペトラは叩いたり、転がしたり、さらにはいくらか小麦粉を足したりしながら、力をこめて生地をこねつづけた。

スザンヌは中身があふれかけたごみ箱を指差した。「外に捨てにいったほうがいいわね。ものすごくたまってるもの」

「それに、におうし」ペトラが言った。「チキンサラダをつくるのに照り焼きチキンの形を整えたせいね。ということは……チキンを家禽《ファウル》とも呼ぶのはちゃんとした理由があるんだわ。悪臭《ファウル》がすると引っかけてるのよ」

「じゃあ、ごみを外に出してくる」スザンヌは言った。

「ねえ、もう裏の森のツルウメモドキは芽が出たかしら。赤い実がいくつかついた小枝数本を、トニがテーブルに飾ったガマやトウワタの鉢と一緒に置いたら、とてもすてきだと思うの」

「ついでに見てくるわ」

スザンヌはごみを黒いビニール袋にまとめると、口をビニタイで結び、裏口から外に出した。真っ青な空から太陽の光が降り注ぎ、気温はじりじりと十五度に近づきつつあった。真昼には、いい日和になるだろう。

ごみ袋を店の大型ごみ容器に投げ入れ、慎重に掛け金をかけた。アライグマやコヨーテの群れが餌を求めてあたりをうろついているためだ。ああいう動物たちはごみ容器に飛びこんで、パンの耳、前日のドーナッツ、鶏肉の不要な部位といったごちそうをあさるのが、なによりも好きだ。

スザンヌは固い地面の駐車場を突っ切り、敷地の奥にあるちょっとした林に足を踏み入れた。ポプラやシーダー、それに野生のクロウメモドキが密生している。いわば、北の森に覆われた自然の国の縮小版だ。

カサッ、カサッ……チーッ。

スザンヌの足がぴたりととまった。

いまのはなに？

全身がこわばった。きのうの発砲が現実だったにしろ気のせいだったにしろ、その影響かもしれない。急に落ち着きがなくなって、びくびくしはじめた。

カサッ……チーッ。

また同じ音がした。

スザンヌは周囲の茂みに目をこらした。なにもない。リスやアライグマはいないし、人間の姿もない。じゃあ、あの音はなんだったの？　足音をしのばせて前に進むと、前方の芝生がさやさやとそよいだ。足をとめて身を乗り出し、下をのぞきこんだ。すると、二フィートと離れていないところに、毛むくじゃらの小さな塊がうずくまっていた。

ぱっと見たときは、子ウサギかと思った。

しかし、やわらかな耳も綿毛のような尾もない、小さなふわふわの生き物だった。

スザンヌは膝をつき、もっとじっくりながめた。毛ではなく、ふわふわした羽毛だ。大きなくりっとした目に見つめ返されたとたん、赤ちゃんフクロウだとわかった。

あら、まあ。どうしましょう？

このあたりには野良猫がうろついている。バクスターとスクラッフを連れてきたときは、裏につないでおくから、さすがの猫も近づかない。しかし、犬がいないときは、心やさしいペトラが、捨てるしかない食べ残しを猫たちにあたえているのはまちがいない。

疑うことを知らない幼いフクロウが、猫の餌食になるなんて考えただけでも耐えられない。

エプロンをはずし、それで小さなフクロウを包むようにして拾いあげた。そして、来た道をゆっくり、そろそろと引き返し、店に向かった。裏口のドアのそばに、からの段ボール箱があった。箱の底にエプロンを丸めて敷き、そのうえにフクロウを乗せてやった。

「ねえ、見て」スザンヌは裏口から入りながら声をかけた。「こんなのを見つけちゃった」

ペトラがなかをのぞきこんだ。「おやおや。なんなの、これは」

「赤ちゃんフクロウよ」

「いったいどこで見つけたの？」

「裏の林のなか」スザンヌは言った。「たぶん、巣から落ちたんだと思うわ」

「だったら、巣に戻したほうがいいんじゃない？」

「どうかしら。そうしたほうがいいかもしれないわね。母親がもう見捨てていなければだけど」

「お母さんに見捨てられたって？」トニが厨房に駆けこんでくるなり言った。それから、スザンヌが段ボール箱を抱えて立っているのに気がついた。「そのなかになにが入ってんの？スペシャルなものが配達されてきたとか？」

カサッ、カサッ。

「あれ？　いまの音はなに？　ガラガラヘビでも入ってんの？」

「まさか」とスザンヌ。「赤ちゃんフクロウよ」

「正確にはフクロウの雛《ひな》ね」ペトラが言った。「スザンヌが裏で見つけたんですって。かわいそうに、巣から落ちたみたい」

トニはふたりともどうかしちゃったんじゃないかという顔をした。

「で、そいつをどうするつもり？」

「さあ」スザンヌは言った。「証人保護プログラムの対象にでもしてもらおうかしら」

トニは足音をしのばせて箱に近づき、なかをのぞきこんだ。「ふうん、こうして見ると、なかなかかわいいじゃん。目玉のついた毛玉って感じ」

「とりあえず」とスザンヌ。「天然資源局に電話して、なにかいい考えはないか訊いてみる」

「でも、その前にメニューを片づけちゃってよ」ペトラが言った。「メニューが先、フクロウはそのあと」

「フクロウの雛じゃなかったっけ？」トニが言った。

スザンヌは毎日、ペトラのランチメニューをカフェの黒板に書いているが、きょうも同じだった。ペトラから渡されたインデックスカードにざっと目を走らせ、おいしそうなセレクションにひとりうなずくと、あざやかな黄色のチョークを手にして活字体で書きはじめた。

きょうのメニューは、クランベリーとナッツのブレッドのチキンサラダのせ、パプリカチキン、カボチャとフェンネルのスープのチーズ・ポップオーバー添え、ピタパンの野菜ピザ、ブリーチーズとハニーハムのラップサンドだ。

それにリッツ・クラッカー入りのストロベリー・パイもある。スザンヌはピンク色のチョークでカットしたパイの絵を描き、その下に〝ストロベリー・パイ　ひと切れ二ドル九十五セント〟と書いた。

その他のメニューはいちいち書かなかった。お客のほとんどは、焼きたてのスティッキーバンやクッキー、レモンバー、マフィン、それにスコーンがあるのを知っているからだ。そもそも、魅惑の焼き菓子の大半は、大理石のカウンターに置いた丸いガラスのショーケースに入れて飾ってある。

ランチのお客が次々に入ってくるまで、まだたっぷり三十分あったので、スザンヌはぷすぷす音をたてている古い冷蔵ショーケースのところへ行き、在庫を確認した。マイク・マレンがつくるチーズが何個か、手作りのバナナ・ブレッドはたっぷり、瓶入りのスイートピクルス、缶入りのジェリーとジャム、それにズッキーニがたっぷり詰まった段ボールのトレイ。どれも地元の生産者が委託販売のために持ちこんだ品々だ。このやり方は誰にとってもメリットがある。スザンヌは売り上げの数パーセントを受け取り、生産者のほうはたっぷり受け取るシステムになっている。

手作りのポテトロールとピクルスの売り上げだけで、娘をバレエのレッスンに通わせた女性もいるくらいだ。

ショーケースのなかをながめまわしていると、突然、ふっと冷たい空気が入ってくるのを感じ、入り口のドアがあいて、うしろから誰かがゆっくり近づいてきた。振り返ると、キット・カスリックがはにかんだような笑みを浮かべていた。

「キット！」自分でもびっくりするほど気分が大きく変化した。

「スザンヌ」キットは、俗に言うチェシャ猫のようにうれしそうな顔をしていた。「もう、なんてお礼を言っていいかわからない」

「なんのことかしら」スザンヌは言った。「話してくれる?」

「本当にドゥーギー保安官に魔法をかけてくれたのね」

「そんなことはないと思うけど。でも、どうして? なにがどうなったの?」

キットの笑みがさらに大きくなった。「リッキーが午後に罪状認否手続きを受けるんだけど、弁護士さんによれば、保釈になって、お母さんのもとに身を寄せることになるだろうって」

「すばらしい知らせね」スザンヌは言った。「さぞかし有能な弁護士を雇ったんでしょ」

「リッキーのお母さんがジェサップの女性弁護士を雇ったの。スーザン・アトキンズっていう人」

「聞いたことがあるわ。たしかに有能な人よ。ハーモニー・ハウスという女性を保護するシエルターで、無料の相談に応じているんじゃなかったかしら」そこまで言うと、ためらいがちに尋ねた。「で、正確にはどういうことなの? リッキーはもう容疑者じゃないってこと?」

「ううん、容疑者であることに変わりはないの。でも、例の雷管には彼の指紋はひとつもついてなかったし、ドゥーギー保安官はすでに、ほかに何人かいる容疑者のほうを重要視しているみたい」キットはその知らせを息がとまりそうなほど喜んでいるようだった。「びっくりでしょう?」

「いずれはっきりするとは思ってたわ」

キットはしばらく黙っていたが、やがて口をひらいた。「しばらく店にいてもかまわない?というか、手伝わせてもらってもいい?」

「それはもう喜んで。でも……本当に大丈夫なの?」それと同時に、キットが店にいることをペトラがどう思うかも不安だった。

「今後の見通しがだいぶよくなったもの。希望が見えてきた感じがする」

「わかるわ」スザンヌは言った。「じゃあ、いらっしゃい。厨房に行って、エプロンを貸してあげる。きょうはこのあと、あなたも店に出ることになったとペトラに報告しなくちゃ」

意外にも、ペトラはキットを目にして喜んだ。「きょうは手伝ってもらえてありがたいわ。朝が忙しかったから、ランチタイムもどうなるか目に見えるようだもの」

「目がまわるくらいになるだろうね」トニが横から口をはさんだ。「あれ、こんちは。戻ってきてくれてうれしいよ、キット。じゃあ、リッキーは保釈されるんだね?」

「ええ、午後には。拘束できるのは四十八時間だけだから。それまでに起訴するかどうか決めなきゃいけないんですって」キットは法律についてひとつ賢くなったのがうれしいようだ。

「じゃあ、彼は起訴されてないのね」スザンヌは言った。

「そうよ。それに、今後も起訴されることはないと思う」キットは言うと、パリのウェイター風の黒いロング丈のエプロンを手にとり、首からかけた。「だって、証拠のかけらもないんだもの」

いまのところはね、とスザンヌは心のなかでつぶやいた。けれども、保安官のことだ、きっとまだ、あれこれほじくり返しているに決まっている。

スザンヌはトニ、ペトラ、キットが忙しく働いている厨房を抜け出し、いちばん近い天然資源局のオフィスにすばやく電話をかけた。話をした相手はアーヴ・ハンフリーズという名の男性だったが、そこそこ親切だった。

「赤ちゃんフクロウですか？」ハンフリーズは言った。「生後どのくらいでしょう」

「わからないわ」スザンヌは答えた。「一週間くらいかしら」

「でしたら、いちばん近い野生動物救済センターまでお連れになり、あとはまかせればいいですよ」

「どのへんにあるの？」

「いま、キンドレッドからお電話されているんでしたね」

「ええ」

「もっとも近いセンターはお宅から二百マイルのところにありますね」

「そう、ほかにわたしにできることはないかしら？」あのフクロウをタクシーに乗せて送り出すなんてのはだめよ。宅配便で送るのも。

「餌をやって、温かくしてやってください」ハンフリーズは言った。「ご自分でリハビリしてやるんです。そのあと、母鳥のもとに戻してみてください」

「それで、餌はどんなものを？」

「すりつぶしたネズミでしょうかね」

「だめ、それは無理」

「しかたありませんね。だったら、ひき肉と米を茹でたものでもいいですよ」

「それでいいの？　ひき肉とお米だけで？」

「スザンヌ」ペトラの声がした。「レシピの交換なんかやってないで、こっちへ来て手伝ってよ！」

11

忙しいランチタイムのさなか、スザンヌがバート・ガンデルソンにハムとブリーチーズのラップサンドを出しているところへ、ドゥーギー保安官が足音も荒く店に入ってきた。連れてきたふたりの男性ははじめて見る顔だが、スザンヌはぴんときた。おそらく、放火専門の捜査官だろう。

スザンヌは急いで保安官を出迎え、連れのふたりとともに窓際のテーブルに案内した。さんざん椅子をぎしぎしいわせ、のろのろと足を動かし、きょろきょろ見まわしたのち、保安官はようやく口をひらいた。

「スザンヌ、こちらは火事の件で派遣されてきたふたりだ」

「放火の専門家の方ね」

「そうだ。こっちがノーム・オールマン、もうひとりはボブ・ディーク」

「おふたりともはじめまして」スザンヌは言った。「カックルベリー・クラブへようこそ」

保安官はスザンヌのほうに親指を向けた。「彼女はスザンヌ。この店のオーナーで、火事を最初に知らせたひとりだ」

「こちらこそはじめまして」ディークが言った。彼は銀髪を短く刈りこみ、いかにも軍人といった雰囲気をただよわせている。歳は三十代なかばで、けっこうな男前でもある。

「ここの食いものはどうなんだ?」オールマンがなんのあいさつもなしに、いきなり尋ねた。彼のほうが年配でおなかが突き出ていた。丸いメタルフレームの眼鏡をかけているせいで、会計士のようにも見える。

「いい日においでになりましたね」スザンヌは愛想のレベルをいくらか高めた。「きょうのメニューは格別すばらしいんです」蜂蜜のほうが酢よりもたくさんのハエを捕まえられるものね、と胸のうちでつぶやいた。

「スザンヌの言うとおりだ」保安官も加勢した。「この店は町でいちばんの料理を出す」そう言って、豊かな自分のおなかを軽く叩いた。「ほらこのとおり、おれが生きた証拠ってわけだ」

スザンヌは三人にメニューを説明して注文を書きとめ、厨房に駆けこんだ。

「保安官が放火専門の捜査官をふたり、ランチに連れてきたわ」とペトラに告げた。「必ず、格別においしくしてね。ふたりを古いゴムタイヤみたいにふくらませて、できるだけ情報を手に入れたいの」

「うちの料理はいつだって格別においしいわよ」ペトラが言い返した。

「じゃあ、格別に輪をかけておいしくして」

「若いほうはなかなかかわいいじゃん」ドゥーギー保安官のランチ仲間を仕切り窓からのぞきながら、トニが言った。

「悪くないわね」キットがうなずいた。

「あなたたちの話すことといったら、まるで自習室でメモを交換し合う女子高生みたいじゃないの」ペトラが不機嫌な声を出した。「ひとりは既婚者だし、もうひとりは……そのつまり……あと少しで……」

「あと少しって言葉に意味があるのは蹄鉄投げと手榴弾を投げたときだけってね」トニが言った。「そもそも、見てるだけなのに、なにがいけないのさ。法律に違反してるわけじゃあるまいし」

「注文の品ができたわよ、スザンヌ」ペトラは大きなシルバーのトレイに料理をすべて並べ、湯気をたてているカボチャとフェンネルのスープの上から、砂糖漬けしたカボチャの種を慎重な手つきで散らした。

スザンヌはトレイを手にすると、急ぎ足でカフェに出ていった。トニとキットが関心を寄せているディークはハムとブリーチーズのラップサンドを選んでいた。オールマンはいくらか節制してスープを頼んだ。保安官はハムとブリーチーズのラップサンドだ。

スザンヌは注文の品をそれぞれの前に置いて、少しうしろにさがった。

「ほかになにかお持ちするものは?」

「いや、けっこう」とディークが言った。「とてもおいしそうだ」

なんですよ」

「とにかく食べてみてください」スザンヌは言った。「シェフのペトラは、本当に才能豊か

「小さな町でこれほどすばらしい料理にめぐり合えるとはありがたいね」オールマンが言った。「脂ぎった食べ物をスプーンでかきこむようなものとばかり思っていたが、これはうれしい驚きだ」

スザンヌはひたすらにこやかな笑みを浮かべていた。

「察するに、おふた方はおいしい料理が食べたくてしかたないんじゃありません？　だってもう、二日も仕事漬けなんでしょうし」

「そりゃ、楽じゃなかったさ」保安官は同意した。「ほぼ休みなしで調べていたんだからな」

男たちがランチを食べはじめても、スザンヌはまだそばにひかえていた。

「で、わたしの想像ですけど、ずっと燃え残りを調べてらしたんでしょう？　雷管が使われた証拠を捜して」

「それもやってます」ディークは言った。「それから、ようやく建物の航空写真が届きましてね」

「重要な手がかりだ」とオールマン。

「いまは、この界隈で器物損壊に関する警察の記録がないか捜す一方、地元のガソリンスタンドのオーナーから話を聞いているところなんです」とディーク。

「記録からはたいしたものは見つからないだろうがな」保安官は口のなかをいっぱいにして

言った。

「それでも」とディーク。「殺人の可能性が疑われる場合、決められた手順に従うしかないんです。監察医の報告書に目をとおしたり、なんだりして。情報がある程度たまったら、どういうことがあったのか、考えられる仮説をいくつか立てるというわけです」

「ディークが大半の化学分析――おたくな仕事とも言う――を担当し、わたしは銀行の記録、保険の資料、税関係の書類などを調べるという寸法だ」

「おもしろそう」スザンヌは心からそう言うと、ディークのほうに身を乗り出した。「じゃあ、あなたが火事と、リッキー・ウィルコックスの車で見つかった雷管に関係があるか確認するんですね」

「そのとおり」ディークはハムとブリーチーズを口いっぱいほおばりながら、もごもごと言った。

「その作業はとてもむずかしそうだけど」スザンヌは言った。「火元はもうわかっているんですか？」

「だいたいのところは」とディーク。「強く燃えているところが火をつけられた場所であるのが一般的なんです。なので、まずはそこから調べ、壁や床の焼け具合を確認し、炎がどのように移動したかを突きとめる。おかしな言い方かもしれませんが、火は生きて、息をしているも同然なんですよ」

スザンヌはさらに質問をつづけた。「燃焼促進剤が使われたかどうかを突きとめるのも可能なんですか？」

「もちろんですとも」とディーク。「自然発火はめったに起こるものじゃありませんからね。まあ、ヘビーメタル・バンドのドラマーならべつですが」

スザンヌがお義理で笑うと、保安官が怖い目でにらみつけた。彼女の質問に、少しいらいらしているようだ。

しかしディークのほうは熱が入ってきたようで、話がとまらなくなっていた。

「燃焼促進剤に関して言えば、壁あるいは床の焼け跡を調べるだけでわかります。V字パターンであれば、大量の液体が使われたことを意味し、われわれがトレーラー・パターンと呼んでいる焼け跡であれば、液体がひとつの場所からべつの場所に向けて流されたことを意味します。今度の事件の場合、容疑者は雷管を使用して、アセトン、ラッカー、ガソリンといった燃焼促進剤に点火したと考えるのが妥当でしょう」

「雷管はサラザール鉱業のものだと思いますか？」スザンヌは訊いた。「あるいは、ハイウエイの建設現場から盗まれたとか」

「放火の証拠が炎によってすべて破壊されることはめったにありません」とディーク。「なので、使われた雷管が見つかれば、化学的な特徴やシリアルナンバーから……」ディークはそこで唐突に口をつぐみ、店内を見まわした。

スザンヌはディークがなにを目にしたのかと、首をめぐらした。すぐにぷっと噴き出した。トニだった。刺繍《ししゆう》入りのぴったりしたピンクのカウボーイシャツを着ていたが、いちばん上の真珠貝のボタンをはずし、淹れたてのコーヒーのポットを手に、獲物をねらうパンサーのごとく、スザンヌたちのテーブルにしゃなりしゃなりと近づいてくる。

「いらっしゃいませえ」と甘ったるい声を出す。

「こちらはトニ」スザンヌは紹介した。「この店の共同経営者のひとりです。でも、ものすごい美人だから店に出てもらうときもあるんです」

ディークとオールマンはあいさつしようとあわてて立ちあがり、トニと握手した。保安官だけがすわったまま、ランチに全神経を集中させていた。

「おふたりとも、どうぞ、おかけになって」トニは言った。

「この店がますます気に入ってきましたよ」ディークは顔をほころばせた。

「まあ、うれしいことを言ってくれるのね」トニは言うと、腕をのばし、ディークの肩に軽く触れながらコーヒーを注ぎ足した。

「ありがとう」ディークはすっかりトニから目が離せなくなっていた。

「おれにもちょっと注いでくれないか」保安官が言ったが、トニはディークしか見ていなかった。

トニと放火専門捜査官のあいだに電気が発生し、パチパチいいはじめた。ペトラがそこにコードをつなげば、一日じゅう、電動ミキサーが動かせそうだ。

「スザンヌ」トニはディークから目を離さずに言った。「ペトラが厨房で手伝ってほしいみたいだよ」

「本当？」

トニは口をすぼめた。「もちろん。こっちはあたしにまかせてくれて大丈夫だから。本当に」

「だから心配なのよ」スザンヌはぶつぶつ言いながら、その場をあとにした。

ランチタイムはもう終わっているはずなのに、トニはまだ保安官、ディーク、オールマンのテーブルにすわりっぱなしだった。ほおづえをつき、おしゃべり好きな捜査官から一瞬たりとも目を離さずにいた。うなずく様子、笑顔、それに、くすくすという笑い方から、トニが三人からさらなる情報を引き出しているのが手に取るようにわかる。それがなにか役に立つのかしら。それはなんとも言えない。いずれにせよ、なんの差し障りがあるわけでもないし。

「トニはまだ社交の会の真っ最中？」ペトラが訊いた。

キットが仕切り窓からちらりとのぞいた。「そのようね。というか、彼女の魅力に三人とも……うっとりしてるって感じ」

「やっぱりね」とペトラ。「彼女には特別ななにかが染みついているんだわ」

「というか、あれも一種の才能よ」スザンヌは言った。

そのとき、入り口のドアがきしみながらあき、ペトラが言った。

「まだ誰か入ってきたみたい。遅れてきたランチのお客さまかしら？　それとも早めにアフタヌーンティーを楽しもうというお客さま?」

「例のしつこい記者よ」まだカフェの様子をのぞいていたキットが言った。声に不安の色がにじんでいた。

「ジーン・ギャンドルが来たの?」ペトラは言った。「いったいなんの用かしら」

「たぶん、わたしから情報をせしめるためよ」スザンヌは急ぎ足でカフェに出ていった。

ジーン・ギャンドルは大股で奥へと入ってくると、保安官と連れのふたりに怒りのこもったまなざしを投げつけ、スザンヌがカウンターのなかに入ると同時にカウンター席についた。

「ジーン。残念だけど、ランチタイムにはちょっと遅かったわ。十五分前に終わっちゃった」

ジーンはらせん綴じのノートをひらいた。「いや、いいんだ、スザンヌ。ここに来たのは、いくつか簡単な質問をするためだから」

「ははあん、わかった。まだ火事の記事を書いてるのね」

彼の頭が茎のように長い首の上で前後に動いた。「当然だろ」

スザンヌは、あいかわらずトニのもとでぐずぐずしている保安官、ディーク、オールマンの三人がいるテーブルを指でしめした。「話を聞くべき相手はあの人たちでしょ」

「けさ、インタビューをこころみたんだよ」ジーンは不機嫌な顔で言った。「でも、ひとことも答えてくれなかった。野良犬かなにかみたいに、追い払われたよ。信じられるかい?」

「あなたたち記者は、つらい目に遭うのも仕事じゃないの」

「あれは侮辱だよ。ぼくたちの使命は……市民を教育し、目をひらかせることなんだ。なのにあの連中ときたら……」ジーンはふたたび、保安官と放火専門捜査官に目を据えた。「わずかな情報すらあたえようとしない」

スザンヌはあやうく大声で笑いそうになった。スザンヌはすでに彼らから情報をたっぷり得ている。おそらくトニもそれ以上のものを引き出しているはずだ。

「まったく、最低の人生だよ。そして気がついたら死んでるんだ」

「落ち着きなさいな、ジーン。そこまで悲観することはないわ」

見ると、保安官が立ちあがり、けだるそうにのびをし、十ドル札を三枚、放った。あとのふたりも立ちあがって、トニに二言三言、親しげに声をかけた。やがて三人は店をあとにした。おそらく犯罪現場に戻るのだろう。

トニはカウンターに入るなり、「いらっしゃい、ジーン」と甘ったるく声をかけた。それから十ドル札のうち二枚をレジの抽斗に滑りこませ、三枚めはチップを入れるガラス瓶に入れた。「いいネタがいろいろ入ったよ。二十分の仕事としては悪くないね」

「たまげたな」ジーンは言った。「記者になろうと考えたことはないのかい？」

「まさか」とトニ。「あたしは自分がニュースになるほうがいいもん」

しかし、騒ぎはこれで終わらなかった。ジーンがペンと紙を手にするや、べつの人物がカックルベリー・クラブにのんびりと入ってきたからだ。

若くてハンサム、傲慢さをただよわせた笑顔の男性が、スザンヌとジーンがしゃべっているカウンターへとやって来た。正確に言うなら、スザンヌのほうはしゃべっていなかったけれど。

ジーンはあらたな来店者の姿を目にとめるなり、大声でわめいた。「またおまえか！」その声が、スザンヌにはやけどをした猫のように聞こえた。

若い男性はジーンの剣幕などおかまいなしに、スザンヌに声をかけた。

「ミズ・デイツですね？《ジェサップ・インディペンデント》紙のボビー・バーガーといいます。いくつか質問させてもらえませんか？」

「あなたも記者さんなの？」ちょっと、勘弁して。もうダブルパンチだわ。

しかしジーンの怒りの爆発は終わっていなかった。それどころか、ようやく火がついたばかりだった。「ここでなにをしてる？」とバーガーに詰め寄った。「ここはぼくのシマだ。キンドレッドまで出張ってきて、質問しようなんて図々しいにもほどがある」

「シマだって？」バーガーはせせら笑った。「おいおい、ジーン、ぼくたちをなんだと思ってるんだ？『ウエスト・サイド物語』の対立する非行グループだとでも？　こんなことで抗争を繰り広げようっていうのか？」

ジーンは昂奮しすぎて、かいた汗が水色のゴルフシャツを濡らしはじめていた。

「プロとしての暗黙の了解ってのがあるだろう。ジャーナリストとしての仁義ってものがさ」と唾を飛ばしながら訴えた。それからスツールをおり、人差し指をバーガーに向けたかと思うと、それでみぞおちを強く押した。

「おい」バーガーは抗議したが、ジーンはすっかり満足の表情を浮かべている。

「そこまで！」スザンヌはカウンターを大急ぎでまわりこみながら言った。「ふたりの言い分は充分に聞いたわ」反抗的な生徒ふたりに居残りを命じる怒った女教師よろしく、彼女はジーンの腕をきつくつかむと、〈ブック・ヌック〉へと引っ張っていった。それからバーガーを振り返った。「あなたもよ。一緒に来なさい」

無事に〈ブック・ヌック〉に引っこむと、スザンヌは不快感もあらわに言った。

「あなたたちときたら、わたしのおしゃれで上品なカフェにのこのこ現われ、挑発し合うなんて。真っ昼間にピストルで片をつけようっていうの？　ここはダッジ・シティじゃないし、わたしはどう考えてもミス・キティじゃないわ！」

「でも、こいつが……」ジーンは言いかけた。

「やめなさい」スザンヌは言った。「もういいでしょ。でも、どうしても駐車場に出て野蛮人みたいに殴り合いたいというなら、ドゥーギー保安官を呼び戻して審判役をつとめてもらいますからね。そのあとはきっと、ひと晩の宿をあてがわれて、頭を冷やすことになると思うけど」彼女はそれぞれをにらみつけた。「さて……これでおしまいでいいかしら？」

ふたりはそれぞれ、不満ながらも蚊の鳴くような声で答えた。「いいよ」

そのあと、ジーンはスザンヌには聞きとれないくらいの小さな声でなにやら毒づき、ぷりぷりしながらカフェに戻り、そのまま店を出ていった。

スザンヌはバーガーに目をやった。「あなたもなにか汚い言葉を言うつもり?」

「コーヒーを一杯もらえませんか?」

スザンヌは数秒ほど彼を見つめた。「ええ、いいわよ。ちゃんと行儀よくしているなら」

バーガーはボーイ・スカウトが宣誓するときのように右手をあげ、いたずらっぽい笑みを浮かべた。

「約束しますよ」

バーガーがランチ・カウンターで待っているあいだにも、数人のお客がお茶とスコーンを求めて席を埋めはじめ、オーバーオール姿の男性も何人か、コーヒーとパイを食べにやってきた。彼らは、いつもこれをシフト・チェンジと称している。つまり、ペースをぐっとゆるやかにするということだ。

バーガーは約束どおり、とても行儀よくしていた。スザンヌは彼にコーヒーを注いでやり、ボウルに入ったピーチコブラーを出した。「さてと、わたしになにを訊きたいの?」

「先週の金曜日に起こった火事に関する質問をいくつか」

「そうだろうと思ってた」

「でも、その前に、ひとつ言わせてください……このピーチコブラーは絶品ですね。もしかして、あなたがつくったんですか?」

「ううん。つくったのはペトラよ。でも、あなたがほめてたこと、ちゃんと伝えておくわ」

スザンヌは胸のところで腕を組み、来るべき怒濤《どとう》の質問にそなえた。

「さて」バーガーは言った。「保安官はリッキー・ウィルコックスの車のトランクから大量の雷管を見つけたそうですね。そこで即座に突入し、気の毒な青年の結婚式を中止させた、と。そんなのはよくあることではないと思いますが？」

「もちろん、そうよ」

「それで、これについてのあなたのご意見は？　ウィルコックスはれっきとした容疑者だと思いますか？」

「わたしの意見がどう関係してくるの？」

バーガーは人好きのする笑みを浮かべた。「あなたは火事の通報にひと役かっているし、事情に通じているうえ、ドゥーギー保安官と非常に近しい間柄のひとりということなので……」

「わたしのことを訊いてまわったわね」スザンヌは喜ぶべきか、不気味に思うべきかわからなかった。

バーガーは肩をすくめた。「記者としていい仕事をするべく、万全の準備をしただけですよ」

「それで、リッキー・ウィルコックスがあの火事に関与しているのか、わたしの意見を聞きたいわけね」

「ええ」

「ノーというのは？　ぼくの質問に答える気がないのか、彼が関与しているとは思わないということなのか、どっちなんです？」

「答えはノーよ」

「これはあくまでわたしの推測にすぎないけど……リッキー・ウィルコックスははめられたと思うの」ジーンはらせん綴じのノートを愛用しているが、バーガーはｉＰａｄを使っていた。いまのところ、ひとつも文字を打っていないところを見ると、この会話を録音しているのはあきらかだ。

「ずいぶんとご自分の意見に自信があるようだ」

「リッキーの婚約者とは友だちでよく知ってるし、彼女の人を見る目はたしかだと思ってる。リッキーの人となりに少しでも不安があれば、彼と結婚するなんて言わないはずだもの」妊娠している事実をべつにすればだけど、とスザンヌは心のなかでつけくわえた。

「犯人かどうかを判断する材料として、あまり説得力があるとは思えませんが、そういうことにしておきましょう」バーガーは小首をかしげた。「ところで、あなたについて、いくつか耳にしたことがありまして」

「たとえば？」

「人を見る目と直感にすぐれているとか、これまでにもドゥーギー保安官とともに地元の事件をいくつか解決したとか」

彼がはにかんだような、ほとんど少年と言っていい笑みを浮かべたのを見て、スザンヌは即座に察した。この若くてハンサムな記者は、わたしの気を惹こうとしている。

「あなた、歳はいくつ？」スザンヌは訊いた。

バーガーの目もとにしわが寄った。「二十七歳ですけど。どうしてです？　あなたはおいくつなんですか？」

スザンヌはカウンターに両肘をついて身を乗り出した。

「分別のつく程度の年齢よ。からかわれているとわかるくらいには歳を取ってる」

四時になる頃には、トニとキットは残りのテーブルの上を片づけ、スザンヌは窓のそばのテーブルについて、ノートになにやら走り書きをしていた。太陽が薄いカーテンごしに射しこみ、店内を夕方の光で満たしている。古代ギリシア劇の合唱隊のように並んだ陶器のニワトリは、木の棚の高いところで満足しきっていた。

厨房のドアがきしみながらあき、全員が振り返った。

「もう、くたくた」ペトラが言った。「この古いドアのように、体がぎしぎしいってる感じ」

「潤滑スプレーのWD－40をシュッとひと噴きすれば直るさ」トニが言った。「ドアのことだよ」

「疲れるのも当然よ」スザンヌは言った。「きょうは大忙しだったもの」

トレードマークのクロックスを履いたペトラは、キュッキュッと音をさせながらカフェを突っ切り、スザンヌの隣の椅子に力なくすわりこんだ。「ディナー・シアターのメニューを考えてるの？」

スザンヌはうなずいた。「そんなようなもの。というよりも、あなたから渡されたメニューカードに目をとおして、ほかになにを足せばいいか考えてるんだけど」

「やっぱり、前菜にはミニサイズのミートパイがいいと思うの」ペトラが言った。

「賛成」スザンヌは言った。

「それと、町のあちこちの直売スタンドで見かけた、おいしそうな芽キャベツも使ってみたいのよね。だからなにがなんでも、バブル＆スクイークをつくるわ」

「なに、それ？」近くでほうきをかけていたトニが訊いた。

「バブル＆スクイークというのは、イギリスの伝統的な野菜のキャセロールでね」ペトラは説明した。「中身はニンジン、ジャガイモ、芽キャベツ……」

「変な名前だね」とトニ。

「あとは、ヨークシャー・プディングを添えたローストビーフかな」とスザンヌ。「昔ながらのソーダブレッドも一緒に」

「それに焦げた卵《スコーチト》も忘れちゃだめよ」とペトラ。

「焦げた卵？」トニが顔をしかめた。「焼きすぎってこと？　まずそう」

「あら、きっと気に入るわよ」ペトラは言った。「スコーチト・エッグはもともと、暖炉で料理した卵料理の古いスコットランド語の名前なの。基本的には固ゆで卵を肉とおいしい生地で包んだものよ。いまではスコッチ・エッグという名前でとおってるけど」

「そっちの名前のほうがずっといいね」トニが言った。

「じゃあ、デザートは？」スザンヌは訊いた。

「トライフルしかないでしょう？　スポンジケーキをさいの目に切って、生のフルーツ、クルミ、プディングと混ぜるだけ」

「プディングのケーキなんだ」トニは気に入った様子だ。

「それに、イギリスを彷彿とさせるお茶も用意しなきゃね」とスザンヌ。「ダージリンなどの紅茶がいいわ」

トニがゆっくりとふたりのテーブルに近づいた。「カフェの準備はどうすればいいか考えた？　どの席からもステージがよく見えるようにしないとね」

「〈ブック・ヌック〉と〈ニッティング・ネスト〉は楽屋として使うから」とスザンヌ。「そっちにカーテンをかけることになるわね。それから、ステージの幕として使う、もっと大きなカーテンも必要だわ」

「それを誰が取りつけるのさ？」トニは訊いた。「ジュニアはだめだよ。あいつにやらせたら、しっちゃかめっちゃかにするに決まってるもん」

「リッキーにやってもらうわ」キットが言った。

三組の目が一斉に、彼女に注がれた。

「本当に？」スザンヌは言った。

「ええ。彼って、こういうことにはすごく重宝するのよ」

「そう……じゃあ、お願いするわ」ペトラは言い、手を軽く左右に振った。「ステージはカフェの奥に設営して、占いのテーブルを置いて……」

「『陽気な幽霊』はセットが少なくてよかったよね」トニが口をはさんだ。

「だから、キンドレッド演劇集団にそのお芝居をやるよう仕向けたのよ」スザンヌは言った。

「じゃあ」とペトラがつづけた。「教会の地下から大きな青いビロードのカーテンを借りてきて、リッキーにカフェの奥に取りつけてもらうことでいいわね」

「完璧じゃん」とトニ。

「ちょっと待って。ひとつ忘れてる」スザンヌはそう言うと、共犯者のようにペトラにウィンクをした。

「どうしたのさ？」トニはからかわれているとも知らずに言った。

「そうだったわね」ペトラは噴き出しそうになるのを必死でこらえて言った。「腎臓《キドニー》パイのことをすっかり忘れちゃって」

「え？」トニの声が動揺のあまり裏返った。

「デザートじゃないのよ。医学の実験をするの！」

12

目がまわるような忙しい日だった。しかし、保安官と放火専門捜査官から話を聞いたことで、がぜんやる気が出てきたスザンヌは、〈キンドレッド・ベーカリー〉のビルとジェニーのプロブスト夫妻を訪ねようと思いついた。夫妻の店は現場と通りをはさんだ向かい側だから、ほかの人とはちがうものを見ているはずだ。それに、彼らは真っ先に火事を通報している。夫妻とおしゃべりをして、なにか聞き出せるかやってみよう。

しかし、先にやるべきことがある。きょうはペトラが夕方に編み物愛好会をひらく予定だ。ペトラはハンナ・ヴェナブルの死をなかなか受け入れられずにいるし、今夜ひらかれるキャンドルを灯しての追悼式にも尻込みをしている。それにくわえ、一日じゅう、熱いコンロの前での重労働に耐えているのだから、編み物仲間と数時間、静かにのんびり過ごさせてあげたい。というわけで、スザンヌは〈ニッティング・ネスト〉を片づけておこうと決めていた。

べつに面倒なことはなにもなく、椅子を半円形に並べ、色とりどりの毛糸をバスケットに入れてきれいに飾り、編み棒やフェルトの生地を準備しておくだけだ。スザンヌはうきうきと働き、ハミングしながら手を動かした。ここは静かで落ち着けるし、手作りの品が並んでいるのを見ると、気持ちが安らいでくる。

十分後、スザンヌは行ってきますと告げて店をあとにし、〈キンドレッド・ベーカリー〉に向かった。小さな町に暮らすメリット、それはなにもかもが車ですぐ、あるいは散歩がてら行ける距離にあることだ。夕方間近とはいえ、まだ太陽の光がさんさんと降り注いでいたので、スザンヌはウィンドウをおろし、暖かさを堪能した。一月なかばは腰まで雪に埋もれ、マイナス三十度近くにもなる体感温度に凍えながら、〝なんでこんな土地に住んでいるんだろう〟という疑問を誰もが口にするが、きょうのような日がその答えだ。

パン屋に入ると、来客を告げるベルがチリリンと鳴り、砂糖、シナモン、ジンジャー、ナツメグの甘やかな香りが迎えてくれた。

ビル・プロブストがドーナッツのカウンターから顔を出した。

「いらっしゃい、スザンヌ。きょうはなにをお求めかな。よかったら、チャイブとオニオンのロールがあるよ」

「それを一ダースいただくわ」スザンヌは言った。

「だったら、もう一ダース持たせるよ。ペトラに渡してやってほしい。どうせカフェ用に注文するだろうからね」

ビルにパンを包んでもらいながら、スザンヌは言った。「あなたとジェニーに、火事のことでいくつか質問させてもらえるかしら」

「かまわないよ。おれたちの話が役にたつかどうかは……ジェニー！　ちょっと来てくれないか？」

ジェニー・プロブストが奥から小走りで現われた。白いベーカリー・エプロンとキャップで、ペイズリー柄のシャツと赤みがかったブロンドの巻き毛を隠している。

「スザンヌ」ジェニーは言うと、商品ケースのひとつに駆け寄ってロールパンを一個取り、紙皿にのせた。「うちのオリジナル、メープル味のグレーズをかけたカボチャの渦巻きパンを味見してみて」そう言うと、目をぐるりとまわしてみせた。「死ぬほどおいしいんだから」

「スザンヌが火事のことでおれたちに訊きたいことがあるんだとさ」ビルが言った。

スザンヌはロールパンをひとくち食べた。「おいしい」とひとこと言ってから、質問に移った。「先週の金曜日、普段とちがうことはなかった？」

ジェニーとビルは顔を見合わせた。しばらくしてビルが口をひらいた。「いや、とくになかったな」

「これといったものは見てないわ」ジェニーも言った。

「煙のにおいがしてさ」とビル。「最初、うちのオーブンかと思ったんだが、正面側の窓から外を見たら、郡民生活局から煙がものすごいいきおいであがってたんだよ」

「ビルが消防車を呼べって大声で言うものだから」とジェニー。「わたしが通報したの」

「外を見たら、〈ルート66〉から駆け出してくるきみが見えたよ」ビルは言った。

「通信係と電話してるときに、大きな爆発音が聞こえたわ」ジェニーが言った。

ビルはスザンヌにかぶりを振ってみせた。「あんなのは見たことがない……二度と見ないですむことを願うよ。きみが無事で本当によかった」

「あわてて飛びのいたの」スザンヌは言った。「それはともかく……いつもとちがうことはなにも目にしてないのね？　火事の前にビルの周辺をうろついている人がいなかった？　リッキー・ウィルコックスでも、ほかの誰かでもいいんだけど」

「全然」ビルは言った。「たしかにウィルコックス青年はいたが、ビルの近くにいるところは見てないな」

「ジャック・ヴェナブルはどう？」

ビルは横目で妻の顔をうかがった。

「どうかした？」スザンヌは訊いた。

「話してあげなさいよ」ジェニーが言った。

「告げ口するようなまねはしたくないんだがね」とビル。「この二週間ほど、ジャック・ヴェナブルが何度となく車でこのあたりを流してるのを見かけたんだ」

「その話はドゥーギー保安官にもしてあるのよ」ジェニーが言い添える。

「おそらくジャックは、ハンナの車がとまってないか確認してたんじゃないかな」ビルは言った。「理由まではわからないが」

「例の口げんかのことも話さなきゃ」ジェニーは眉をあげて言った。

「うん、ある朝、ジャックとハンナが怒鳴り合いながら歩いてたんだ」ビルは言った。「一週間ほど前だったかな。内容まではわからないが、あっという間に終わったよ」

「興味深いわね」スザンヌは言った。

「でしょう?」とジェニー。「でも、あちこちでささやかれてるのを耳にしたけど、容疑者がたくさんいるんですってね」

「そうらしいわ」

「ひとり、話を聞いてみるといいやつがいるよ」ビルが言った。「隣のジョー・ドッドだ。いわゆるゴシップ好きだし、店には防犯カメラが何台もついているし。なにしろ、扱っている品が品だからね」

「ありがとう。そうする」スザンヌは財布を出そうとハンドバッグに手を入れたが、ビルがそれを制した。

「店のおごりだよ」

ドッドの質屋は趣あるキンドレッドの中心街にはまったく場違いな存在だった。青い屋根板のパン屋の隣にあり、シンダーブロックと鉄格子付きの窓からなる質屋は、荒廃した工業地帯に建っているほうがしっくりくるたたずまいだった。

へこみだらけの鉄のドアには、チリリンと鳴って来客を告げるベルはついておらず、ビーッという耳障りな電子音がしただけだった。スザンヌは電子機器、スポーツ用具、CD、楽器、冬用タイヤなどをおさめた金属の棚伝いに進みながら、この商売は他人の不幸で成り立っているのだと考えていた。善良な人々が追いこまれた末にここを訪れ、大切な品を売り払っているのだから。

あざやかな黄色をした合成樹脂のカヤックをまわりこみ、オーナーのジョー・ドッドがいるガラスのカウンターに向かった。彼は一対のシルバーの燭台を磨いているところで、調子はずれの曲をハミングしていた。

「ごめんください」スザンヌは声をかけた。

ドッドが顔をあげた。「どんなご用で？」

彼はガリガリにやせ、細面で濁った目をしていた。口の片側に傷痕がうっすらと見える。たしか、ハンティングナイフでうっかり切ったとか、そんな話を聞いたことがある。とは言え、あくまで噂でしかないけれど。

「なにか具体的な品をお探しですか？」ドッドが訊いた。こんなに愛想のいい声でなければ、そうとう薄気味悪く感じたことだろう。

「まあ、そんなところ。わたしはスザンヌ・デイツといって……」

「カックルベリー・クラブでしょう？」ドッドは汚れた指を彼女に向けた。「おいしいマラスキーノチェリーのスコーンを出している店だ」

「木曜日だけですけど」

「とにかく、あれはおいしいですよ。で、どんなご用でしょう？」

「金曜日の火事のことで、質問させてほしいんですが」

「なにをお知りになりたいんで？」

「あなたが知ってることをすべて」

「当店は通りを見わたせる窓というものがありませんのでね」とドッドは言った。「ビルが爆発して消防車がものすごいいきおいで到着するまで、騒ぎにはまったく気づきませんでしたよ」

「防犯カメラにはなにか映っていませんか？」

「それについてはドゥーギー保安官に訊かれましたよ。テープも確認済みです」ドッドはかぶりを振った。「これといったものはなかったようですがね」

「郡民生活局の周辺をうろうろしてる人はいませんでした？　ジャック・ヴェナブルでも、リッキー・ウィルコックスでも、マーティ・ウルフソンでも……」

ドッドはスザンヌに指を向けた。「逮捕された、あの若者がいましたよ。ウィルコックスくんが」

「彼がうろうろしていたんですか？」

「いや、うろうろしてたわけじゃない。一週間前に当店を訪れ、ゴールドの結婚指輪を二個、買ったんです」

「ええ？」リッキーがこの店を訪れたことと、ドッドが結婚指輪を売ったことのどちらに驚いたのか、自分でもよくわからなかった。しばらくしてスザンヌは言った。「おたくで結婚指輪を売っているの？」

ドッドはわざとらしく怒ってみせた。「指輪はうちでよく売れる品なんですよ。ゴールドの重さを計量し、その日の相場に応じた金額を請求していますので、値段はかなり公平と言っていいでしょう。ええ、当店では常時、いらなくなった指輪を受け入れ、きれいに磨いてから売っております。ご存じないでしょうが、けっこうな数の方が結婚指輪を売りにみえるんですよ。離婚した男性やらカッとなった女性やら、いろいろです」彼はおかしそうに笑った。「まったく、いろいろなお客様がいましてね。わたしに指輪を投げつけた人もいましたよ」

スザンヌはしばらく考えてから質問した。「最近、指輪を買い取りましたか?」

「ええ」ドッドは鳥肌が立ちそうな、ぞっとする作り笑いを浮かべて答えた。

「売り主はどなたかしら?」

「この場ですぐにはわかりませんね。いろんな方がそこのドアから入ってきますもので。経済がこんな状態ですので、商売繁盛というわけです」

「調べてもらえませんか?」まさに溺れる者は藁をもつかむといったところだが、時として、取るに足らないことから意外な情報が得られるのを、経験上わかっている。

「いいですよ」ドッドは言った。「州司法長官の指示で、この手の取引は記録を義務づけられておりますのでね――あちらさんが気にしているのは盗品ですが」

「なんでかしらね」スザンヌは言った。

ドッドはしばらく奥の部屋に引っこみ、その間、スザンヌは防犯カメラで見張られているような、居心地の悪い思いを味わいながら待っていた。戻ってきた彼は黒い台帳のようなものを抱え、鼻の頭に老眼鏡をちょこんとのせていた。台帳をカウンターにのせて言った。

「さてと、調べてみましょう」そう言いながら数ページめくった。「どのくらいまでさかのぼりましょうか」

「そうねえ……三週間くらいかしら」

「三週間ね」ドッドはつぶやき、さらにページをめくった。

ドッドが台帳を調べていると、入り口のドアが電子音とともにあき、お客が足を引きずるようにして入ってきた。スザンヌは振り返ることはせず、ひたすらドッドを見つめていた。ようやく記録のすべてに目をとおすと、ドッドは背筋をのばして言った。「いやはや、興味深いですよ」

「なにがでしょう？」スザンヌは訊いた。

ドッドは黒い目で彼女を穴があくほど見つめた。

「十二日ほど前、ジャック・ヴェナブルがゴールドの結婚指輪を売りに来ています」

「本当に？」

「あやしいと思いませんか？　保安官に連絡したほうがよさそうだ」ドッドはまたも忍び笑いを洩らしたが、それはやがて、ヘビースモーカー特有の空咳に変わった。

スザンヌはこの売却はあやしいだけでなく、そうとう不利な材料だと思った。ハンナの夫は本当に妻の結婚指輪を盗んだうえ、売り払ったのだろうか？　下劣で汚い卑怯者が本当にそんなことをしたのなら、妻を殺す度胸があってもおかしくないのでは？

「その指輪はありますか？」スザンヌは訊いた。「まだ、ここに？」

「ええ、あります。どうしてです？　お買いになりますか？」

「いえ、そうじゃないの。でも、保安官に電話してもらえますか？　この話を伝えてほしいんです」

「いいですとも。おまかせください。お力になれるのであれば」

スザンヌは怒りに身を震わせながら、出口に向かった。ジャック・ヴェナブルがハンナの指輪を売った動かぬ証拠が出てきたからには、この人生を懸けても理由を突きとめてみせる。そして、それだけのことをしているとわかったならば、必ずや刑務所にぶちこんでやる！

トラックのタイヤが積んである場所を通りすぎるとき、スザンヌはさっき入ってきたお客を横目でちらりと見た。次の瞬間、心臓が喉から飛び出しそうになった。

マーティ・ウルフソンが膨大な数の拳銃が並んでいる、鍵のかかったガラスのキャビネットの前に無言で立っていた。その目は、グロックだのシグ・ザウエルだのという恐ろしげな名前がついた短銃身の拳銃をあくことなくながめている。しかも、土曜日の朝にカックルベリー・クラブで保安官と揉めたときと同じくらい怖い顔をして。

大変、これはまずいわ。スザンヌは心のなかでつぶやいた。さらにつづけて、こうも思った。これも保安官に知らせなきゃ！

スザンヌは新鮮な空気と陽の光にほっとしながら、自分の車へと急いだ。身辺調査に時間がかかって、ウルフソンが銃を入手するのを防ぐとまではいかなくても、せめて遅らせられたらいいのだが。刻々と爆発のときが近づいている時限爆弾のようなあの人に、銃を持たせるなんてとんでもない話だ。

電話を取り出し、保安官のオフィスの番号を急いで押した。彼は二度めの呼び出し音で出た。

「保安官」スザンヌは息をはずませぎみに言った。

「いまは間が悪い。ワニに囲まれたみたいに身動きが取れん」

「話したいことがあるの。それもいますぐ。とっても大事なことよ」

「生きるか死ぬかの問題か？」

「うーん……そこまで深刻ではないけど。でも、いましがた、放火事件に重要な意味を持ちそうな情報をあらたに仕入れたの」

保安官がため息をつき、つづいて〝ドリスコル、例のあれは、なんたらかんたら〟というようなことをつぶやくのが聞こえた。それから電話口に戻ってきた。「どこだ？」

「どこって、なんのこと？」

「どこに行けば会える？」

「いまちょうど、ダウンタウンまで来ていてね。パン屋の外に車をとめてる」

「五分だ」保安官は言った。「五分で行く」

保安官は八分で到着したが、彼にしては時間どおりと言ってよかった。スザンヌは早く話したくてうずうずしていた。もちろん、保安官はたっぷり時間をかけて車をとめると、大儀そうにパトカーを降り、煙草を吸いに出たかのように、ゆっくりとした足取りで彼女の車に近づいた。

スザンヌはウィンドウをおろし、保安官はそこに寄りかかった。

「仕事中に呼びつけるとは、よっぽど大事な話なんだろうな」

スザンヌはドッドの質店を指差した。「さっきまで、あそこでジョー・ドッドから話を聞いてたの。彼が結婚指輪の売買をしてるのは知ってた?」

「ああ。なにしろ、店の防犯カメラのテープを調べさせてもらったからな。それに二カ月前、ミセス・ダヴェンポートのサファイアの指輪がなくなったときにも、やつの在庫目録と売り上げ記録を確認してる」

「あの店で最近、誰が結婚指輪を売ったか、わかる?」

「さっさと言ってくれないか。くだらん遊びにつき合ってる暇はないんだよ」

「ジャック・ヴェナブルがハンナの結婚指輪を売り払ってたの」

保安官は思ったとおりの反応をしめし、低く口笛を吹いた。「本当か? ドッドがそう言ったのか?」

「ちゃんと記録されてたわ」スザンヌは心臓が何度か鼓動するのを待ってから、ふたたび口をひらいた。「どうしてそんなことをしたか不思議じゃない? ジャックがなにかよからぬことをたくらんでるんじゃないかと思っても当然よね」

スザンヌは保安官の頭のなかで歯車がまわりはじめたのが見える気がした。この人はそうとう頭が切れる。言うなれば、対戦相手の三手先を読むチェス・プレーヤーだ。だから当然、この情報が意味するところは伝わったはずだ。

しかし、保安官は思いのほか、冷静だった。顎をさすりながら言った。

「いちおう頭に入れておく」

「ほかにも情報があるのよ」スザンヌは言った。「ドッドの店を出るとき、マーティ・ウルフソンが銃を買おうとしているのを見かけたわ」

「銃身の長いやつか、それとも拳銃か？」

「拳銃だった」

「まずいな」

「本当よ。しかもいまだに敵意を剝き出しにした顔だったし」

「その話を聞いた以上、おれとしても……」

カサッ、カサッ……ホ、ホーッ！

保安官はみぞおちにパンチされたかのような反応をしめした。片手でリボルバーを探りながら、うしろに飛びすさったものの、警官用のサイズ12の靴を履いた足がもつれてしまった。すぐに体勢を立て直し、なんでもなかったかのようにスザンヌの車にふたたび近づいた。後部座席に置かれた箱をおそるおそるのぞきこんだ。

「そのなかにはいったいなにが入ってるんだ？　野生のボブキャットか？」

「赤ちゃんフクロウよ」スザンヌは言った。「正確に言うなら、フクロウの雛だけど」

保安官は襲撃されるおそれはないとわかり、安堵の表情を見せた。

「あんたが見つけたのか?」

「そうよ」

「巣から落っこちたんだな」

「らしいわ」マーティ・ウルフソンの銃への傾倒ぶりをわざわざ教えてあげたのに、保安官の反応があまり芳しくないのが残念だった。

「でなければ、そのフクロウは押し出されたのかもしれないな」保安官は言った。「ほら、自然淘汰ってのがあるだろう。適者生存ってやつだよ」

「んもう」スザンヌは言った。「そういう話をしたいんじゃないんだってば」

スザンヌは自分の車のなかで、マーティ・ウルフソンがドッドの質店から出てくるのを見張っていた。彼が車高を高くしたフォードF-150に乗りこんで走り去るのを確認すると、カックルベリー・クラブの番号をプッシュした。

「もしもし?」ペトラが出た。

「大丈夫?」スザンヌは訊いた。

「大丈夫に決まってるでしょ。大丈夫じゃない理由なんてあるの?」声からすると、本来の元気いっぱいの彼女に戻ったのか、だいぶ機嫌がいいようだ。

「あなたに話しておきたいことがあるの」スザンヌは言った。

「だったら手短にお願い。オーブンでブロンド・ブラウニーを焼いてるところだから。焼き色がブルネットにならないように気をつけないと」

「あなたは気に入らないと思うけど、ドッドの質店に立ち寄ったら……」

「たしかに、気に入らないわ。それに、立ち寄ったのがタトゥー・スタジオでも、ストリップ劇場でも、ポルノ映画でも、それから……あとはなんだったかしら」彼女はくすくす笑った。「罪深いおこないがネタ切れになっちゃった」

「ねえ、ペトラ。ハンナの結婚指輪のことを気にしてたでしょ？　あなたの言うとおりだった。ジャック・ヴェナブルが質屋に売り払ってたの」

長々と沈黙がつづいたのち、ペトラが口をひらいた。「なんですって？」それにつづけて、「悲しすぎるわ。そんな卑劣で汚いことができるんだもの、やっぱりジャックが……だから……？」

「ジャックが火をつけて、その結果、ハンナが死んだんじゃないかと言いたいのね。それはまだなんとも言えないけど」

「保安官には話したの？　指輪のことを？」

「いまさっき、話したところ」

「なんて言ってた？」

「あいかわらずの秘密主義よ」スザンヌは言った。「これでジャック・ヴェナブルは第一容疑者になったと思うけど、リッキー・ウィルコックスもまだ無罪放免ってわけじゃないみたい。そうそう、マーティ・ウルフソンに行き会ったわ。拳銃の品定めをしていた」

ペトラは深く長々とため息をついた。「それで、保安官はいつ、犯人を特定すると思う？逮捕はいつ頃おこなわれるの？」

「見当もつかない。もっと確固とした証拠がないとだめだと思う」

「いくらかなりとも答えが出てほしいものだわ」ペトラは言った。

「そうね。でも、あまり気に病まないで、ね？　今夜の追悼式で、また話しましょう」

「わかった。キャンドルを持ってきてね」

「もっといいものも持っていくわ」スザンヌは言った。「サムを連れていく」

13

固定観念の一部は真実である——男性はたしかにステーキが好きだ。もちろん、サムも例外ではなく、スザンヌは彼の野性的な欲求にいそいそと応じている。今夜は脂身の少ない上等なフィレミニョンのステーキに、ディジョンマスタードとマデイラワインを合わせたソースをかけるつもりだ。ペトラのアドバイスを受け入れ、肉特有のうまみとバランスを取るため、ほかのメニューはインゲンのレモンガーリック炒め、ローズマリーとチェダーチーズのビスケット、それにチョコレートケーキに決めた。

刻んだり、せわしなく動きまわったり、コンロにのせた鍋を揺すったりするうち、タマネギを炒めるいいにおいがキッチンに広がった。ダイニングルームでは、キャンドルのほのかな光が壁で影のダンスを踊り、ジョシュア・レッドマンの曲がｉＰｏｄにつないだスピーカーから流れてくる。その隣には、さっきあけたばかりのカベルネのボトル。

サムと静かに夕食を楽しむのが、長く大変な一日を締めくくるのに最適だと思えた。ハンナ殺害の犯人については、いまだ決定的な答えが見つかっていないものの、保安官にあらたな一歩を踏み出させることには成功した。というか、スザンヌはそう思っている。

玄関のドアの外から足音が聞こえたかと思うと、それがとまって呼び鈴が鳴り、サムが来たのがわかった。犬たちがいつものように吠え、落ち着きなく走りまわる。

「どうぞ入って」スザンヌは大声で応えた。「鍵はかかってないわ」

コンロの火を消し、炒めたタマネギをボウルに移した。足の爪がタイルを威勢よく叩く音、太いうなり声、それにサムの人好きのする声が聞こえ、スザンヌは振り返ってほほえんだ。

「やあ」彼は褪せたジーンズ、灰色のローリング・ストーンズのTシャツ、白いスニーカーという恰好でキッチンの入り口に立っていた。片手をバクスターの頭にそっとのせ、もう片方の手はスクラッフの頭にのせている。「恰好がくだけすぎじゃないといいんだけど」彼はそこでにっこり笑った。「診療所を出るのが遅かったんで、自宅に寄る時間がなかったんだ。職場のロッカーにはこんなのしかなくてさ」

「かまわないわ」スザンヌは言った。「《ヴォーグ》誌の撮影は土壇場でキャンセルになったから、衣装の人たちは帰しちゃった。どうせ、今夜はわたしたちふたりだけだしね。あ、犬たちも一緒だけど」彼女は手をエプロンでぬぐい、スキップするような足取りで彼に近づき、すばやくキスをした。

「いまのはもっとしてもらえるんだよね」彼は言った。

「たぶんね」

「そうそう、車にこんなのがあったんだ」サムはトーニー・ポートという熟成して黄褐色になったポートワインを掲げた。

「そんなものが車のなかに？　それはちょっと出来すぎじゃない？」

「チョコレートケーキを焼くって聞いたから、ワインにくわしいやつ《マイ・ワイン・ガイ》にこれがぴったりだと教わったんだ」

「それはそれですごいわ。ワインにくわしいお友だちがいるの？　専任のソムリエみたいなもの？」

「それが、本物の人間というわけじゃなくてさ」サムはにやりとした。「実を言うと、〝マイ・ワイン・ガイ〟っていうスマートフォンのアプリなんだ」

「で、そのアプリがたまたまトーニー・ポートを勧めてくれたわけ？　わたしのお気に入りのひとつを？」

「そうなんだよ」サムは言いながら、スザンヌのあとについてキッチンに入った。もちろん、二匹の犬を従えて。「うわあ、いいにおいだ」

「最近の食品会社がつくる缶詰は本当にすごいでしょ」

「ふうん。折り紙つきのグルメのきみが？　この家には缶切りすらないと思うけどね」

「ちょっと来て」スザンヌは手招きした。「見せたいものがあるの」

　サムは吸い寄せられるようにコンロに向かった。

「ちがうちがう、こっち」

　スザンヌは近くまで来たサムの手を握ると、カウンターのいちばん端に置いた小さな箱のほうへと引っ張った。バクスターとスクラッフは箱のそばの床にちょこんとすわり、なかをと訴えていた。というのも、箱のなかから、ものすごく興味深いにおいがしているからだ。

「なにが入ってるんだい？」サムは足音を忍ばせて近づいた。「のぞいてみて」

スザンヌは段ボールのフラップを一枚、外側にひらいた。

サムがなかをのぞきこむと、ふわふわの小さなボールのようなものが大きな目で見つめ返していた。「生きている埃の玉だ。噂には聞いてたけど……」

「赤ちゃんフクロウよ」スザンヌは言った。「かわいいでしょう？」

「なるほど……たしかに。このぼくちゃんをどうしたんだい？　男の子でいいんだよね？」

「さあ、どっちかしら。カックルベリー・クラブの裏で見つけたの。おそらく、巣から落ちちゃったんだと思うわ」

「かわいそうに。おなかがすいてるようだね。この子もぼくらと一緒に食事をするのかい？」

「それが問題なの。ひき肉とお米を裏ごししてあたえてみたけど、うまく食べてもらえなくて。ペトラが使ってた古いターキーベイスター（七面鳥をオーブンで焼くときに落ちる肉汁を肉にかけるのに使うスポイト状の調理器具）を使おうとしたけど、大きすぎるみたい」

「どうするの？」

サムはしばらく考えていた。「いい考えがある」

しかし彼はすでにドアから出たあとだった。「車から取ってくるものがあるんだ」と大声で返事をした。

戻ってきたサムはビニールで覆われた箱をふたつ、手にしていた。「点眼器だよ」そう言って、箱のひとつをあけ、ずらりと並んだ青い小瓶を見せた。「これでうまくいくかためしてみよう。フクロウの餌を少し入れたら、お湯をちょっと足してよく振るんだ」

「フクロウ向けのスムージーをつくるのね」

スザンヌはじょうごを使って餌の一部をガラス瓶に移した。そこにお湯を少しくわえ、強く振ってからサムに渡した。サムは箱のなかにそろそろと手を差し入れ、点眼器を小さなフクロウのほうに持っていったが、フクロウは縮こまり、そそくさと箱の奥に移動した。

「かわいそうに、怖がってる」スザンヌは言った。「わたしにやらせて」

「いいよ」とサム。

スザンヌは点眼器を受け取り、箱のなかに手を入れた。「大丈夫よ、おちびちゃん」とあやすような声をかけた。フクロウは怯えるあまり小さな胸を上下させ、彼女をじっと見つめている。スザンヌは無理に食べさせようとはせず、かと言って、手を引っこめもしなかった。にらみ合いの末、小さなフクロウは少しずつ落ち着きを見せはじめた。スザンヌが点眼器をもう少し近づけると、フクロウは口をあけた。ゴムの部分をつまんで、餌の一部を落としてやると、フクロウはコツンと音をさせながら点眼器をくわえた。スザンヌはゴム部分をつまんだ手に、ゆっくりと力を入れた。フクロウの小さなくちばしから餌がこぼれたが、食べてはいるようだ。

「うまくいったわ」スザンヌは小声で言った。「食べてる」

サムは彼女の肩に手を置いた。「きみは本当にすごい人だ、スザンヌ」

ディナーはすばらしかった。とにかく、サムはそう言ってくれた。彼は職場の一日について話し、スザンヌがドッドの質店で得た情報について語ると耳を傾け、彼女が漠然とした仮説を披露する段になると、いっそう熱心に聞き入った。「ずいぶん入れこんでるようだね」

「それはもう。絶対に解決してみせるわ。ハンナを殺した犯人が罪を逃れるなんて許せないもの」

「でも、容疑者はずいぶんたくさんいるじゃないか。それがやっかいだね」

「リッキー・ウィルコックスはリストからはずしていいと思う。彼がやってないことはほぼ確実だから」

「例の消防士はどうかな。デイルなんとかって名前じゃなかったっけ」

「ダレル・ファーマンのこと？　やっぱり、消防署のフィンリー署長から話を聞かないといけないわね。土曜日の夜のバーで見たとおり、やたらと血の気の多い人らしいもの」

「不満を抱えこんでるだけかもしれないよ。最近はそういうのが多いんだ。逼迫《ひっぱく》する経済がこたえてるんだろうね。うちのクリニックでも抗鬱剤をもらいにくる患者が増えてるし」

「ダレル・ファーマンも抗鬱剤を飲んでるの？」スザンヌは訊いた。

「そういう情報を口にするわけにはいかないんだ」

「あら、いいじゃない」

「彼はぼくの患者じゃないから、本当になにも知らないんだよ」

「それから、救出された女性のガンマニアの夫も容疑者よ。マーティ・ウルフソンっていう人」

「その人も知らないな」

「ものすごくいやな人みたい。でも、わたしがいちばん関心を寄せてるのはジャック・ヴェナブルね。ハンナの指輪を勝手に売るなんて……ひどすぎる。とんでもない裏切り行為だわ」

「じゃあ、ヴェナブルがハンナを殺す目的で放火したと考えているんだね」

「その説に傾いてきてるわ、たしかに」

サムはテーブルに両手をついた。「保安官と例の捜査官たちは、あれは絶対に放火だと確信してるんだろう？」

「そうよ」

「でも、実際にねらわれたのはハンナじゃないかもしれないよ」

「どういうこと？」

「ブルース・ウィンスロップが本当の標的だとしたらどうだろう」

スザンヌははっとなって口をひらき、なにか言いかけたものの、すぐに口をつぐんだ。しばらくしてからようやく言った。「そんなふうには考えなかったわ」

「考えてみたほうがいい」

「そうね。たしかにその指摘は……一考の価値があるわ」

いくらふたりで過ごす夜がすてきで、いくら食卓を囲んでの会話がぞっとするものでも、ハンナ・ヴェナブルを追悼するキャンドル集会に行くつもりに変わりはなかった。

ハンドルを握るサムは、片手でスザンヌの手をいとおしそうに握りながら、キンドレッドの中心地まで乗り入れると、カイパー金物店の前にとめ、ふたりは歩いてささやかな広場に向かった。地元の協議会の尽力で、芝生が植えられ、花壇がしつらえられた、こぎれいな広場だった。火災で全焼した郡民生活局のビルとは、はす向かいの位置になる。

すでに四、五十人が集まっていて、小声でぼそぼそおしゃべりをし、それぞれのキャンドルに火を灯しはじめていた。

「ペトラがいる。それにトニも」スザンヌはサムの手を引き、暗い顔をした会衆のあいだを縫うように歩いていった。

ペトラはふたりに気がつき、手を振った。「間に合ってよかった」彼女は言った。「来てくれたのね、ヘイズレット先生」

「サムと。サムと呼んでください」

「ブルース・ウィンスロップが準備をするというから手伝うつもりだったのに、まったく、遅れてくる人がいるんだもの」ペトラは非難するような目でトニをにらみつけた。「ねえ、七時四十五分に迎えに来てって、ちゃんと念を押したわよね。あなたが大西洋時間で暮らしてると知ってたら、五時四十五分って言ったのに」

「そんなに遅れてないじゃん」トニはジャケットの裾を引っ張りながら言った。きょうはスキニージーンズに黒いTシャツ、そして目がくらみそうなデニムのジャケットで決めている。まるで、これからおしゃれなラインダンスでも踊りに行くような恰好だ。

「こうやってみんな揃ったんだからいいじゃない」いつも仲裁役となるスザンヌが言った。

「それがいちばん大事」

「キットが来た」トニが手をあげた。「こっちだよ、キット」

キット・カスリックは人ごみをかき分けながらやって来た。ジーンズとキャメル色のタートルネックで、いつもながら若々しくきれいだ。それでも彼女も暗い顔をしていた。

「こんばんは」キットは近くまで来ると、軽く頭をさげた。

「リッキーはどこ？　来てないの？」トニはつま先立ちになって、あたりを見まわした。

とたんにキットは顔をこわばらせ、守ってもらおうとするかのようにスザンヌのほうににじり寄った。「リッキーは来たくないって言うの」と小さな声で言った。「顔を見せるのが怖いからって」

「町の人がたいまつやピッチフォークを手に追いかけてくると思ってるから？」スザンヌは訊いた。

「おやおや」サムが声をあげた。「まったくきみときたら、生き生きとした描写がうまいね。

脚本でも書いてるのかい？」

しかし、キットは悲しそうな顔でうなずいただけだった。「リッキーは心の底から怯えてるわ。町じゅうの人から好ましからざる人物と思われてると感じてるみたい」

「でも、無実じゃん」トニが言った。

「ドゥーギー保安官にそう言ってやってほしいわ」キットは言った。「まだリッキーを容疑者リストからはずしてないんだから」

全員のキャンドルが灯り、夜の闇に揺らめくなか、ペトラと教会仲間数人の合唱が始まった。一曲めはビートルズの「イエスタデイ」、そのまま途切れなく、ジェイムス・テイラーの「きみの友だち」へとつづく。二曲めも途中まで来たとき、スザンヌは会衆のなかにジャック・ヴェナブルの姿があるのに気がついた。やせぎすで、強風のなかを歩いているように、いつも頭を突き出すようにしている。淡いブルーの目、ふんわりとした赤茶色の髪、ひいでた額。一本の線のように引き結ばれた唇は、トニがいつもカメみたいだと言っている。要するに、上唇がほとんど見えないほど薄いのだ。

彼がここにいたって不思議じゃないわ、とスザンヌは心のなかでつぶやいた。彼が容疑者だなんて、町の人全員が知ってるわけじゃないんだもの。少なくとも、いまのところは。

そのままジャック・ヴェナブルの様子をうかがっていると、何人かが彼に近づき、抱擁したり、背中を軽く叩いている。その間ずっと、ヴェナブルの表情はまったく変わらず、あれは無理に感情を押し殺しているのか、それとも恐ろしい秘密を隠しているのかどっちだろうとスザンヌは首をひねった。

ハンナの友人のひとりが、とてもやさしかった彼女がいなくなり、とても残念だというようなことを手短にスピーチしているとき、集まった人々の輪の外側を若い女性がうろうろしているのが見えた。黒い髪に、目尻がややあがった愛くるしい目をした女性で、襟ぐりの深いピンクのセーターにぴったりした白いパンツの裾を茶色いスエードのブーツにたくしこんでいる。そして、ジャック・ヴェナブルを一心不乱に見つめていた。

スザンヌは肘でトニを軽く押した。「彼女、誰だかわかる？」女性のほうをさりげなく顎でしめしながら、小声で訊いた。

トニはしばらく視線を会衆にさまよわせていたが、やがて黒髪の女性を見つけ出した。しばらくじっと見つめたあげく、小声で言った。「うん、前に見たことがあるよ」それからトニはキットを肘で押し、二言三言、押し殺した声でやりとりした。

「なんなの？」スザンヌは訊いた。

「マーリス・シェルトンだって」とトニ。「彼女の名前」

スザンヌはトニのうしろに手をまわし、キットの肩をちょんちょんと叩いた。

「ジャック・ヴェナブルの不倫相手ってあの人？」声をひそめて尋ねた。

キットは顔をしかめ、小声で答えた。「ええ……まちがいないわ」

そのとき、ペトラと合唱隊が、三曲めにして最後の曲、エリック・クラプトンの「ティアーズ・イン・ヘヴン」を歌いはじめた。最後に美しい歌声がしだいに小さくなって、夜風に消えたときには、うるんでいない目はひとつもなくなっていた。

「すてき」トニとキットが同時に感想を洩らした。

「本当に感動的だったよ」サムも同意した。

しかし、会衆のなかにブルース・ウィンスロップの姿を見つけたスザンヌは、声をかけようと急ぎ足で近づいていった。

「ブルース、本当につらかったでしょうね」

ウィンスロップはまばたきをして涙を押し戻した。「スザンヌ、きみには想像もつかないかもしれないね。ハンナとわたしは六年間、一緒に働いてきたから、それはもう……」彼は感情をあらわにしたのが気恥ずかしいのだろう、目もとをぬぐった。「でも今夜の……今夜の集会は本当にすばらしく……とにかく、こんなにも大勢の人が来てくれたことにびっくりするやら、うれしいやらで」彼は立ち去りがたい様子の人々を見まわした。「本当にありがたいよ」とぽつりとつぶやいた。それから誰にも聞かれないようにと顔を近づけた。「わたしが知りたいような情報をなにかつかんだかい？　このあいだはむきになって、きみに協力を求めるだのなんだのと言ってしまったが、きみのことを本当に信頼しているんだよ、スザンヌ。しかも、容疑者があんなにもいて……」そこまで言うと、感極まったのか、声が出なくなった。「とにかく、事件が解決して一件落着となるのを願うばかりだ」

「ブルース」スザンヌは言った。「あなたに質問があるんだけど、お願いだから驚かないでね」

「なんだい、スザンヌ」

「あなたが標的だった可能性はある？」

「な……なんだって？」ウィンスロップは思っていた以上にショックを受けたようだった。

「わたしが？」

「ふと思いついたの」スザンヌは言った。サムのおかげでね。

「そんなこと、考えもしなかったな。一度たりとも」

「ドゥーギー保安官たちは、あれが放火だと確信してるんですって。だから、ビルのなかのなにかをねらったか、あるいはあなたかハンナをねらったかということになるの」

「それはいくらなんでも突飛すぎるんじゃないかな」

「それはわかってるし、こんなこと言い出して悪いとも思ってる。とにかく、リッキー・ウィルコックスは無関係だとしか思えなくなってるの。容疑者としてはね」

「本当かい？　だって……」ウィンスロップはそこで唐突に言葉を切り、頭が混乱したというように首を左右に振った。

「だって、なんなの？」スザンヌは訊いた。

「いや、たぶん、なんでもないよ」

「とにかく、話してみて」スザンヌはうながした。

「二週間ほど前にリッキーと、ちょっとした口論になったのを思い出してね」

「なにが原因だったの？」

ウィンスロップは手をひらひらさせた。「取るに足りないことなんだ、本当に。農薬の使用許可をめぐって誤解があってね」

「農薬の使用許可？」そんなことは聞いたことがなかった。

ウィンスロップは説明した。リッキーが兄のかわりに農薬をまいていたところ、条例によって許可が必要だと指導を受けたらしい。しかし、彼は許可を取らなかった。農薬散布の事実を知ったウィンスロップはリッキーを問いつめたあげく、罰金が科されることになると告げた。とたんにリッキーは怒りをあらわにした。

「あの若者はえらい癇癪《かんしやく》持ちだよ」ウィンスロップは言った。「わたしを脅すようなことを言ったんだが、それが……いや、なんと言ったかは覚えてないな。とにかく、話はそれでおさまったと思ったんだ」彼はふいに考えこむような表情になった。「でも、そうじゃなかったのかもしれない」

「その話は保安官にしたの？」スザンヌは訊いた。

「いや。いま思い出したくらいだから」

「話したほうがいいわ」またリッキーを困った立場に追いやるのは気が進まないが、大事なことだ。本当のことなんだから、黙っているのはまずい。

気の毒に、これで保安官の仕事がますます増えてしまう。ウィンスロップからは農薬の使用許可にまつわる一件を聞かされ、わたしからはジャック・ヴェナブルの不倫相手について聞かされるんだから。大変だわ。

スザンヌがそんな心配をしているのをよそに、サムは彼女を家まで送り届け、玄関のところでキスをし、明日も会えるかと尋ねた。「もちろんよ」スザンヌは答えたものの、頭のなかはまだいろいろなことが渦巻いていたから、カモミール・ティーを淹れ、犬たちを外に出してやり、寝る準備をした。

実際、あらたに仕入れたこれらの情報に夢中になるあまり、うとうとしはじめてようやく、コインを見つけたことを思い出した。起きあがって、フード付きパーカのポケットを探り、コインをナイトテーブルの上に携帯電話と並べて置いた。明日、必ず職場に持っていって、忘れずに保安官に渡そう。ほかのもろもろについて話すときに。

14

火曜の朝は、ペトラがチーズ入りオムレツロールをつくる日と決まっていて、カックルベリー・クラブには、これが目当てのお客が殺到することになる。下準備は普通のオムレツと同じ——卵、牛乳、小麦粉、調味料をミキサーで混ぜるだけ。しかし、フライパンでは焼かず、卵液をケーキ型に流し入れて、オーブンで二十分ほど焼くのだ。卵がキツネ色になってぶくぶくいいはじめたら、オーブンから出して、チェダーチーズの細切りを散らし、端を型からはずす。あとはオムレツをくるくるっと巻いて切り分ける。

「オムレツロールの付け合わせはどうするんだっけ?」

スザンヌは白い皿六枚をトランプのように並べ、ペトラが各皿の真ん中にオムレツロールを置いていくのをじっと見ていた。

「サワークリームをちょっぴり添えて、おたくの家庭菜園で栽培したチャイブを少し散らすだけよ」ペトラは言った。「そうそう、全粒粉パンのトースト二枚と小瓶に入ったアップルジェリーも忘れずにね」

「了解」

ペトラはコンロに向き直ると、フレンチトーストを八枚、手早くグリルにのせた。スザンヌはオムレツロールを仕切り窓まで持っていき、目でトニに伝えた。トニはうなずき、急ぎ足でやって来た。

「またスティッキーバンの注文が入ったよ。それからワイクルじいさんが、注文した卵料理のコショウが足りないってうるさいんだ。あたしの唐辛子《ペッパー》スプレーをお見舞いしてもいい？」

「だめ」スザンヌはコショウ挽きを差し出した。「ごく普通のコショウで充分でしょ」

「はいよ」トニはそう言うと、注文の品ふたつを、うまくバランスを取って腕に並べた。

スザンヌが向き直ると、ペトラはフレンチトーストをひっくり返していた。キツネ色に焼けて、得も言われぬ香りがする。

「スティッキーバンの売れ行きが好調なんですって」

「そりゃそうでしょう」

ペトラはパンづくりがとても上手で、おまけに量がつくれる。うれしいことに、オリジナルのロールパンやブレッドはリクエストが多く、おいしいと評判だ。愛する教会が手作り菓子のバザーをひらいたり、夕食会を主催するときには、彼女のドーナッツ、クッキー、それにケーキは引っ張りだこになる。

「カウンティ・フェアに手作りパイでエントリーしようと考えたことはないの？」スザンヌは訊いた。

「あるわよ」

あまりにあっさり答えが返ってきたのは、前からずっと考えていたからだろう。

「でも、エントリーしてないんでしょ。楽勝でしょうに」

「かもね」

「かもね、だなんて、楽勝に決まってるじゃない。絶対に」

「午後は例のお茶会で園芸愛好クラブのメンバーがおいでになる予定に変わりはない？」ペトラは訊いた。「ヒマワリのお茶を出してほしいということだけど」

「いまのところ、予定どおりよ」スザンヌは言った。「やっぱり、ヒマワリの種のマフィンを焼くの？」

「ええ。トニがヒマワリをたくさん持ってくるのを忘れてないといいんだけど。テーブルを飾るブーケをつくりたいの」

「いまこうしておしゃべりしてるあいだも、裏のステップに置いた大きな白いバケツのなかでもじゃもじゃ頭を揺らしてるわよ」

ペトラは裏口のドアのほうに目をやり、見たような段ボール箱がちょこんと置いてあるのに気がついた。

「あの小さなフクロウを連れてきたみたいね」

「あの子も通勤してるの。どこに行くにも一緒よ。というのもね、一日に五、六回も餌をやらなきゃいけないから。でも、けさの餌をやったら、外に出して、お母さんフクロウが捜しに来るか確認するつもり」

「それでどうしようというの？　あのちっちゃな雛はまだ飛べないのよ。幼すぎるもの」

「ええ、でも母親は子どもを捜してるでしょうから、少しは気が休まるかと思って。その場合は、梯子をかけて、赤ちゃんを木に戻してやるわ」

「やってみる価値はありそうね」

自在扉がいきおいよくあいて、トニが厨房に飛びこんできた。「ふたつ注文が増えたよ。どっちも……えっと……」彼女はぐしゃぐしゃの手書き文字に目をこらした。「フレンチトーストとベーコンだ」

ペトラはすぐさまパンを数切れ、卵液にひたした。

「ねえ、ふたりとも今夜なにがあるか知ってる？」トニが訊いた。

「わたしに関して言うなら、なんにもないわ」ペトラが答えた。「フリースのパジャマ姿でテレビの前に陣取って、心ゆくまでチョコチップ・クッキーを食べるつもり」

トニのあまりの昂奮ぶりにスザンヌとしては訊かざるをえなかった。

「なにがあるの、トニ？」

「〈シュミッツ・バー〉のチェリーボム・ナイトだよ！」

「なんなの、それは？」ペトラが訊いた。

「エヴァークリアに漬けこんだマラスキーノチェリーのこと」とトニ。「それが一個二十五セントなんだ」

「エヴァークリアですって？　たしかそれは、アルコール度数が四十五度もある穀物アルコールじゃない？　トニ、そんなものを飲んじゃだめよ。脳みそが腐るって言うじゃない」

「グラスで一気飲みするわけじゃないんだからさ。チェリーは漬けこんであるだけなんだって。マリネみたいなもんだよ」

「聞いただけでぞっとする」

トニは期待のこもった目をスザンヌに向けた。「スザンヌ、あんたは行くよね」

「そうねえ」スザンヌははっきり答えなかった。「ついこのあいだ〈シュミッツ・バー〉に行ったばかりじゃない。あそこのハイテンションな飲めや歌えの雰囲気は、いつまでも引きずるのよね」

「でも、これは全然ちがうから」とトニ。「それにいい話なんだよ。だって、二十五セントなんだから……二十五セント。とてもノーなんて言えないじゃん」

「言えるわよ」とペトラ。

「ちょっと考えさせて」スザンヌは言い、カウンターの下にあったバッグを取って、携帯電話を出したが、その際、例の小さな赤いコインがポケットティッシュの上にのっているのに気がついた。それをつかみ、保安官が来たら忘れずに渡せるよう、カウンターに置いた。

「どうしたの、スザンヌ」トニがコインを食い入るように見つめていた。「あんた、いつカジノで遊んだのさ？」

スザンヌははっとしてトニに目を向けた。「え？　いまなんて言った？」

「そのチップだよ。コーヌコピアの近くにあるプレイリー・スター・カジノのチップだよね。

あそこでなにしてたのさ？　スロットマシンでもやった？」そこまで言うと、トニは考えこんだ。「ちがう、そのチップはテーブルゲームのやつだね。ポーカーとかルーレットとか」

「トニ」スザンヌは少し息苦しさを感じながら言った。「いまの話はたしかなの？」

「うん、たしかだよ」トニはペトラが盛りつけたばかりのフレンチトーストの皿二枚を持ったところで、動きをとめた。「どの話のことを言ってんの？」

「これがカジノのチップだって話」

スザンヌはコインを手に取り、もう少し念入りに観察した。考古学の発掘現場から掘り出したもののように。見方によっては、そうとも言える。

トニはもう一度、チップに目をこらした。

「うん、たしかにカジノのチップだね。何カ月か前にジュニアがプレイリー・スターに連れてってくれたから、知ってるんだ。あのときは、カニの脚の食べ放題をやってたっけ」そう言うと、スザンヌが差し出した手の上のチップを顎でしめした。「ところで、そいつをどこで手に入れたの？」

「焼け跡で見つけたの」スザンヌは答えた。

トニは大げさに反応しすぎて、あやうく持っていた皿を落とすところだった。

「なにそれ？　マジ？」

「焼け跡ですって？」ペトラが言った。「ハンナが亡くなった現場のこと？」

「そう」スザンヌの頭は一気に暴走モードに入り、疑問やらおかしな可能性やらが雨あられと降り注いだ。

「ちょっと待って」ペトラは持っていた木のスプーンで野菜スープの鍋を叩き、下におろした。「わたしにも見せて」数歩進んで、チップをしげしげとながめた。

「絶対にあのカジノのものだよ」トニが言った。

「でも、あの火事の焼け跡で見つけたのよ」スザンヌは言った。さっきと同じことを言っているのはわかっていたが、それしか言いようがなかった。

「あ！」ペトラが大声を出した。「そのチップは手がかりなんじゃない？」

「どうかしら。そうかもしれないけど」スザンヌは急に喉の渇きをおぼえた。

「絶対そうだよ」トニが言った。

「保安官に預けるんでしょうね？」ペトラが訊いた。「そうしなきゃだめよ、絶対に」

「そうするつもりでいるわ」スザンヌは言った。

「ゆうべ、キットがまちがいないと言ってた情報のほうはどうすんの？」とトニ。「マーリス・シェルトンがジャック・ヴェナブルの不倫相手らしいって話。それも保安官に話すつもり？」

「あの人はきっといい顔はしないと思うけど、彼女の名前と引き替えに、内部情報をいくらかでも聞き出してみる」

しかし保安官は朝食の時間には来なかった。ランチタイムになっても、いっこうに現われる様子がなかった。けれども、べつの見知った顔がおずおずと、かなり落ち着かない様子でこっそり入ってくるのが見えた。

ジャック・ヴェナブル。ハンナの夫。この町であらたに男やもめの仲間入りをした人物。

彼が入ってきたとき、スザンヌはカウンターのなかにいて、コーヒーポットにブルーマウンテンを移していた。「ちょっと見てよ」テイクアウトのハムとチーズのサンドイッチを取ろうと鼻歌を歌いながらやって来たトニに言った。

「どうかした？」トニは鼻歌をやめて顔をあげた。次の瞬間、その目がヴェナブルをとらえた。「うわ、あいつじゃん」トニの声が氷点下まで一気にさがった。「ふん、あいつに給仕なんかしてやるもんか。勝手にぼんやりすわってろっての」

しかし殺人事件の容疑者かどうかはともかく、ジャック・ヴェナブルもお客に変わりはない。ほかの人と同じサービスを受ける権利がある。

「なにか？」スザンヌはヴェナブルのテーブルに近づいた。サービスはするが、愛想はなしだ。

ジャック・ヴェナブルはせつなそうな目で見あげた。

「スザンヌ、ゆうべは追悼集会に来てくれてありがとう。話をする機会がなくて申し訳なかった」

「話すことはたいしてないと思うけど」

ヴェナブルはため息をついた。「あんたもか」

スザンヌの右眉がわずかにあがり、ぴくぴく震えた。

「わかってるだろう」ヴェナブルは言った。「おれは生まれてこの方、キンドレッドに住んでる。おれがハンナを殺すわけがないと信じてくれ」声がかすれていた。「そ……そんなことできるわけないじゃないか。おれはやってないんだ」

「あのね、ジャック、それについてはなんとも言えないわ。でも、いくつかの断片をつなぎ合わせたところ、率直に言って、どうにも気に入らない状況が見えてきたの」

ヴェナブルは唖然とした。「いったいなにを言ってるんだ?」

「まず第一に、あなたが結婚生活をやめたがっていたと聞いたわ。そして、二十八年間連れ添った奥さんがそれを拒むと、なんとなんと、彼女が不可解な火事のさなかに亡くなった。そのうえ、あなたはハンナの結婚指輪を盗み、質屋に売り払っている」

「そんなことは……」ヴェナブルは言いかけた。

しかしスザンヌは片手をあげて制した。「その事実をたまたま耳にしたの。ドッドの質店に寄ったときに全部聞いたわ。ドゥーギー保安官もあなたがあの店で指輪を処分したことを知ってる。で、わたしとしてはこう自問するしかないでしょ……なんでそんなことをしたんだろうって。いったいなにが動機なんだろうって」

ヴェナブルがいきなり立ちあがり、すわっていた椅子があやうくうしろに飛びそうになった。「信じないぞ、そんな話は……」声があまりに大きく、店内にいた全員が彼のほうに顔を向けた。

「こっちへ来て」スザンヌはくるりと向きを変え、ぎこちない足取りで〈ブック・ヌック〉に入った。なんだかこれが日常化しつつある気がする。

ジャック・ヴェナブルも浮かない顔であとをついてきた。他人の目と耳が届かないところまで来ると、スザンヌは執念深い亡霊のごとく彼のほうに向き直った。

「どうしてハンナの指輪を盗んで売り払ったの？」

「盗んでない」

「なんとでも言うがいいわ。なぜ盗んだの？」

ヴェナブルは怒りとやるせなさの入り交じった表情でしばらく呆然と立っていた。やがて目がくもり、鼻がぴくぴくしはじめた。

こうやってにらめっこをつづけてやる。ええ、必要とあらば一日じゅうここにいたっていい。

ヴェナブルが根負けして話しはじめた。

「なんであんなことをしたのか自分でもわからない。たぶん、頭に血がのぼってたんだろう。もう長いこと、おれたち夫婦はうまくいってなかったからな。だから終わりにしたかった……女房に出ていってもらいたかった……おれは……」

「彼女を殺そうと思った？」

「ちがう！　そんなわけないだろう。そんなこと、しようと思ったこともない」

「でも、浮気してたじゃない」

「冗談じゃない」

ヴェナブルの口の端が引きつけたように動き、目があらぬ方を向いているのを見て、スザンヌは嘘をついていると確信した。

「いいこと。あなたの新しい愛人が誰なのか、なにをしてる人なのかは知らない。そもそも、そんなことは知りたくもない。でも、いまあなたは汚物の山にどっぷり埋まってる状態だし、これからも大量の汚物が上から落ちてくるのよ。だからわたしとしては、そうとう腕のいい刑事事件専門の弁護士を雇うことを真剣に考えるようおすすめするわ」

「スザンヌ」ヴェナブルは急にうしろめたそうな表情になった。「実を言うと、あんたに頼みたいことがあって来たんだよ」

彼女は相手をにらみつけた。「なにを言い出すの？」

「あんたの力を借りたい」

「なんですって？」思わず大きな声になった。「本気で言ってるの？」

「ほかにどうすればいいかわからなくてね。町の連中の多くが、火をつけたのはおれだと思いこんでるとわかった……しかも噂はますます広まっている。ならばどうすりゃいい？　町を出て、一から人生をやり直す？　そんなことをするにはおれは歳を取りすぎてる」彼は肩をすくめた。「それに、もう疲れ切っている」

スザンヌは片手をあげた。「ちょ、ちょっと待って、ジャック。急におかしなことを言い出さないでちょうだい」

「スザンヌ？」トニの声がした。いつの間にか、ドアのところまで来ていた。「問題ない？大丈夫？」

「ふたりでいろいろ……話をしてるだけ」スザンヌは言ったが、トニはドアのところから一歩も動かなかった。

「いや、おかしなことなんかじゃないって」ヴェナブルはいきおいこんで言った。「それどころか、あんたはおれの力になるしかないんだよ。あんたとペトラとトニはハンナのやつと仲がよかった……火事が起こったとき、あんたは現場近くにいた。それに……」

「それに？」スザンヌは先をうながした。

「まずなによりも、あんたはドゥーギー保安官とも親しいわけで、あの男にいろいろ言ってやれるだろ。それに、頭が切れるとも聞いてる。ものすごく切れるとね。刑務所の所長が殺された恐ろしい事件も、解決したのはあんただったんだろ」

「あれは運がよかっただけ」スザンヌは言った。

「頭が冴えてたからだってば」トニが割りこんだ。

「ジャック」スザンヌは言った。「あなたの力にはなれないわ」

「じゃあ、誰が力になってくれるっていうんだ？」

「弁護士よ」

「私立探偵とか？」とトニ。

「でも、どうするにせよ」とスザンヌ。「保安官に正直に話すべきだわ」

「ペトラが厨房に来てくれってさ、スザンヌ」トニが言った。「それも……いますぐ」

「幸運を祈ってる、ジャック」スザンヌは言った。

「もう帰りな、ジャック」トニが言った。


「本当はわたしに用なんかなかったんでしょう？」スザンヌはペトラに言った。自家製スープと焼きたてブレッドの入り交じったにおいが、ジャック・ヴェナブルとの奇妙な話し合いで疲れた心を癒やしてくれた。

フライパンのチキンソーセージの焼け具合に目を光らせていたペトラが、コンロから振り返った。「うん？」

トニがあわてて説明した。「割って入るための作戦だったんだ。助けてほしそうな顔をしてたからさ」

「べつに助けてほしいなんて思ってなかったのに」

「あ、そう」とトニ。「ところでさ、ジャック・ヴェナブルが人目を忍んで店にやってきた理由をペトラに話してやんなよ」

「あいつ、白状しに来たの？」ペトラの口から柄にもなく乱暴な言葉が飛び出した。

「ううん」とスザンヌ。「それがなんと、わたしに力を貸してほしいなんて言うの。どうやら、もういろいろ噂になってるみたい」

ペトラはせせら笑った。「ジャックもずいぶんと図太いじゃないの。まさか引き受けないわよね？　手を貸したりしないでしょ？」

トニが指を一本立てた。「実はそれについて、あたしなりに考えたんだけどさ」

「なにを言い出すつもり？」ペトラが言った。

トニはどう言おうか思案するように、しばらく考えこんだ。それから口をひらいた。

「ハンナの死の解決に役立つことなら、なんでもやったほうがいいと思わない？」

「殺人事件の解決に役立つならね」ペトラが言った。

「そう」とトニ。

「だめ。どんな形であれ、スザンヌにはジャック・ヴェナブルの力になってほしくない。みずから犯した罪に苦しんだ末、逮捕されればいいと思ってるくらいよ」

「そう。あんたの気持ちはよくわかった」


ようやく保安官がランチを食べにやってくると、スザンヌはカジノのチップのことでひどくそわそわしはじめた。もっと早く渡すべきだったのはわかっているが、なんと言うか、要するに、うっかり忘れていたのだ。

ど忘れするのもしかたがない。フクロウのことがあったし、キャンドルを灯しての追悼集会もあった。おまけに半ダースもの容疑者が気まぐれなホリネズミよろしく、次から次へと顔を出してくるのだから、この二日ほどはとにかく忙しかったのだ。それでも、このチップは重要なものかもしれない。だから、寄せ木のテーブルに置き、携帯電話ですばやく写真を撮った。というのも……まあ、理由はよくわからないけど。

「保安官」スザンヌは彼の前にギンガムチェックのナプキンを置き、ナイフ、フォーク、スプーンを並べた。「見せたいものがあるの」

「今度はなんだ？」保安官は制帽をひったくるように脱ぎ、隣のスツールに置いた。ランチを食べているあいだは邪魔してほしくないという、いつもの意思表示だ。

「あなたに見せなきゃいけないものがあるんだけど、怒らないでほしいの」スザンヌは大きな陶器のマグにコーヒーを注いだ。

「いいだろう」保安官は言った。「どうせもうカッカきてるんだ。モブリー町長と議員連中からさんざん悪態をつかれたせいでな。おまけに、くそったれなミセス・デュースターマンときたら、午前中だけで三回もオフィスに電話してきやがって、キャンキャンうるさいのなんのって。隣家の犬に庭を穴ぼこだらけにされたんだとさ」保安官は歯を食いしばった。

「郡のしがない保安官がどんな苦労をしてると思う？　カボチャに引っかき傷をつけられたとか、カブをだめにされたなんてのが、放火殺人事件の捜査よりも上だってんだからな」

「わたしからの情報はあなたが抱えてる三つの問題のうちのふたつに関係してるかもしれない」スザンヌは言った。

保安官はコーヒーに手をのばし、彼女のほうに目を向けた。「ほう、そうか？」

「うっかりしてたんだけどね、日曜日の朝、全焼した郡民生活局のビルの裏の路地をバクスターとスクラッフと一緒に散歩していたら、こんなものを見つけたの」

スザンヌはカウンターにチップを置いた。

保安官はそれをじっと見つめた。「こいつを焼け跡で見つけたのか？」

「焼け跡というか、その近くで」

保安官は人差し指でチップを突いた。「カジノのチップだな」

「トニが言うにはプレイリー・スター・カジノのものですって」

「で、いまになっておれに話すわけか」保安官の声はそうとう怒っていた。

「さっきも言ったように、ど忘れしてただけよ。なにしろいろんなことがありすぎて……」

スザンヌは自分がとんでもない間抜けに思えてきた。これが手がかりなら、すぐさま保安官の手にゆだねるべきだった。放火専門捜査官の手に。

「ちくしょうめ、スザンヌ。あんたがやったことは証拠の隠蔽《いんぺい》だぞ」

「そんなつもりはなかったのよ、本当に。わざとじゃないんだから」

「あんた以外でこいつにさわった者はいるのか？」

「いないわ」スザンヌは答えた。「少なくとも、わたしの知るかぎりでは」

「いますぐ厨房に行って、ビニールの袋を一枚持ってきてくれ。誰もさわってない新品のやつだぞ」

「わかった」スザンヌは動揺を抱えたまま言った。

「ついでに、うまいミートローフ・サンドイッチを一人前、ペトラにつくるよう伝えてくれ。おれはここでふてくされてるからな」

「保安官、怒ってたみたいだね」トニが仕切り窓からうかがうと、保安官はヘンリー八世並みのいきおいでミートローフのサンドイッチにかぶりついていた。

スザンヌは片手を前後に動かした。「まあね」

「ミートローフが牛肉じゃなくて鶏肉なのは気づいてるみたい？」ペトラが訊いた。

「ううん」とスザンヌ。「それは絶対に教えちゃだめよ」

「そろそろ食べ終わるよ」トニがまだ保安官をじっと見ながら言った。「デザートも食べそうないきおいだ」

「そのタイミングを待ってたの」スザンヌはすでにニンジンケーキを大きめに切り分けていた。

「お店のおごりよ」スザンヌはそう言ってケーキを保安官の前に置いた。

保安官は目をぱちくりさせると、ケーキを見て頰をゆるめ、げっぷをこらえた。

「おれを懐柔しようって魂胆だな、スザンヌ。わかってるんだよ。おれからなにか聞き出そうってときには、必ず甘いものを勧めるってな」

「ねえ」スザンヌは言った。「わたしはただ、ちょっとした取引をしたいだけ。さっき、チップを渡したでしょ。捜査を進める役に立つかどうかはわからないけど。そのかわりに、ちょっとした情報を教えてもらえるとうれしいの」

保安官はフォークを持ったまま固まった。「どんな情報だ？」

「ふたつあるの。その一、農薬の使用許可をめぐってリッキー・ウィルコックスと口論になった件を、ブルース・ウィンスロップは話した？」

「話したとも」保安官はスザンヌに指を向けた。「うっかり忘れてたそうだ。いまいましいチップのことをあんたが忘れてたようにな。まったく」

スザンヌは嫌みを聞き流した。

「もうひとつ知りたいのは、火災現場から救出された女性についてなの。二階のアパートメントの女性のことよ」

保安官は、ほとんどそれとわからぬほどにうなずいた。「マーティ・ウルフソンの女房だな」

「ええ、彼女はいまも町にいる？」

「たしか、いるはずだが」保安官は警戒する口ぶりで答えた。

「ウルフソンはまだ容疑者なんでしょ」

「ははあん、内部情報を探り出そうってわけか」

「だって、取引の材料があるんだもの」

保安官はシャツのポケットをぽんぽんと叩いた。「材料なんかないぞ。もうチップはもらったからな」

「それ以外にもまだあるのよ。重大な情報が」

保安官は灰色の目でしばらくスザンヌの顔をじろじろ見ていたが、やがて椅子の背にもたれた。

「たしかに、ウルフソンはいまも容疑者だ。必ずしもリストの最上位にいるわけじゃないが、真ん中へんにでんと陣取っている。きのうの午後、やつが拳銃に見入っているのをあんたが見かけてからはとくにな」保安官はそこでフォークを振った。「で、そっちはなにを教えてくれるんだ？」

「マーリス・シェルトンって知ってる？〈フーブリーズ〉のダンサーなんだけど」

保安官はうなずいた。

「彼女がジャック・ヴェナブルの不倫相手だったの」

15

フェイスブックにはさして興味のなかったスザンヌだが、カックルベリー・クラブも始めてほしいと多くのお客から要望されていた。おまけに、ペトラまでもが興味をしめしはじめた。モーニングやランチのメニューのほか、いくつも主催している編み物教室について、常に最新情報を伝えられるからだ。

かくして、この昼下がり、スザンヌが取り組んでいるのはそれだった。オフィスにこもり、どの写真をアップロードし、どんな説明をつけようかと頭をひねっていた。

トニがドア枠をこぶしで軽く叩いた。「トントン。ちょっといいかな」

スザンヌは椅子にすわったまま向きを変えた。「どうぞ」

トニは顔にしわを寄せ、スザンヌの肩ごしにパソコンの画面をのぞきこんだ。

「どんな具合?」

「まあまあというところ」

「フェイスブックの魅力ってなんなんだろうね。あれこれ写真をのせたり、いわゆるお友だちからとりとめもない感想をもらったりするじゃん。あたしには、エセルおばさんのクリスマスの手紙が一日おきに届くような感じにしか思えないんだけど」

「言いたいことはわかるわ」スザンヌは言った。トニもソーシャルメディアがあまり好きではないのだ。

「で、ここからが本題。ランチのお客がほぼいなくなったんで、お茶会のテーブルに飾るヒマワリのアレンジメントをやってるんだけどさ」

「ええ」

「準備するテーブルの数はふたつ、それともみっつ?」

「ちょっと待ってね」スザンヌは予約帳をひらき、手早くページをめくった。「おいでになるのは十二人だから……大きな丸テーブルに六人ずつすわってもらいましょう」

「了解」トニは言った。「あ、そうそう、ペトラがヒマワリの種入りチーズスプレッドの味見をしてほしいってさ」

「ちょうどよかった。どうせ、こっちの仕事はあまりはかどってないことだし」

「すごくおいしいと思うの。だって、わたしがつくったんだもの」

ペトラはそう言うと、三角に切った全粒粉パンにヒマワリの種入りチーズスプレッドをたっぷりとのせ、スザンヌに差し出した。

「でも、あなたの感想も聞かせてちょうだい」

スザンヌはひとくち食べるや、にっこりほほえみ、もうひとくち食べた。

「とてもいいお味」

「よかった」

ペトラは両手を腰にあてて厨房の真ん中に立ち、自分の王国をながめやった。

「オーブンではヒマワリとパンプキンのマフィンを焼いているし、ヒマワリのレーズンクッキーも二回分焼いたし」

「本当にヒマワリのお茶会なのね」スザンヌは言った。「ヒマワリをあしらった飾りつけをするだけだとばかり思ってた」

「とんでもない。どんなに風変わりな依頼だろうと、楽しませる努力をしないとね」

「じゃあ、トニに言って、お皿は黄色、ナイフとフォークはゴールドのものにしてもらわなきゃ」

「椅子の背に黄色いメッシュの布を結ぶのはどうかしら。何週間か前、トリーナ・ショブラッドが主賓のベビーシャワーを開催したときのものが、大量に残ってるはずよ」

「メッシュの生地はしゃれているし、華やかになるわね。店全体が明るくなりそう」

「そうそう、スザンヌ……さっき裏で、お母さんフクロウの鳴き声やぱたぱた飛びまわる音がしてたみたい」

「本当？」

スザンヌは厨房を突っ切り、期待に満ちた目で窓の外をのぞいた。フクロウの姿は見えないものの、高いところからタイミングをうかがっているような気がした。

「問題なのは」ペトラが言った。「あなたが雛をちゃんと世話しているのが、お母さんフクロウにも伝わっているみたいだってことね」

「いやだわ」スザンヌは雛が寝ている段ボール箱をちらりと見やった。「そんなこと、言わないでよ」

トニが汚れた皿の入ったたらいを抱え、急ぎ足で入ってきた。「これで最後だよ」そう言って、流しのわきにおろした。「さてと、お茶会のテーブルの準備にかかるか」彼女はクッキー生地が入ったボウルにきれいなスプーンを差し入れ、ひとくち味見した。「上出来。で、お茶会のお客さんは何時頃来るんだっけ？」

「三時よ」スザンヌは答えた。

「ちょっと遅いんじゃないのかな」とトニ。

「商売繁盛なんだから感謝しなきゃ」スザンヌはペトラを見やった。「サンドイッチをつくるの、手伝いましょうか？」

しかしペトラは手を振った。「ううん、ひとりで大丈夫」

「ねえ、ペトラ」スザンヌはためらいがちに声をかけた。「マーティ・ウルフソンの奥さんは知ってる？　二階のアパートメントから救出された女の人」

「知ってるわよ。少なくとも会ったことはあるわね。うちの教会でひらいている、子ども向けの聖書勉強会にお子さんをときどき連れてくるもの」

「ファーストネームはなんだったかしら？」

「アニーよ」

「いま、どこに住んでるかわかる？」

「どうして？　彼女に話を聞くつもり？」ペトラは意外そうな顔をした。

「それも考えてる。ご主人はいまも保安官の容疑者候補のひとりだし、それに……まだ調査はつづけていいんでしょう？」

「もちろんよ。ウルフソンさんが銃を真剣な目でながめていたという話を聞いたことだし。お祈りのときには必ず、ハンナ殺害事件が――あれは絶対に殺されたと思ってるわ――解決しますようにと言うようにしてるくらい」

「だったらいいの」

「そう言えば、アニーはお姉さんのところに身を寄せているらしいわ」ペトラはペンと紙切れを手にした。「正確な住所はわからないけど、行き方の地図なら描いてあげられる」

お茶会の参加者は園芸愛好クラブの面々だった。サニーサイド・ガーデン・クラブを名乗る団体は、コーヒーの会、お茶会、ガーデンパーティの名目で年に数回集まっているのだそうだ。

今年の会長であるモリー・オーウェンズがいちばん乗りだった。元気よく入って来た彼女は笑顔で店内を見まわし、用意されたふたつのテーブルに目をとめたとたん、昂奮したように「まあ！」と声を洩らした。

スザンヌは急いで出迎えに出た。「ミセス・オーウェンズ、お気に召したでしょうか」

「モリーよ、モリーと呼んで」相手は言った。

「では、わたしのことはスザンヌと」

「すばらしい仕事ぶりだわ」モリーは言った。「なにもかもすてきで明るくて黄色くて……それに、ほら、ヒマワリのアレンジメントなんかゴッホの絵そっくり。みなさん、きっと大喜びするわ」

トニがちょこまかと走り出てきた。「いらっしゃい、モリー。会えてよかった。ようこそ」

「ハーイ、トニ」モリーは言った。

「知り合いなの?」スザンヌは訊いた。

「うん、そう」とトニ。「モリーのだんなさんがモンスタートラックのレースに出てるんだ。あたしもジュニアも、ゴールデン・スプリングズ・スピードウェイで何度もふたりと顔を合わせてる」

モリーは天を仰いだ。「あんな怖い車、はやく売っちゃってよってマットには言ってるんだけど」

「えー、そう悪くもないじゃん」

「ううん、最悪よ」

ヒマワリのお茶会は大成功だった。ほかの参加者もぞくぞくと到着して席に着くと、おいしいヒマワリの種入りチーズスプレッド、チキンサラダ、エッグサラダをはさんだティーサンドイッチにうわあと感嘆の声があがった。会が進むと、今度は出されたマフィンやクッキーのレシピを教えてとせがむ人が続出した。スザンヌとトニがアッサム・ティーのおかわりを注ぐ頃には、このお茶を缶で買いたいという人まで現われた。

「みんなメロメロになってるよ」コースの最後の品である四角く切った白いピクニックケーキを取りに、スザンヌとともに入ってきたトニがペトラに言った。

ペトラはあくびまじりに言った。「そりゃそうでしょう」

「大丈夫？」スザンヌは訊いた。

「平気よ」ペトラは肩をほぐしながら言った。「ちょっとぼうっとしてるだけ」

「明日がハンナのお葬式だから落ち着かないんだね」トニが言った。

ペトラは彼女をじっと見つめた。「落ち着かないのはね、ハンナを殺した犯人が、いまだに牢屋に入れられていないからよ」

五時をまわると、スザンヌはペトラに描いてもらった地図を頼りに、ニコルソン・ストリートを車で走りながら、アニー・ウルフソンが姉と住んでいる家を探していた。いまいるのは町のなかでも古い区画で、小さな平屋建ての家が大半だった。八、九十年前には、このへんに湖のようなものがあったはず。もちろん、開発業者が自然に手を入れ、沼の水を抜き、川の付け替えをおこなう前、あるいは導管を埋めて地下に水を通すようになる前のことだ。

まったく人間はいつになったら、自然に手をくわえないことを学ぶのだろう。おそらく、すべての湖が干上がり、木々が失われないとだめなんだわ、とスザンヌは憂鬱な気分で思った。そうなってはじめて、あたりを見まわし、〝しまった〟と思うのよ。

スザンヌは基本的には現実主義者だが、母なる大地の秩序が脅かされていると知りながら、手をこまねいて見ているようなことは絶対にしない。オオカミの保護を訴える嘆願書に署名をし、モブリー町長が無用の道路を建設するために手つかずの針葉樹林を一部伐採すると言い出したときには抗議したし、自宅でもできるかぎりハーブや野菜を育てるようにしている。最近は都市部でもニワトリを育てる人が急増しているため、ペトラからカックルベリー・クラブの裏に鶏小屋を建てましょうよと提案されたこともあるが、スザンヌとしてはいま使っている納入業者をつぶすようなまねはしたくなかった。そんなのは裏切り行為だ。いまの業者たちは最初からずっと取引してきた相手ばかりで、最後の最後までつき合おうと思っている。

スザンヌはもう一度地図に目をやり、このブロックのいちばん奥にあるのが目的の家だと判断した。車を縁石に寄せてとめ、しばらく車のなかで考えをまとめ、このあとの予定をざっとさらった。アニー・ウルフソンと話をしたら、急いで病院に行って、残りもののティーサンドイッチをサムと食べ、それからトニと待ち合わせてチェリーボム・ナイトに行く。それらの予定のどこかでなんとか時間を見つけて自宅に戻り、服を着替え、バクスターとスクラッフに餌をやらなくてはならない。

小さな白い家のドアをノックしたときも、スザンヌはまだどう話を切り出そうか迷っていた。ぶっつけ本番、成り行き次第でいくしかない。しかし、ドアがきしみながらあいて見覚えのある顔が現われたとたん、どうすべきかひらめいた。

「ミセス・ウルフソンですか？　スザンヌ・デイツといいます。覚えておいでかどうかわかりませんが、カックルベリー・クラブの経営者のひとりです」

「ペトラのパートナーね」アニー・ウルフソンは顔にかかったブロンドの髪を払い、ドアをさらに大きくあけた。「ええ、覚えてます」それからためらいがちに尋ねた。「なにか？」

「いくつかお訊きしたいことがあって」

「どうぞ、入って。なかが散らかっててごめんなさい。姉は家のことにちょっとばかり無頓着だし、おまけにジョシュアが遊びまわってるから」

「ジョシュアというのは、息子さんね」

「いま五歳で、もう手が焼けて焼けて」彼女はちょっと口をつぐんだ。「どんな質問かしら？」そう言いながら、スザンヌを狭いリビングルームに案内し、おすわりくださいというようにソファをしめした。それがおもちゃのトラック部隊に占領されていない唯一の家具だった。アニーは年季の入った肘掛け椅子から小さな黄色いトラックを拾いあげ、スザンヌの真向かいに腰をおろすと、不安そうにおもちゃをいじくった。

「このあいだの金曜日、あそこにいたんです」スザンヌは切り出した。「火災現場に。あなたとジョシュアが救出されるところも見ていました」

アニーは胸に手を置いた。「とんでもない災難だった。でも、なにもかも、あの消防士さんのおかげだわ。たしか、ジェイソンという名前だったと思うけど。梯子を駆けあがってきて、ずっと励ましてくれて、大丈夫だからと言ってくれたの。本当は危ないところだったのに」

「本当に、消防士の人たちはりっぱだったわ」

アニーは眉根を寄せた。「でも、消防士さんの話をするためにいらしたわけじゃないのよね」

「ご主人のことで質問があるの」

「マーティ」アニーがふっと息を吐き出し、ブロンドの前髪がふわりと持ちあがった。「マーティ」と繰り返した。

「わたしはドゥーギー保安官とかなり近しくしていてね」スザンヌは言った。「だから、ご主人が容疑者なのを知ってるの」

「ええ」たちまちアニーの声は苦々しいものに変わった。「ドゥーギー保安官からは、もう何度も事情聴取されたわ」そう言って、かぶりを振る。「マーティとわたしは、たしかにうまくいってなかった」

「ご主人とは別居してたんでしょう？」

「ええ。この四カ月ほど。だから、あのアパートメントに……まあ、そういうわけ」

「こんなことを訊いたのはね……あの……生命保険の契約をめぐる問題があるらしくて」

「そのせいでマーティは疑われてるのよ！　でも、あの人がわざと火をつけるなんて、絶対ありえない。ジョシュアに危害がおよぶようなことをするもんですか。息子をとてもかわいがってるんだもの」

「でも、ジョシュアは火災当日、本当は家にいないはずだったのよね」スザンヌはひかえめな声で言った。なんとなくだが、ひかえめな声でしゃべったほうが衝撃がやわらぐような気がしたのだ。

アニーは両手に顔を埋め、肩を震わせはじめた。

スザンヌは申し訳ない気持ちでいっぱいになった。あわてて立ちあがると、急いで駆け寄り、アニーの肩に腕をまわした。

「本当にごめんなさい。こんなに動揺させるつもりじゃなかったのよ。あの火事で亡くなった女性がいるでしょ……ハンナ・ヴェナブルというんだけど……わたしの友だちだったの。だから、こうして調べてまわってるの」

「動揺したのはあなたのせいじゃないわ」アニーは涙をぬぐいながら言った。「もうずっとこんな調子なの。火事があったあの日から」

「本当にごめんなさい」スザンヌはあらためて謝った。

アニーは手を振った。「謝らないで。おかしなこともあるものね。マーティとわたしは別居していて、十中八九、離婚するつもりだった。それが……あの恐ろしい火事がきっかけで……よりを戻すことになるかもしれないの」

「本当なの？」スザンヌは言った。ペトラが聞いた噂では、アニー・ウルフソンは夫に暴力を振るわれ、何カ所か怪我をしたはずだ。

アニーはうなずいた。「火事のおかげで……ふたりとも、自分たちにとってなにが大事か、あらためて考えたわ。ふたりの関係をしっかりと見つめ直したの」

こんな話を聞くことになるとは、これっぽっちも思っていなかった。予想していたのは、後悔の入り交じった怒りの演説であり、よりを戻すかもしれないという知らせではなかった。まさに衝撃的なニュースだ。

「じゃあ、ご主人が火事に関わっているはずはないと思うのね？」スザンヌは言った。

スザンヌをじっと見つめ返すアニーの表情は悲しみにあふれていた。「ええ……たぶん」

しかしその答えに説得力があるようには思えなかった。少しも思えなかった。スザンヌとしては祈るしかなかった。アニー・ウルフソンがジェサップにあるおんぼろ女性シェルターに行くはめにならないように。買ったばかりの銃で射殺されることのないように、と。

16

「このチーズはなんだっけ？」サムが訊いた。

ふたりは病院のカフェテラスにすわり、スザンヌが持ってきたティーサンドイッチの残りを食べているところだった。カフェテリアは真っ白で騒々しく、多すぎる数の蛍光灯に煌々と照らされていた。およそロマンスが生まれそうな雰囲気ではなく、楽しいおしゃべりを交わすには向かなかった。

「クリームチーズとヒマワリの種よ」スザンヌは言った。「お口に合うかしら」

「人はパンのみにて生くるにあらず、わずかなチーズも必要だ」サムはそう言いながら、またサンドイッチにかぶりついた。「しかも、脂肪と塩分までくわわれば、おいしくないわけがない」

「いつもいつも、体にいいものばかりじゃつまらないものね」スザンヌは含み笑いをしながら言った。

「いつもはちゃんと節制してるんだよ」

「日曜日はパンケーキをあんなにたくさんたいらげたくせに。シロップをじゃぶじゃぶかけて。しかもゆうべはステーキだったし」

「きみの自宅に招かれたときは特例にするしかないよ。無作法にも異議を申し立てるわけにはいかないからね。よそのお宅に招かれたら、出されたものを食べるべし。それがエチケットというものさ」

「じゃあ、ベーコン、ハッシュブラウンズ、グレービーソース、バターミルクのビスケットを出されたら？」

「落ち着け、ぼくのハート」サムは天を仰ぎながら言った。「そのうち動脈硬化の治療をすることになるかもしれないな。だとしても、食べずにすますなんて無理だ」

「徹底してるのね」スザンヌは言った。

サムは指を一本立てた。「しかも、ハマりやすい性格でね。きみの料理のおかげで、いままで知らなかった道を知ったよ。しかもその道はあきらかに、まっすぐでも細くもないときてる」

「お医者さんはみんな、体によくないものばかり食べてると思ってたわ」スザンヌは笑った。

「自動販売機のスナック菓子。病院のカフェテリアのフライドポテト……」

「そんなのは医学校のときだけさ。あるいは、どうしようもなく切羽詰まってるときぐらいだね。ぼくはそういうのとは縁を切ったんだ」

「ええ、そうね」スザンヌはプラスチック容器のふたをはずし、サムにクッキーを勧めた。

彼は目を輝かせた。「うわあ、クッキーまであるのかい？」

クッキーをほおばるサムに、スザンヌはアニー・ウルフソンと会ってきた話をした。サムはじっくりと耳を傾け、いくつか質問をしてから言った。

「かなり面倒な状況だな。ふたりの関係やら、奥さんのほうが夫を信用してないという事実やら……」

「わたしもそう見てる。だって、マーティ・ウルフソンは人生という芝居をしているだけかもしれないでしょう？　心を入れ替えたふりをして、アニーとよりを戻そうとしてるんじゃないかしら」

「で、彼がそんなことをする目的は？」

「保安官の目をごまかすためよ。容疑をそらすつもりなんでしょう」

「たしかに筋はとおってる」サムは言った。「きみの考えているとおり、妻に暴力をふるった過去があるなら、反社会的な性格を有していると考えられる。ごまかしやペテンに長けている可能性がある」

「やっぱりね」スザンヌは言った。マーティ・ウルフソンが妻とよりを戻そうとしているからといって、絶対にだまされるものか。保安官だって鵜呑《うの》みにするはずがない。今後も捜査はつづくし、彼女自身もハンナを殺した犯人――それが誰であれ――に法の裁きが下されるまで、手を緩めるつもりはない。

「じゃあ、ウルフソンの話はもう保安官にしたんだね？」サムが訊いた。

「ううん、これから。保安官には昼間、手がかりになりそうなものを渡したけど」

「手がかりを見つけたのかい？　どこで？」

「あなたに話さなかったのは、自分でもすっかり忘れてたからなの。この前の日曜の朝、あなたが朝食に帰ってくる前にバクスターとスクラッフを散歩に連れていったんだけど、そのときにちょっと見つけたものがあって」

「見つけたって、なにを？」

「トニとわたしは、プレイリー・スター・カジノのチップじゃないかとにらんでる。焼けた郡民生活局のビルの裏を犬と散歩しているときに、偶然見つけたの」

サムは急に心配そうな顔になった。「あんなところに行っちゃだめだよ、スザンヌ。まだ危険なのに、怪我をしたらどうするんだ」

「ちゃんと用心したわ」

「でも、犬が怪我をしたかもしれないよ」

「そうやって、わたしを責めるんだから」

「そりゃ、そうさ。それできみが安全でいてくれるならね」

スザンヌは彼に体をすり寄せた。「安全よ。あなたと一緒にいると安心できるもの」

「心配なのはぼくと一緒じゃないときのことだよ。きみはあれこれ嗅ぎまわる癖があるからね」

スザンヌはクッキーが入った容器を差し出し、にこやかにほほえんだ。

「クッキーをもう一枚いかが？」

「ぼくはきみのことが心配でたまらないんだ、わかってるのかい？」

「やさしいことを言ってくれるのね」

サムはため息をついた。彼の負けだ。「ところで……まだ例のフクロウはきみのところにいるの？」

「ええ。いまも車のなかで辛抱強く待ってる。ぬくぬくしたダウンのキルトにくるまって」

「思い出せないな。ぼくにも同じことをしてくれたことがあったっけ？」

「あるわよ」スザンヌは言ってから、わざとまごついた顔をした。「ううん、なかったかも。これはぜひとも、また来てもらわなきゃね。ちゃんとしてあげるから。キルトでぬくぬくさせてあげる」

「その話、乗った」

「でも、今夜はだめ。チェリーボム・ナイトに行くってトニと約束しちゃったから」

「なんだい、それは？　花火かなにか？　カウンティ・フェアの？」

「だったらいいんだけどね。でもちがうの。〈シュミッツ・バー〉のフェアみたいなもの。なんでも、マラスキーノチェリーを度数の高いアルコールに漬けたものを、一個二十五セントで売るんですって」

「医学校で似たようなことをやったことがあるよ」

「チェリーを漬けたの？」

サムはにやりとした。「うーん、そうじゃなくて。漬けたのは……いや、食事中にくわしく話すのはやめたほうがよさそうだ」

「そうみたいね」スザンヌは同意した。

スザンヌが〈シュミッツ・バー〉に着いたとき、トニはすでにボックス席にすわっていた。ボディラインを強調するように、ぴったりした白いタンクトップとブルージーンズ姿のトニは、スザンヌの姿にほっとしたようにほほえみ、手を振った。

「来ないんじゃないかと心配だったんだ」スザンヌが向かい側の席に落ち着くと、トニは言った。

「フクロウを家に置いてこなくちゃいけなくて。でも、約束したから、こうして来たでしょ。約束は守る主義だもの」

「ハンナを殺した犯人を突きとめるってペトラに約束したみたいに？」

スザンヌはうなずいた。

「それに、キットにはリッキーの容疑を晴らすって約束したよね」

会話の行き先が見えてきた。

「それにもうひとつ約束したのは……」

「そこまで。言いたいことはわかるから」

トニははにかんだように小さくほほえんだ。「あんたは本当にいい人だよ、スザンヌ。でも、ときどき深みにはまりこんじゃうんだよね」

「あなただってそうでしょ。レスター・ドラモンドさんのときはどうだった？　それに、あのおぞましい……」

「わかった、わかった」トニは言った。「要するに、あたしたちはおせっかいってことだね」

「〝憂慮する市民〟のほうがいい表現だと思うけど」

「観察力が鋭いってのは？」

「それ、買った」

「それよか、チェリーボムを買ったげるよ」トニは片手をあげた。「ギャルソン？」

「今夜はやけに気取ってるじゃない」スザンヌは言った。

「ソルボンヌ大学に二年いましたもの」トニは冗談交じりに言った。「語学力もつくってものざます」

しかし、フレディは大乗り気で、トニのお遊びにつき合ってくれた。

「お嬢様方にはチェリーボムをおいくつ差しあげましょうか？　いまのうちに注文したほうがよろしいですよ。大変な売れ行きですので、すぐに売り切れてしまうかもしれません」

「六個くらい、かな？」トニは言った。

「本当に度数の高いお酒に漬けてあるの？」スザンヌは訊いた。

「もちろんだとも」フレディはこぶしでテーブルを軽く叩いた。「ここはファミリーレストランじゃないんだからね」

スザンヌは店内を見まわした。火曜の夜にしてはずいぶんと混んでいる。とはいえ、平日の〈シュミッツ・バー〉に足繁く通っているわけではないから、これでフル稼働かどうかはなんとも言えない。

「アニー・ウルフソンと会ってみてどうだった？」トニが訊いた。

「まあまあね。ご主人が容疑者リストにのっているのが不満みたいで、彼とよりを戻すかもなんて言ってた」

「本当かな？　だって、マーティ・ウルフソンは家族みんなで暮らすことに、それほど熱心じゃないみたいだよ」

「どうしてそう思うの？」

トニはしゃがれた笑い声をあげた。「だって、カウンターのところにいるんだもん」

スザンヌはボールベアリングがついているみたいに、くるっと首をめぐらした。いた。マーティ・ウルフソンはカウンターに陣取り、隣にすわった紫色のセーターの女性にもたれかかっていた。彼の前には、ビールのピッチャーとインスタントくじが入ったバスケット。スザンヌは、元消防士のダレル・ファーマンもカウンターにいるのではと少し期待していた。このあいだの土曜の夜のように。

「ウルフソンは酔っ払ってるみたいね」

「うん……まったくだ。あのピッチャーで三杯めみたいだよ」トニは少し間をおいた。「あれで家庭人だなんて笑わせるね」そう言って含み笑いを洩らしたが、すぐに顔を伏せ、スザンヌに目配せした。「やばい」

「なにが？」スザンヌは訊いた。

「あいつ、こっちを見てる。あたしたちがあいつの話をしてるのに気づいたみたいだ」

「そんなことないでしょ」スザンヌは言った。「下品な紫のスパンコールがついたセーターの女の人に夢中みたいだもの」

しかし、実際はちがった。

「おい」ウルフソンが大声で呼びかけた。「おい、そこのあんた」

「あれは絶対、あんたを呼んでるんだよ」トニが言った。

「ちがうってば」スザンヌはぼそぼそと言った。

「おい、カックルベリー・クラブのおばさん」ウルフソンはさっきよりも大きな声で言った。

「ほら、やっぱりあんたのことだった」トニが抑揚のない声で言った。

スザンヌはすばやくウルフソンのほうを盗み見た。怖い顔でにらんでいる。

「あんた、ミス・マープルのまねごとをやってんだってな」ウルフソンの声が届く。「ドゥーギー保安官の相棒を気取って、火災現場を調べたり、町のあちこちで質問しまくってるそうじゃないか」

「それは誤解よ」スザンヌは平然とした声で言った。

マーティ・ウルフソンはどこか薄気味の悪い感じがする人だった。四六時中、世間に腹をたてているタイプという感じだ。いまも、不穏な気配がびんびん伝わってくる。この人は、女性をひっぱたくことなどなんとも思っていないのかもしれない。それどころか、嬉々としてやりそうな感じがする。

「いらぬおせっかいはやめるんだな」ウルフソンはすごんだ。「このおれを犯人扱いしてみろ、全力で追いつめてやるぜ！」

スザンヌのなかで激しい怒りが燃えあがった。「脅してるつもり？」相手は武器を持っているかもしれないと思いながら言い返した。

「警告してんだよ！」

「お待たせ」突然、フレディがスザンヌたちとウルフソンのあいだに割って入った。「注文のチェリーボムだよ」

スザンヌは腕を組んだ。「なんだかもう、食べる気がなくなっちゃった」

「おやおや、あんなやつのことでいらいらするもんじゃないよ」フレディは言った。「ドゥーギー保安官からあれこれ訊かれて、カッカきてるだけなんだからさ。しかもそうとう聞こし召してることだし」

「あんなやつ、追い出せばいいじゃん」トニは酒場のけんかを見るのがなにより好きだ。

「そのうちにな」とフレディ。「だから、あいつのことは無視しててくれ、いいね？」

「わかった。あなたがそう言うんなら」スザンヌはチェリーボムに指でちょんと触れた。

「これがそうなの？」

「口に入れて、嚙んでみな」トニがうながした。

スザンヌはひとつ口に入れ、もぐもぐやった。

「どう？」

「体が熱くなってきちゃった」スザンヌは言った。「それに、ちょっと薬くさいわ」サムが度数の高いアルコールについて言っていたことを思い出し、含み笑いを洩らした。と同時に彼が一緒ならよかったのにと心から思った。

「じゃあ」とトニはチェリーボムをもう一個つまみながら言った。「保安官はポーカーのチップを見て、えらくびっくりしたわけだ」

「というより、えらくご立腹だったわ」スザンヌもチェリーボムをもう一個、口に入れた。

「とは言うものの、チップはなんの役にもたたないかもしれないけど」

トニはカウンターのほうに頭を傾けた。「ウルフソンがあれを現場に落とした大ばか野郎かもしれないね」

「だったら、重要な手がかりになるわ」

「あるいは、ジャック・ヴェナブルが落としたのかも」

トニの顔をじっと見つめるうち、スザンヌの頭のなかで小さな電球が灯った。「トニ、ちょっと頼まれてくれない？」

「いいよ。ねえ、最後に残ったチェリーボム、食べないの？」

「もういいわ。どうぞ食べて」

トニはそうした。「で、頼みってなにさ？」

スザンヌは自分のｉＰｈｏｎｅを出し、トニのほうに向けてテーブルの上を滑らせた。

「それでマーティ・ウルフソンの写真を撮ってもらえる？」

トニはスザンヌをぽかんと見つめた。「あの怒りんぼのところまで行って、〝はい、チーズ〟って言えっての？」

「まさか。こっそり撮ればいいの。お手洗いに行って帰ってくる途中で。でも、お願いだから、気をつけてね」

「あたしはいつだって気をつけてるよ」とトニ。

「今度ばかりは、コソ泥並みにやらないとだめ。ウルフソンは武器を持ってるかもしれないんだから。拳銃とか」

「ふん、そんなの怖くないね」トニはボックス席をするりと出ると、ウルフソンのそばを通りすぎた。彼はトニには見向きもせず、ひたすらスザンヌをにらみつけている。

好都合だわ、とスザンヌは心のなかでつぶやいた。あとはトニがうまく……。

トニが携帯電話を目立たないようてのひらに隠し、カウンター沿いをゆっくりと戻ってくるのが見えた。ウルフソンから二フィートほどのところまでくると、携帯を彼に向け、写真を撮った。

やった！　スザンヌは胸のうちで快哉《かいさい》を叫んだ。

「いったい全体、なにをするつもり？」店の外の歩道に出ると、トニが訊いた。

「ちょっとひらめいたことがあって」スザンヌは言った。「マーティ・ウルフソンとジャック・ヴェナブルの写真を撮って、カジノで訊いてまわったらどうかしら。ふたりが常連かどうか確認するの」

「そりゃ、むちゃくちゃいい考えだ。チップという手がかりを追うわけだね」そこまで言うと急に歯切れが悪くなった。「でも……」

「でも、なんなの？」

「ジャック・ヴェナブルの写真がないじゃん」

「いまのところはね」

トニは目を細くした。「なにをたくらんでるのさ？」

「いいから車に乗って。そしたら教えてあげる」

17

トニは車を道端のほうに向け、大通り沿いに植えられた大きなアカシアの木の陰に滑りこませた。彼女はどうしても自分の車を出すと言って聞かず、スザンヌは戦々恐々としていた。ガタガタ、ゴゴゴという音がするたび、車が動かなくなるような気がしてしょうがなかった。ジュニアがいじった車だから、当然、おんぼろだ。というより、死を招く落とし穴《デストラップ》だったりして。

「さて、着いたけど」トニが言った。「どうやってヴェナブルの写真を撮るつもり？　だってさ、玄関に駆け寄って、ハロウィーンよろしく〝お菓子をくれなきゃいたずらするぞ〟って叫んで、出てきたところをパチリってわけにはいかないじゃん」

「なんとかして、外におびき出すしかないわ」

「それをどうやるかだね」トニはむっつりとした顔になった。「ひとつ考えがある」

「呼び鈴を鳴らすの？」

「石を使うんだよ」

「石で殴りつけるの？　そんなことをしたら脳震盪《のうしんとう》を起こしちゃうわよ。だいいち、それって重暴行罪になるんじゃない？」

「ちがうよ、ばかだね。窓に石を投げて、ヴェナブルがいったい何事かとよちよち出てきたところをパチリと撮るんだ。超簡単じゃん」

「そんなのまともじゃないわ」スザンヌは言った。「わたしだってそう思うもの」

トニはしたり顔でうなずいた。「だからこそ、魔法のように効果があるんだよ」

ジャック・ヴェナブルが住んでいるのは、一九三〇年代に建てられたとおぼしき、頑丈そうで地味な白い下見板張りの家だった。下の部屋の窓は電気が明るく灯っているし、手すりをめぐらした大きな玄関ポーチはあるし、小さな青いライトがついた呼び鈴がついている。だから石をぶつける作戦はうまくいきそうな気がした。

「いいかい」トニは声をひそめて言った。「あんたはポーチのわきに隠れて、あたしが正面の大きな窓に石を投げる。あんたは写真を撮ることだけに専念するんだよ」

「わかった」スザンヌも小声で返事をした。「でも、あの人が飛び出してきたとき、あなたはどこにいるの？」

「ここじゃないよ」とトニ。「すたこら逃げるさ」

ふたりは足音をひそめ、目的の家に近づいていった。途中、トニはまわり道をして青いプラスチック製のバードバスを中心にした小さな庭に入り、石ころをひとつ拾った。持った感じを確認するとスザンヌにうなずき、ふたりはそれぞれの位置についた。

「行くよ」

トニが窓に向かって石を投げると、ピシッという大きな音につづき、ガラスが割れる音がした。

「いけね」トニは暗闇に駆けこんだ。

スザンヌはびくびくしながら、ポーチの横にしゃがんでいた。あれでは強く投げすぎだ。ヴェナブルはカッとなって……。

靴下で玄関に飛び出してきたジャック・ヴェナブルは、大きな植木鉢に膝をぶつけ、大声を張りあげた。「誰だ！」片脚でぴょんぴょん跳びながらわめく。「いつものガキどもの仕業だな。ちゃんと見てたぞ！」漫画のキャラクターなら、耳から蒸気が噴き出しているところだろう。

スザンヌはいまだとばかりに顔をあげてカメラを向け、ままよとばかりにシャッターを切った。そうやってとらえたのは、かんかんになってこぶしを振りまわし、口を大きくあけたヴェナブルだった。

わたしのほうはこれで……任務完了。

「すごい肩をしてるじゃないの」

カジノがあるコーヌコピアに向かって夜道を車で走りながら、スザンヌは言った。

「ちょっと力が入りすぎちゃったよ」

「あなたって、見かけよりずっと腕力があるのね」

「まあね。たぶん、一時期、スローピッチ・ソフトボールのチームにいたせいかな。ウェストは細くなったけど、両腕の筋肉がたくましくなっちゃってさ」

「あなたのことだから、スター選手だったんでしょうね」

車がプレイリー・スター・カジノの前でガタガタ振動しながらとまると、駐車係はふたりが乗ってきた車を駐車場にとめに行くのを渋った。

「なんなんですか、この車は」駐車係は警戒するようにトニに尋ねた。赤い上着にぶかぶかの黒いスラックスを穿いた彼はまだ若く、十六歳くらいだろうか。この仕事で小銭を稼いでいるのだろう。

「いわゆるフランケンカーってやつさ」トニが教えてやった。「シェヴィーのパーツとビュイックのフロント部分を合体させてあるんだ。名づけてシェヴュイック」ふたりが車を降りると、巨大な金属の塊がカジノ前のバレーパーキング用レーンを完全にふさぐ恰好になった。

「そんな名前の車は聞いたことないですけど」若い駐車係は言い、腰をかがめて運転席に乗りこんだ。

「手作りなんだよ」トニは言い返した。「イギリスのしゃれた車と同じでさ」

プレイリー・スター・カジノの入り口を颯爽と抜けると、チカチカ点滅する光、チャリンチャリンと鳴るスロットマシーン、大音量のロック音楽、それにお金をすってぶつぶつ言う客でかすむ店内にのみこまれた。

「すごいところねえ」スザンヌはきょろきょろ見まわしながら言った。ここのカジノは同心円状に配置されていた。スロットマシーンがいちばん外の円、電子制御のブラックジャックのマシンはそれより数歩内側、そのさらに内側の円がテーブルゲームという具合。ダンテが描いた地獄の階層と構造的には同じと言える。

「あたしに言わせれば、ここって最高だよ」トニはさっそくバッグを引っかきまわし、貪欲なスロットマシーンに投入する小銭を探しはじめた。「あそこのいかしたメルセデスベンツをあてたいね」

スザンヌは目をあげた。はたして、一回二十五セントのスロットマシーンが並ぶすぐ上の壇に、銅色のメルセデスが鎮座していた。ヘッドライトが点灯し、ボンネットにはうっすら埃が積もっている。ラジエーターグリルについた看板には〝プログレッシブ・スロットマシン――大当たりをねらえ！〟と大きく書いてある。

「さあ行け」トニはもう一度、マシンのハンドルを引いた。「ちっ」

「いつものツキに見放されてるみたいじゃない」スザンヌは言った。

「そもそもツキなんか全然ないよ」とトニ。「あはは、ギャンブラーの嘆きってやつだね」

「さて、どうする？　カジノの警備室を探す？」

しかしトニにはべつの考えがあった。

「あそこに女の子がいるよね？　ドリンクのトレイを持ったカクテルウェイトレスが」

「滑稽なほどちっちゃな金色のホットパンツに、白い革のホルタートップを着ている子？」

トニはうなずいた。「うん。知ってる子なんだ。以前、〈フーブリーズ〉で働いてたんだよ」

「かわいそうに」スザンヌのその言葉は本心から出たものだった。

しかしトニはもう、両腕をぶんぶん振っていた。「ねえ、キャンディ、ねえってば。こっちこっち。ほら、あたし！　トニだよ！」

「あら」キャンディはゆっくりと近づいてきた。「トニ、元気だった？」

「おかげさまで。こっちは友だちのスザンヌ」

「はじめまして」キャンディは言った。「ふたりともお飲み物はいかが？」そう言って、トレイをふたりのほうに近づけた。「ラムコークをどうぞ。お店からのサービスです」

「ありがと」トニはふたつ取って、ひとつをスザンヌに渡した。「すごい衣装を着てるね」

キャンディは顔をしかめた。「大胆すぎるでしょ。でもお客さんはこういうのが好きみたいだから」

トニは彼女にウィンクした。「〈フーブリーズ〉の下着姿ほど大胆じゃないって」

「でしょう？」キャンディは言った。「〈フーブリーズ〉にくらべたらここはまるで……なんて言うか……高級なナイトクラブで働いてる気分」

「フルタイムで働いているの？」スザンヌは訊いた。

キャンディはうなずいた。「週に五日、ときには六日ね。みんな、チップの払いがすごくいいの」

トニはラムコークに口をつけてから言った。「あのさ、スザンヌとあたしは男をふたり探してるんだ」

「そっち方面はいつもバーニーが仕切ってるの」キャンディは言った。「でも、いくらか渡さないと……」

「ちがう、ちがう」スザンヌはあわてて否定した。「遊びの相手を探してるわけじゃないの。知り合いの男性ふたりがこの店の常連かどうか知りたいだけ」

「なんだ、そう」キャンディはほっとした表情を見せた。

「彼女に写真を見せてやんなよ」トニが言った。

スザンヌは携帯電話を出し、マーティ・ウルフソンの写真が現われるまでスクロールした。

「見覚えがある？」トニが訊いた。

キャンディは写真をじっくりと見た。「ううん、見たことないと思う」

「そう、だったらこっちの男はどうかな？」トニが言い、スザンヌはジャック・ヴェナブルの写真までスクロールした。

「あら、まあ」キャンディは言った。「この人、どうしちゃったの？　驚いてるみたいな顔してる。虫でものみこんだのかしら」

「言えてる」とトニ。「いきなり撮った写真なんだよ。どっきりカメラみたいにさ。とにかく、この男に見覚えはないかな？　ここの常連かもしれないんだ。ブラックジャックかテーブルゲームの」

「見た顔じゃないわね。見かけたかもしれないけど覚えてないな」

「空振りだったわね」スザンヌは言った。

「警備室の人に訊いてみたらいいんじゃない」キャンディが言った。

「わたしたちが訊いて、答えてもらえるかしら？」スザンヌは訊いた。

「ルーファスって人を呼んでもらえばいいわ」キャンディはこぼれんばかりの笑みを浮かべた。「わたしに借りがあるから」

「そうしてみる」トニは言った。「ありがと」

スザンヌとトニは人混みをかき分け、ビュッフェに並ぶ列を過ぎ、赤いカーペットが敷かれた廊下に入った。両側の壁には、喜劇やミュージカルのポスターが貼ってある。

「あれをごらんよ」トニが言った。「ボーガス・ボブとリッジ・ライダーズが来月、この店に来るんだって。チケットを買わなきゃ」

「そうね」スザンヌは言ったものの、警備室を探すほうに一生懸命だった。

ルーファス・ボエックマンは大柄で、テディベアみたいな男性だった。幅広の肩、童顔、人なつこい笑顔。〝警備〟と書かれたカーキと暗紅色のゴルフシャツ姿で、体重はおそらく二百八十ポンドはあるだろう。

「ルーファス」トニが声をかけた。「あんたはいい人だから、きっと力になってくれるってキャンディに聞いてきたんだけど」

ふたりは焦げたコーヒーのにおいがし、床から天井まで防犯カメラで埋めつくされた狭苦しいオフィスに体をねじこんだ。ほかに三人の警備員が詰めていて、おもしろくもなさそうな顔で画面を見つめていた。

「へえ、そうかい？」ルーファスは金属的な響きのする甲高い声をしていた。

「男の人をふたり探してるの」スザンヌは携帯電話を手早く操作し、ウルフソンの写真を出した。「この人に見覚えはないかしら？　この店の常連じゃない？」

「なんでこの男のことを知りたがるんだい？」ルーファスは言った。

「トラブルに巻きこまれているかもしれないからよ」

「つまり、お客さんはそいつを助けようとしてるってわけだ」

「ええ、まあ……そんなところね」

「キャンディがあんたに貸しがあるって言ってたよ」トニが口をはさんだ。

ルーファスは下を向き、写真を丹念にながめた。「ノーだな」

「協力してもらえないという意味？　それとも、この人を知らないということ？」スザンヌは訊いた。

「見たことはないよ」ルーファスは答えた。

「こっちの人はどう？」スザンヌはヴェナブルの写真を見せた。

ルーファスは首を横に振った。「知らないね。それにしても、妙ちきりんな顔の男だな。これなら絶対に忘れないよ」

「あーあ」トニが言った。

「名案だと思ったのに」とスザンヌ。

「まったくだ」

「もう出ていってもらえないか」ルーファスがドアを閉めようとしながら言った。

「とにかく、ありがとう」スザンヌは礼を言った。

「これでふたりは除外ってことになるのかな」出口に向かいながらトニが訊いた。

「そうね」スザンヌは言った。「たぶん」

「ここは本当にすごいね」トニはまばゆい明かり、あっちにこっちに動く現金、熱中したギャンブラー同士の闘いにすっかり昂奮していた。

「ぞっとするわ。まったく、一生懸命稼いだお金をすったせいで、ローンの支払いができなくなるなんて、みんなどうかしてるわよ」

「儲けてるやつだって少しはいるんじゃないかな」トニはそう言い、スザンヌの袖を引っ張った。「ねえ、テーブルゲームのそばを通って、どんな感じか見ていこうよ」

「どうしても?」

「うん、きっと楽しいって」

楽しくはなかった。少なくともスザンヌにとっては。しかし目をみはるような光景なのはたしかだった。

「うわあ、たまげた!」トニが言った。「あそこをごらん。パイ・ゴウ・ポーカーのテーブルの向こう。見えるよね……?」

「まあ！」スザンヌも声をあげた。「ダレル・ファーマンだわ！」自分の目が信じられなかった。

元消防士のダレル・ファーマンがブラックジャックのテーブルに着き、飲み物をちびちび口に運びながら、手もとのカードを食い入るように見つめていた。

「勝ってるみたいだね」トニが言った。「だってほら、けっこうな高さのチップの山があいつの前にできてるもん」

「チップ」とたんにスザンヌの頭のなかは焼け跡で拾った汚れた赤いチップのことでいっぱいになった。あのチップはこのカジノのものなのだろうか。人目を避けて路地に入り、郡民生活局に火を放ったとき、ダレル・ファーマンのポケットに入っていたのだろうか。それとも、とんでもない偶然にすぎないのだろうか。

ひとつたしかなことがある——ダレル・ファーマンについて、もっと調べる必要がある。

スザンヌもトニも帰りは黙りこくっていた。ふたりともハンナが命を落とした火事とファーマンとのつながりをあれこれ考えていたのだ。

「また明日」メイン・ストリートでスザンヌを降ろし、トニは言った。

「うん、気をつけて」

スザンヌの車は〈シュミッツ・バー〉から数軒先にとめてあった。バーは電気がついていて、ジュークボックスからフーティー&ザ・ブロウフィッシュの曲が大音量で流れ、窓に飾られたブラッツ・ビールの看板が青と白に光っている。

車で自宅に帰る途中も、カジノでの収穫についてつらつら考え、ファーマンとはいったいどんな人物なのか、なぜ解雇されたのかと自問しつづけた。

保安官に訊いてみなくては。あるいはフィンリー署長に。ファーマンこそ、このパズルの欠けているピースと思われるからだ。

スザンヌは犬を外に出してやってから、下の部屋の明かりをすべて消した。重い体を引きずるようにして二階にあがる途中、明日の午前中はハンナのお葬式だと思い出した。うっかりしていた。お葬式にふさわしいスーツを見繕わなくては。あるいはワンピースを。ラックから黒いワンピースを出し、体の前にあてがい、鏡をのぞきこんだ。ばかげているとは思うが、この歳になってもボディラインを気にせずにはいられない。充分にスリムかしら？　きれいに見えるかしら？　サムのような男性にふさわしいだけの若さを保てているかしら。

スザンヌは目を細くして鏡のなかの自分をあらためた。昔から、肩幅がほんの少しありすぎるのが気になっていた。それが、二カ月ほど前に読んだ記事によると、彼女の体形は、バレエの監督ジョージ・バランシンが男性の主役ダンサーに望んだ体形そのものだということだった。幅のある肩、やや短めの上半身、いくらか長い脚。それを読んでから気が楽になったのはたしかだ。こういう体形にしてくれたＤＮＡも捨てたものじゃないと思うようになった。

ワンピースをクローゼットの扉の裏側にかけ、着ている服を脱ぎ、歯を磨いた。五分とたたぬうちに、いつの間にか眠りに落ち、バレリーナの夢を見ていた。ピンクのトウシューズを履いたバレリーナが熱い石炭を敷きつめた上で踊り、そのうしろで炎が燃えさかっていた。

18

夜の十一時、町の反対側。放火犯は自宅の窓から、低くかかったいびつな黄色い月と明かりの消えた周囲の家を見やった。酔った笑みが顔に浮かぶ。もう一杯、飲むものをつくってCNNをつけると、中東の情勢不安について識者数人があぁでもない、こうでもないと議論していた。

さほど興味はなかった。そもそも、少し酔っぱらっているし、喜びと満足感を覚えずにいるのは無理というものだ。わかった、正直に言おう。いま彼は、とてつもない優越感にひたっていた。

この自分は捕まるようなばかじゃない。そうつぶやきながら、バーカラウンジャー社の革の高級リクライニングチェアにぐったりと腰をおろす。自分はここの連中全員を足したよりも頭が切れる。百万年たっても捕まりっこない。小さな町の住民は小さな町レベルの頭しか持ち合わせていないからだ。

スコッチを鼻に近づけ、つかの間、目をつぶる。わが身は永遠に安全だと、もう数えきれないほど自分に言い聞かせた。

町の反対側ではスザンヌが寝返りを打ち、無意識のうちに最高の復讐を夢見ながら歯ぎしりしていた。

19

スザンヌ、トニ、ペトラの三人はそれぞれ黒い服に身を包み、陰気な三羽ガラスのようにハンナの葬儀の席に着いた。

　水曜午前のホープ教会はすべての席が埋まっていた。キンドレッドの全住民がお悔やみを言い、ハンナに最後の別れを告げようとやってきたかのようだった。上の聖歌隊席では聖歌隊が悲しみに満ちた声で歌い、人一倍小柄なアグネス・ベネットが巨大なパイプオルガンの音色を響かせている。彼女は四十五年にわたり、結婚式、葬儀、日曜のミサでパイプオルガンを演奏してきた。

　スザンヌも知っている曲だった。ポール・サイモンによる「早く家に帰りたい」だ。情緒あふれるこの曲を聴くと、いつもしんみりさせられるし、ペトラも同じ気持ちらしい。にじみ出る涙をレースのハンカチでひっきりなしにぬぐっている。そうかと思うと、トニはいつもの好奇心を発揮して、首をのばし、目をあちこちにさまよわせて、会衆を観察していた。

　スザンヌもそれにならった。中央通路にはみ出るほど体を傾け、教会の前のほうをうかがってみる。いたいた、ジャック・ヴェナブルが。最前列にすわった彼は神妙かつ沈んだ表情で、同じように尖った鼻をした数人に囲まれている。おそらく親族だろう。

「ねえ、見て」ペトラの声がした。祈りの言葉を小さくつぶやきながら、参列者をじっくり観察していたようだ。「ハンナの妹のジョイスが反対側にすわってるわ」

トニも会話に割りこんだ。「ジャック・ヴェナブルのかわい子ちゃんは来てるのかな」

ペトラは洟をすすった。「どうかしら。もしかしたら、不倫なんかしてないのかもしれないわよ。いまのあの人は……魂が抜けたみたいに見えるもの」

スザンヌとトニがすばやく視線を交わしたのを、ペトラは見逃さなかった。

「なんなの？」と訊いた。

「不倫はしてたのよ」スザンヌは言った。

「いまもしてる」とトニ。

「本当なの？」ペトラは訊いた。

スザンヌとトニは同時にうなずいた。

「だとしたら、これはなにがなんでも」ペトラは小声で言った。「膝を突き合わせてじっくり話を聞かなくちゃいけないわ。絶対に事実を認めさせてやる」

当然だわ、とスザンヌは胸のうちで同意した。

そのとき、教会の両開きドアがドンという大きな音とともにあき、この町屈指の（そして唯一の）葬儀業者であるジョージ・ドレイパーが入場し、中央通路をゆっくりと歩きはじめた。長身でコウノトリを思わせる背格好の彼は、遺族側のひとりかと思うほど暗い顔をしていた。おなじみの地味な黒い喪服姿だが、以前、青年商工会議所のイベントで見かけたときも、同じスーツでメレンゲを激しく踊っていた。

ドレイパーは足をとめると振り返り、ごくかすかに手を動かした。それを合図に棺の運び手たちが入場し、ドレイパーのあとを追うようにゆっくりと中央通路を進んだ。上に白いバラとグラジオラスを飾った棺はクリーム色がかったオフホワイトで、スザンヌは古いピアノの白鍵のようだと思った。

運び手のなかにドゥーギー保安官の姿があった。それにモブリー町長も。ふたりともどうにかこうにか通路を歩いてくる。目を大きくひらき、無理な体勢のせいでスーツが縫い目から破れそうだ。この世代はもう、こういうことをやるにはいささか歳を取りすぎているのだろう。いわゆる力仕事は、もっと若い世代にやらせたほうがいい。

やがてストレイト師が現われ、祭壇に立った。うしろになでつけた白髪、威厳ある物腰とダークスーツで、こざっぱりと端整に見える。

式は祈りの言葉、弔辞、また祈りの言葉、賛美歌とつづいた。弔辞を述べた人はみな、この葬儀はハンナの人生を賞揚する場と位置づけていた。しかしスザンヌにはわかっていた。実際にはその死を悼む場であることが。わずか数年前に夫のウォルターを見送った経験から、彼女は残酷な事実を理解していた。死は避けては通れぬ人生の一部であると。死を賞揚するのも、ののしるのも、恐れるのも自由だ。しかしいずれ、死は誰にでも訪れる。

最後の歌、サラ・マクラクランの「アイ・ウィル・リメンバー・ユー」が教会内に響きわたると、ペトラが人目をはばかることなく泣きじゃくった。

そして葬儀は終わった。参列者は全員、急ぎ足で教会をあとにした。悲しみに暮れた目をしながらも、はやく日常生活に戻らなくてはと、いくらかあせってもいた。それこそがなにより大事なことだからだ。とにかく、がんばって生きていくしかない。

「すぐ、カックルベリー・クラブに戻らなきゃね」

正面の階段に出たところでトニがスザンヌに言った。

「ペトラが言うには、入り口に行列ができてるはずだってさ」

スザンヌはまわりを見まわした。「ここにいるなかにも、来てくださる人はいるでしょうしね」

「わたしもそう思うの」ペトラが洟をすすりながら言った。「あなたも一緒に帰るでしょ?」

スザンヌはしばらく考えた。「あとちょっとしたらね。先にやっておかなきゃいけないことがあるの」通りの反対側に、ものすごいいきおいでシャッターを押しているジーン・ギャンドルの姿が見えた。まったく無神経にもほどがある。

人混みをかき分けていく途中、ブルース・ウィンスロップに引きとめられた。

「スザンヌ」ウィンスロップは悲しみに沈んだ表情ではあったものの、チャコールグレイのスーツを粋に着こなしていた。「きみの言うことは正しかった。ドゥーギー保安官に会って、リッキー・ウィルコックスとやり合った件を伝えたよ」

「賢明だわ」スザンヌは言った。「保安官としては、できるかぎり情報を集める必要があるのよ。それらを分析し、厳しい質問をすることで、捜査を一歩でも前に進められるかもしれないんだもの」

「そうなるよう祈るよ」ウィンスロップは軽く頭をさげてつけくわえた。「いろいろ力になってくれてありがとう」

「こちらこそ、信頼してくれてお礼を言うわ、ブルース。でも、本当にたいしたことはしてないのよ」

ウィンスロップは思いやりと気遣いのこもった目でスザンヌを見つめた。

「自分では気づいてないかもしれないが、スザンヌ、きみはドゥーギー保安官のいわば相談役みたいなものだと思う。倫理の指針的な存在なんだ。彼はきみを信頼しているし、きみからの意見にはいつも感謝しているんだよ」

「本当にそう思う？」保安官がスザンヌに協力してもらったなどと認めるなんて、とてもじゃないけどありえない。

ウィンスロップはちょっと横を見てから言った。「噂をすれば……」

ふたり同時に通りの向こうに目をやると、保安官がパトカーに向かってせかせかと歩いていくところだった。パトカーはある家のドライブウェイの真ん前にとまっており、完全に出口をふさいでいる。しかし怒鳴りに出てくる人も、車を移動させてほしいと言う人もいなかった。怒りにまかせたメモを残す人も。

スザンヌはウィンスロップの前腕に手を置いた。「これで失礼するわね。保安官に話があるの」

ウィンスロップはうなずき、スザンヌは大急ぎで通りを渡った。

「保安官」と片手をあげて呼びとめた。

保安官は目を向けたものの、取り合わないことにしたようだ。パトカーのドアのロックを解除し、乱暴にあけた。

巨体を運転席におさめてエンジンをかけたところへ、スザンヌが追いついた。

保安官は顔をあげた。「くそ、あとちょっとで逃げられたんだがな」

「ごめんなさい」スザンヌは言った。「きょうはさぞ、つらかったでしょうね。それは、ほかのみんなも同じだけど」

保安官の無線機が突然、ガーガーと鳴った。彼は受信機を取った。「なんだ？」パチパチいうノイズと、なにを言っているかわからない言葉がほとばしり出る。「とっとと違反切符を切ればいいんだよ、まったく」と怒鳴りつけた。「そんなこともわからないのか」そう言うと無線を切り、スザンヌに顔を向けた。「で、今度はいったいなんなんだ？」

「ゆうべ、プレイリー・スター・カジノにたまたま行ったんだけど」

保安官の表情のない目がいぶかしげなものに変わった。「ちょっと待て、もう一回言ってみろ。ゆうべ、例のカジノにたまたま行っただと？」そこまで言うと、なんとか落ち着こうと歯を食いしばった。「急にギャンブルに興味を持ったのは、きのうの午後、おれに寄こしたカジノのチップと関係があるなんて言わないでくれよ」

「ええ、あのチップに関係あるわ」スザンヌは素直に認めた。

保安官は怒りを爆発させた。「ばか野郎、スザンヌ！　捜査はおれにまかせろと言っただろうが」

「とにかく、まずは話を聞いてよ」保安官の目にやどる怒りにたじたじとなりながら、スザンヌはつっかえつっかえ言った。「というのも、わたしは……じゃなく、わたしたちは……トニが一緒だったんだけど……ダレル・ファーマンがブラックジャックをしてるのを見かけたの」

「ブラックジャックをしてたのか」保安官は繰り返した。

「ええ」

「いいかげん、よけいなことに首を突っこむのはやめるんだ、スザンヌ。捜査はプロにまかせておけ」

スザンヌは反撃に出た。「ちょっと待ってよ。ファーマンの話をしたのはそっちでしょ。猫を袋から出すようなまねをしておいて、その言いぐさはないんじゃない？」

保安官の顔が薄紅色に染まり、やがて真っ赤に変わった。「そうかい、だったら、その子猫ちゃんは当分のあいだ、袋に戻しておけ、いいな？」そう言い捨てると、アクセルを踏みこみ、いきおいよく発進した。

「ありがとうぐらい言ったらどう？」スザンヌは車に向かって叫んだ。「せっかく教えてあげたのに」

カックルベリー・クラブに向かう途中、ふと思いついて右に折れ、カトーバ・パークウェイを飛ぶように走り、ゆっくり走行している葬列の最後尾に追いついた。ヘッドライトを点灯して、いちばんうしろの車のあとにつき、メモリアル墓地に通じるでこぼことした曲がりくねった道を進んだ。

スザンヌにはこの墓地がのどかな永眠の地とはとても思えなかった。理由のひとつは、いつ見ても古くてさびれた感じがすることだ。何十本とある倒れかけた木が角の削れた石板の列に張り出しているし、その石板のほうも風雨によって崩れかけ、虫歯だらけの歯を思わせる。ひざまずいた天使の石像は右の翼が取れ、悲しみに満ちた顔は長い年月のあいだに風化し、この場所の不気味な雰囲気をいっそう際立たせている。

スザンヌは車を芝生に乗りあげてとめると、外に出て、少し離れたところから墓地での礼拝を見守った。やがて最後の祈りの言葉がとなえられ、親族が三々五々いなくなると、ひとりぽつんと残ったジャックにゆっくり近づいた。

彼は歯ぎしりするように顎をぐっと引き締め、ハンナの棺を穴があくほど見つめていた。すぐ隣にスザンヌが立っても一向に気づく様子はなく、彼女はしかたなく「ジャック」と声をかけた。

ジャックは、近くの森から出てきた泣き妖精《バンシー》に冷たい手で肩をさわられでもしたように飛びすさった。

「うわ、びっくりさせるな！」彼は驚きのあまり、胸を手で押さえて叫んだ。「そこにいるとは気づかなかったよ、スザンヌ。ふう、まったく、心臓がとまるかと思ったぜ」彼はまだ落ち着かない様子でかぶりを振った。それから急に礼儀正しくなった。「ハンナの葬儀に参列してくれて礼を言うよ……墓地での礼拝にまで来てくれたんだな」

「ここに来たのはハンナへの追悼の気持ちからよ」スザンヌは言った。「それに、あなたがどんな様子か興味があったし」

「おれがどんな様子でいると思ってるんだ？」

「あなたのほうから話してもらえないかしら」

「まだおれが女房を殺したと思ってるんだな。あのビルに火をつけ、彼女をおれの人生から消したと？」

「その言い方、怒ってるだけじゃなく、すべて入念に計画していたように聞こえるわ」

ジャック・ヴェナブルは攻撃をかわそうとするように、背を丸めた。

「ばかな。そんなわけないだろう。おれはなにもしてないんだ」ほとんど無きにひとしい上唇がのぞいたかと思うと、めくれあがった。「ドゥーギー保安官の耳に、よからぬ話を吹きこんだんじゃないのか？　あるいは、保安官のほうがあんたの耳に吹きこんだのかもな。あんたらふたりはえらく仲がいいそうじゃないか」

「そうは言うけど、あなたがハンナの指輪を売ったのは事実なのよ」スザンヌは穏やかに言った。

「だから、まずいことをしたと言ったじゃないか。とんでもなくまずいことを」ヴェナブルはまだなにか言いたそうだったが、よろよろと芝生を進んでいき、両手をハンナの棺に置くと、そのまま膝から崩れ落ちた。

「ごめんな」とすすり泣いた。「本当にごめんな」

ジャック・ヴェナブルはそうして悲嘆に暮れていたが、スザンヌはそれを見ても、なんの感慨もわかなかった。彼は本当に悲しみのどん底にいるか、あるいはすぐれた役者かのどちらかだ。

とにかく、彼をひとり残してその場をあとにした。掘り返したばかりの土に膝を埋めて身も世もなく泣きじゃくり、おそらくはみずからの行為と折り合いをつけようとしている彼を。

「どこに逃亡してたの?」大事な段ボール箱を抱え、裏口から入ったスザンヌにペトラが尋ねた。「あら、ちっちゃなフクロウも一緒なのね」

「どこへ行くにも一緒よ」スザンヌは答えた。「わたしたちはチームだから」

「で、いったいどこに行ってたのさ?」トニが尋ねた。彼女は寄せ木のテーブルを前にし、スティック状のバターを手際よく小さな塊に切り分けているところだった。

「墓地よ」スザンヌは箱をおろし、木釘にかかったきれいなエプロンを取って首からかけた。正面の駐車場には十台ほどの車がとまっているので、とにかく手伝いに入らなくてはと気が急いていた。

「またジャック・ヴェナブルに接触したのね」ペトラが言った。彼女はコンロに向かってきれいなキツネ色になったソースをかき混ぜていた。満足いく状態になったソースに、あらかじめ火をとおした朝食用ソーセージを十本ほど入れ、全体を大きく混ぜた。

「ええ、最後にもう一度、なにか聞き出せないかと思って」スザンヌは答えた。「ところで、なにをつくってるの？」

「ソーセージの甘くてスパイシーなグレーズがけ。手早くできるお役立ちメニューよ」

「そのソースをつくるところは必見だよ」トニが言った。「化学の実験みたいでさ。スイートマスタードとオレンジマーマレードを混ぜるんだ」

「聞いているだけでおいしそう」スザンヌは言った。「じゃあ、きょうのおすすめはそれね」

「焼きリンゴ入りのパンケーキもあるわ」ペトラは言った。「ほかにはスクランブルエッグ、コーンのマフィン、トマトとバジルのスープ、それにカニサラダ。サラダはサンドイッチの具にしてもいいし、細長いミニトマトにはさんでチューリップトマトにしてもいいわね。きょうはセットはなしで単品だけ。オープンの時間が遅いから、モーニングというよりはブランチね」

「いいと思うわ」スザンヌは言った。

厨房とカフェを仕切るドアが静かにあき、キットがするりと入ってきた。「言われたとおり、六番テーブルに注文の品を届けてきたわ」とペトラに告げる。

「ご苦労さま。次は冷蔵庫から卵を一ダース、取ってきてもらえる？」

とは大違いだ。

「了解」キットは言ったが、疲れたような声で張りもなかった。いつものはきはきした彼女とは大違いだ。

スザンヌはすれちがいざま、キットの腕をつかんだ。「体の調子はどう？　リッキーはどうしてる？」

「わたしのほうは大丈夫、なんとかね」キットは答えた。「リッキーは不安でびくびくしてるけど」

ペトラが振り返って顔をしかめた。「今度はどうしたの？」

「保安官がまた話を聞きたいって言ってきて。農薬をめぐる口論についてだとか」

「農薬？」トニが言った。「それ、いったいどういうこと？」

「キット」スザンヌは言った。「ずいぶんと顔色が悪いわよ」

「具合があまりよくなくて」その言葉どおり、顔が真っ青で、気分が悪そうだ。

「おなかの赤ちゃんの影響？」トニが心配そうに訊いた。

妊娠で体調を崩しているなら、母体の安全が最優先だとスザンヌは思った。「家に帰ったほうがいいわ」

「そんなのいやよ。みんな大変なのに、わたしだけ抜けるなんて」

「大変なのはいつものことよ」ペトラがつぶやいた。

「いいから帰って休んでちょうだい」スザンヌは言った。「お願いだから」

「足を高くして寝るんだよ」とトニ。

「本当に大丈夫なら、そうさせてもらおうかな」

「本当に大丈夫よ」スザンヌは言った。

「ありがとう。でも、金曜の夜のディナー・シアターのときは、必ず出勤するわ。目がまわるほど忙しいはずだし、わたしも給仕の頭数に入ってるってわかってるから」

「ありがとう」ペトラが言った。「そうしてもらえると助かるわ」

「あ、ディナー・シアターと言えば――」スザンヌは少しあわてた顔で言った。「――うっかり忘れるところだった。今夜、通し稽古があるのよ、リハーサルが」

「うん、そうだね」とトニ。「だから、みんながんばろう！」

20

ペトラは右手で鍋のなかのトマトとバジルのスープをかき混ぜながら、体をうしろにひねってオーブンからマフィン型を出した。持っていたスプーンを置き、ひねった体を戻そうとしたとき、ほんの一瞬、バランスが崩れたらしい。それだけでも、熱いマフィン型が床に落ちるに充分だった。

「やだ、もう！」

「どうかした？」カフェにいたスザンヌが仕切り窓からのぞきこんだ。彼女は「まあ」と言うなり、手助けしようと、すぐさま厨房に駆けこんだ。

「五秒ルール？」ペトラに訊いた。五秒ルールは誰でも知っている。キッチンの床に落ちた食べ物も、五秒以内に拾えば食べたり人に出したりできる、というあれだ。

しかし、ペトラは首を横に振っていた。「残念だけど。州の保健委員会に押しかけられて、レストランの営業許可証を剝奪《はくだつ》されたら困るもの」

「それじゃ、鳥の餌にしましょう」スザンヌは言った。「あるいは、赤ちゃんフクロウのお母さんにあげてもいいわね」

「まだいるならね」

「まだ、ちゃんといるわよ。けさ、車で入ってきたときにも、ホーホー鳴く声が聞こえたもの。姿を現わすタイミングをはかってるんじゃないかしら」

「あるいは、あんたがあの子を養子にして、心おきなく独身生活を楽しめるときを待ってるのかもよ」トニがいったいなんの騒ぎかと、ひょっこり厨房に入ってきた。彼女は床に散らばったマフィンのくずを見るなり、ほうきとちりとりを手にして、せっせと掃除を始めた。

「手が滑っちゃって」ペトラはくよくよと言った。「お葬式に出たせいで、気持ちがまだ不安定なんだわ」

「本当はなにが原因かわかってる?」トニが訊いた。

「ううん。でも、教えてくれるんでしょ」

「破滅的終末恐怖症ってやつだよ」

「ずいぶんとまた、長たらしくて難解な名前ね」スザンヌは言った。「具体的にはどういう病気?」

「この世の終わり症候群みたいなもんでさ、ゾンビだの核戦争だの黙示録だのを恐れる気持ちのこと」

「ばかばかしい」とペトラ。「そういう暗くて希望のないたわごとなんかどうだっていいの。現実の問題のほうがずっとずっと気になるもの。チーズスフレがつぶれてぺしゃんこになっちゃうかしらとか、〈ジェイド・サファイア〉に発注したカシミアの毛糸がちゃんと届くかしらとか。でなければ……フロー・ミラーに招待された夏の終わりのパーティで、水着を着ても大丈夫かしら、とか」

「プールサイドがパーティ会場なの？」スザンヌは訊いた。

「そうよ」とペトラ。「当然のことながら、ジムでエクササイズするのをうっかりしちゃって。それも、丸四年も」

「ビキニを着るの、それともタンキニ？」トニが訊いた。

ペトラは外国語で話しかけられたみたいな顔で、トニをぽかんと見つめた。

「ははあん」とトニ。「タンキニがなんだかわかんないんだね」

「ええ、認める。あなたが使うイケてるファッション用語にはついていけないわ。でも、タンキニは言葉の響きからして、よさそうとは思えない。いやらしい感じで、わたしのふくよかなおなかをあまり隠してくれそうにないもの」

「思い当たるふしがある《イフ・ザ・シュー・フィッツ》みたいだ」とトニ。

「靴《シューズ》のことなんか心配してないわよ」

ランチタイムは大混雑とはならなかった。午前十一時から午後二時までぽつりぽつりと途切れなくお客が来るだけだった。おかげで正午を少しまわる頃にはあと少しでデザートを食べ終えそうなお客と、コーヒーでのんびりくつろいでいるお客だけとなり、スザンヌ、トニ、ペトラの三人もほっとひと息つけた。話題はローガン郡のカウンティ・フェア。オープニングとなる明日の夜は、キンドレッドの中心街を盛大なパレードが練り歩くことになっている。

「あたしはさあ」トニが言った、「アトラクション広場の乗り物がすっごく好きなんだ。ティルタワールとかネズミのコースターとかさ。恋人同士で入るお化け屋敷もいいね」そう言ってスザンヌにウィンクした。

「乗り物と言えば」ペトラがスザンヌに目を向けた。「バレルレースにおたくの馬をエントリーさせるか決めた？」

スザンヌはためらいがちに答えた。「そのつもりでいるけど、店を出たらすぐに、最後にもう一回、モカを走らせてみるつもり。その調子によって結論を出すわ」

「わたしもパイ焼き名人のコンテストに出るか、いいかげん決めなくちゃ。実行委員から、ジャム、ジェリー、ケーキ、パイ、クッキー、それにバークッキーをエントリーするには、明日の午後までに搬入するよう言われてるの」ペトラはドラムを叩くようにカウンターを指で叩いた。「ふたりとも、どう思う？」

「あなたのルバーブ・パイにかなう人なんかいないわよ」スザンヌは言った。

「レモンメレンゲ・パイもだよ」とトニ。「だから、あたしとしては出品するべきだと思うな。カックルベリー・クラブの壁に、優勝者がもらう大きな紫色のリボンを飾りたいもん」

「じゃあ、パイでエントリーしてみようかしら」ペトラはゆっくりと言った。「もしかしたら、バナナブレッドにするかも。でも、明日の朝、うんと早く出勤して焼かなくちゃ。全部、焼きたてを持っていきたいもの」

スザンヌはうなずいた。「さすがね」

トニはアイシングをかけたブラウニーをひとつつまんで、ぱくついた。「でもさ、スザンヌがロデオに出て、ペトラが焼き菓子コンテストにエントリーするなら、あたしだけ仲間はずれになっちゃう」そう言って洟をすすった。「でかでかと零点って書かれた気分だよ」

「そんなことないじゃない」スザンヌは言った。「たしか、ジュニアがクラフトビールのコンテストに自作のビールをエントリーするって話じゃなかった？」

トニは肩をすくめた。「まあ、そうだけどさ。だから？」

「ミス・フッバブッバ・ビールになれるかもよ」とペトラ。

トニはそれを聞いて、けげんな顔をした。「そんなのは参加するうちに入らないと思うけど」

「だったらPR大使になればいいわ」スザンヌは言った。

トニはにんまりとした。「PR大使か。いい響きだね。ダイエットのあれこれを宣伝してるカーダシアン一家とか、ウォッカをプロデュースしてるラッパーのディディみたいなもん？」

「うん……まあね。似たようなものかな」

トニはその気になってきたようだ。「それ、いいかも。いますぐジュニアに電話してみる」

午後も三時をまわる頃、スザンヌはカックルベリー・クラブをあとにすると、狭くて硬い土の道を通って、裏の農場に向かった。太陽は西の空でさんさんと輝き、風を受けて静かにそよぐトウモロコシはゆうに六フィートにまで育っている。あと数週間もすれば黄金色に色づいて、収穫できるようになるだろう。

スザンヌは大急ぎでモカに鞍を置くと、彼にまたがって農地を突っ切り、刈り取ったばかりのアルファルファの畑に向かった、樽は一個も置いていないが、そこにあるものと想像した。スタートダッシュ、すばやく複雑なターン、そしてくるっと小さくまわるときのリードチェンジを練習した。半時間ほど乗ったところ、いい感触を得た。自分の乗馬技術と馬の習熟レベルにあらためて自信が持てた。

決めた、とスザンヌはひとりつぶやいた。答えは絶対にイエスだ。セージの葉を燃やし、人差し指と中指をクロスさせ、風水を見きわめたうえで、金曜日にこの馬をエントリーさせよう。

納屋に戻ると、モカに手早くブラシをかけ、ご褒美のオーツ麦を彼とグロメットの両方にあたえた。それからバクスターを予約した獣医に連れていくため、自宅に向かった。この二日ほど頭を振っていることが多く、耳の感染症が疑われるからだ。鼻に白いものが交じりはじめたバクスターは、スザンヌの大事なペットで、最後に唯一残ったウォルターとの絆でもある。だから、万が一のことがないようにしておきたかった。

バクスターは毛で覆われた頭をスザンヌの膝にのせ、穏やかで表情豊かな茶色い目で見あげた。喉の奥から発した低いうなりが振動となってしっぽの先端まで伝わってくる。それから彼は隣の椅子を占領しているふわふわした白いプードルを、憐れむような目で見やった。バクスターは〈犬猫クリニック〉に連れてこられたことがおもしろくないらしく、それを隠そうともしていなかった。

スザンヌは白髪の交じりはじめたバクスターの鼻をなでてやり、顔を近づけてキスをした。「五分だけよ」と約束する。「お医者様に耳のなかをささっと診てもらって、塗り薬を出してもらったら、すぐに帰るから」

それでもバクスターは獣医の悪魔の手から逃れるべく、急いで立ちあがってリードをぐいぐい引っ張り、しきりにドアのほうに目をやった。

「だめ」スザンヌはたしなめた。「まだだめよ」

受付のヘリーンがデスクごしに見やって声をかけた。「あと二分ほどお待ちください。シーヴァーズ先生は簡単な手術をなさっていて、もうすぐ終わります」

「わかった？」スザンヌはバクスターに言った。「不安なことなんかなんにもないんだから」

しかしバクスターの不安は消えなかった。しっぽをだらりと垂らし、目を左右にきょろきょろと向けている。鼻を上に向けてくんくんやり、リードをさらに強く引っ張った。

「やめなさい、バクスター。おとなしくして」

実を言うと、スザンヌ自身も早く帰りたくてうずうずしていた。リハーサルがあるので、七時にはカックルベリー・クラブに戻っていなくてはならないからだ。全体を仕切る仕事のみならず、ペトラが軽食を用意するのも手伝うと約束していた。

とうとう、隣にすわっていたプードルまでがリードを引っ張りはじめた。

スザンヌが立ちあがるのを見て、ヘリーンが声をかけた。「よかったら、二番の診察室にお入りください。そっちで待つほうがワンちゃんも少しは落ち着くかもしれませんよ」

「ありがとう」

スザンヌはバクスターを連れて〈2〉と書いてあるドアまで行くと、押してあけ、力をこめてバクスターを引っ張りこんだ。

「いったい、どうしたの？　いつもはこんなんじゃないのに」

スザンヌは細長い金属の診察台の隣にある椅子に腰をおろした。自分が落ち着けば、バクスターも同じようにするのではないかと思ったからだ。

でも、そうはならなかった。

彼はクリニックの奥の部屋に通じる反対側のドアまで行き、そこを前脚でかいた。いったん寝そべってから、鼻をくんくんやり、スザンヌのところに戻った。

なにか伝えようとしているのだなとは察しはつくが、それがなんなのかまではわからない。スザンヌがしゃべれる犬語はほんのわずかだし、バクスターが理解できる人間の言葉はごはん、散歩、外、おやつのほかにいくつかある程度。そのいくつかには、ドライブとベッドが含まれる。

「どうしたの、バクスター？」スザンヌは愛犬の顔を両手ではさみ、じっとのぞきこんだ。

そのとき、おかしなにおいに気がついた。

奥の部屋の薬品かしら？

スザンヌはそうでありますようにと思いながら、鼻をくんくんやった。ちがう、そういうにおいじゃない。

バクスターが弱々しく鼻声を洩らした。

たぶん、コーヒーが煮詰まってるだけよ。ええ、そうにちがいない。

バクスターの哀れっぽい目がスザンヌの目をしっかりととらえた。

ちょっと待って。スザンヌはおや、と思った。コーヒーが煮詰まってる？〈ルート66〉にいたときも、そのにおいを嗅いだように思ったんだっけ。そしてその直後……。

スザンヌは目を室内のあちこちにさまよわせた。

うっすらとした細い蔓のような煙がドアの下から流れこんだように見えた。

まさか、そんなはずないわ。きっと目の錯覚よ。

しかし、またも煙がドアの下からじわじわ入りこんできたのを見て、スザンヌは、はっとなった。

これはもしかして……？

診察室を突っ切り、奥の部屋に通じるドアを乱暴に引きあけた。煙がもくもくと立ちのぼっていて、スザンヌは急に喉が詰まり、目がしみるように痛くなった。

「火事よ！」

スザンヌは大声で叫んだが、頭に浮かんだのは〝また火事？〟という言葉だった。動揺、パニック、恐怖の三つが同時に襲いかかった。不気味なタイムループに入りこんでしまったとしか思えない。ある種のデジャヴとも言えた。

もう一度、煙に目をこらすと、シーヴァーズ医師が駆け寄ってくるのが見えた。一本の脚に包帯を巻いたバセットハウンド犬を抱えている。

「玄関から出るんだ！」医師は指示を飛ばした。「全員外へ！」

スザンヌ、バクスター、ヘリーン、それに白いプードルの飼い主が大急ぎで通りに出ると、シーヴァーズ医師は受付で足をとめ、犬を抱え直してあわただしく緊急通報の番号に電話した。通信係に手短に火事を知らせ、自分も玄関から外に出た。

二分後、消防車がエンジンをとどろかせ、装備をガチャガチャいわせながら到着した。半分の消防士が建物に飛びこんでいき、残り半分は外でホースをつなぎ、機材を手早く並べた。

周囲に目をやると、近隣のビルの人々が、いったいなにごとかと駆け出してくるのが見えた。小さな白いプードルはひどく震えていた。おかしなことに、スザンヌは震えていなかった。こんな騒動を引き起こした犯人に対する冷静で強烈な怒り以外、なにも感じなかった。

「全員、無事に逃げられましたか？」スザンヌは獣医に尋ねた。「なかに残ってるペットはいませんよね？」

「みんな無事だ」獣医はまださっきの犬を抱いていた。

そのとき、保安官のパトカーがサイレンを大音量で鳴らし、回転灯をまわしながら通りをものすごいスピードでやって来た。

保安官があたふたと車から飛び降りたとたん、フィンリー消防署長が動物病院のドアから現われ、お楽しみは終わりだと宣言した。

「いったいなにがあった？」保安官は怒鳴った。彼はスザンヌの肩に乱暴にぶつかりながら、彼女とバクスターのわきを猛然と通り過ぎ、フィンリー署長から話を聞こうと駆け寄った。ずんぐり体型で五十代前半、アスベストの耐火服と正面にエンブレムがついた帽子をかぶったフィンリー署長は片手をあげ、集まった野次馬を懸命に落ち着かせようとしていた。

「職場に戻ってください」と好奇心旺盛な野次馬に向かって言った。「もう消しとめましたから。脅し目的なんですよ、それだけです。心配はいりません」

スザンヌからすると、あれは単なる脅し以上のものだった。不気味な偶然のように思われた。

「なにがあった？」保安官は玄関ステップを急ぎ足で二段あがり、フィンリー署長の前に立った。スザンヌもなにがあったか知りたくて、バクスターとともに前へ移動した。

「それが、何者かがぼろきれの山に火をつけ、そいつを獣医さんのオフィスの裏口から突っこんだらしい」フィンリー署長の目は青いビー玉のようで、下が少したるんでいた。それがピンク色をした小さな枕のように見える。

「あんたはいたずらという意見なんだな」保安官が言った。

「おそらくは」と署長。「十中八九」

「あれはいたずらという感じじゃなかったわ」スザンヌは口をはさんだ。保安官と消防署長が同時に振り向いた。スザンヌがすぐそばで会話を大胆にも盗み聞きしていたと知って、びっくりしたようだ。

「この建物のなかにいたのか？」保安官が訊いた。

スザンヌはうなずいた。「そうよ、ここにいるバクスターと一緒に」自分の名前が聞こえたので、バクスターはしっぽを振ってそれに応えた。

「なるほど」保安官はバクスターをじっと見つめていたが、頭のなかであれこれ考えているのがスザンヌには手に取るようにわかった。

「おかしな偶然もあると思わない？　郡民生活局で火事があったことを考えれば」

「火事があるたびに、ひとつ前の火事と結びつけていたら」フィンリー署長がわずかに見下すような口調で言った。「無駄足の連続になりかねない」

「しかし」と保安官。「スザンヌの言うことにも一理ある」

「放火専門の捜査官はまだ町にいるの？」スザンヌは訊いた。

保安官も消防署長も首を横に振った。「いや」と口を揃えた。

「残念だわ。とにかく……出火の状況はちゃんと把握してるのね？」

「さっきも言ったように、というかおたくが立ち聞きしたように……ぼろきれを丸めたものにガソリンを染みこませ。そいつを裏口から押しこんだ。そして火をつけた、というわけだ」

「単なるいたずらより、はるかに悪質だわ」スザンヌは言った。「どう考えても放火じゃない」

消防署長は大きく苦笑した。「その判断はわれわれにまかせてもらおう。いいね？」

「ええ」スザンヌはバクスターを引き寄せながら後退した。「かまわないわ」

そのとき、見慣れた車がとまるのが目の隅に見えた。青いBMV。サムだ。どこで火事のことを聞きつけたのか、スザンヌにはさっぱりわからなかった。

サムは彼女に気づくと、まだほとんど残っていた野次馬を押しのけるようにして近づいた。

「ここでなにをしてるの？　大丈夫かい？」

「わたしならなんともないわ」スザンヌは答えた。「どうやってこんな早く火事のことを聞きつけたの？」

「病院で救急車の待機場所のすぐ外に立ってたんだ」サムは言った。「救急隊員のディック・スパロウってやつと立ち話をしてたら、無線で通報が入ってね。でも、きみがいるとは知らなかった」

「言葉を換えるなら、見物に来たってわけね」

人目を引かずにいるのは、ますますむずかしくなっている。こっそり独自の調査をおこなうのは。もちろん、それにはいい面だってある。大事な人が自分の身を案じ、気遣ってくれるのは、なにものにも代えがたいほどうれしいことだ。

「うん、まあ、そんなところだ」サムは小声で言った。「でも、まださっきの質問に答えてもらってないよ。きみはここでなにをしてたんだい?」

「バクスターがね、耳の感染症にかかってるんじゃないかと思って」

「それならぼくがなんとかしてあげられるよ」サムはスザンヌの手を取り、野次馬から離れたところに連れていった。「単純な中耳炎だったらだけどね。クリニックに寄って、抗生物質の試供品をもらってこよう」

「助かるわ」スザンヌが言うと、バクスターはサムをけげんな顔で見あげた。

「ところで、火事の原因はなんだったの? 配線とか電気関係かい?」

「裏口を入ってすぐのところに、丸めたぼろきれがあるのをフィンリー署長が見つけたわ」

サムの表情が真剣なものに変わった。「それは心配だな」

「わたしもそう思う。はっきり言って、放火じゃないかという気がするの」

サムがじっと見つめてきた。彼はスザンヌが火事の調査をつづけているのを知っているし、発生当時、現場にいたことも知っているのだ。

「どうしてもわからないのは」スザンヌは言った。「犯人はなぜここに火をつけようとしたかってこと。だって、〈犬猫クリニック〉よ。わけがわからないわ」

「よく考えてごらん、スザンヌ。このところ、きみはなにをしていた?」

「そうねえ……お葬式に参列したり、馬の訓練をしたり、あなたとディナーを食べたり?」

「そうじゃないよ。ずっと調査をしてたじゃないか。そして、町のみんながそれを知っている」

スザンヌは目をぱちくりさせ、それから神経質なしゃっくりをひとつ洩らした。

「何者かが調査をやめさせようとしてるってこと？」

いきなり自分が標的だと言われても実感がわかず、胃がむかつき、頭がずきずきしはじめた。

「その可能性は排除できないと思うな」

「何者かがわたしのあとをつけてたわけ？　尾行してたの？　そしてわたしを、ええと、脅そうとしたと？」

「きみを脅すだって？　ぼくの頭にまずひらめいたのは、それとはちがうことよ」

「でも、わたしはなんにもつかんでないのよ」スザンヌは訴えた。「本当に、なにもつかんでないの」

「それはどうだっていいんだ。頭のおかしな、いかれた放火魔がきみにしっぽをつかまれたと思ったが最後、標的にされてしまうんだから」

「そんな」

「だからさ」サムは彼女に腕をまわし、ぐっと引き寄せた。

「くれぐれも慎重に頼むよ。だからと言って、必要以上にびくびくしないでいい。ぼくがしっかり目を配るから」

21

ペトラはレモンのバークッキーがのった天板を手に、厨房の真ん中に立っていた。

「なんですって？」

スザンヌを呆然と見つめる目が一瞬ごとに大きくなっていく。

「獣医さんのところで？」

夜七時のカックルベリー・クラブ、役者たちがリハーサルのためにいつ現われてもおかしくない。スザンヌは〈犬猫クリニック〉での不審火について、トニとペトラに話して聞かせたところだった。恐れていたとおり、ふたりとも腰を抜かさんばかりに驚いた。

「たまげたね」とトニ。「また火事があったって？　偶然にしてはあやしすぎるよ。そう思うよね？」

「とても偶然とは思えないわ」とペトラ。「きっと警告よ」

「サムもそう思ってるみたい」スザンヌは言った。「わたしが調査してるのを、よく思わない人がいるんじゃないかって。今夜店に出るのにもいい顔をしなかったくらいなんだから。でも、自分も出演者のひとりだから、ここに来てわたしに目を光らせることにするって」

「サムはいったいなにを心配してるのかしら」ペトラが言った。「あなたが町じゅうを駆けずりまわって、キンドレッドでも好ましくない人たちの相手をしてるくらいのことで」

「それ、本当？ 好ましくない人たちって？」トニはがぜん興味が湧いたようだ。

「まず最初に妙な質屋を訪れたでしょ」ペトラは非難がましく言った。「次に、あなたたちふたりして例のカジノに出かけて大酒を飲んだ」カジノと言うときには、堆肥の山の話をするかのような口調になった。

「でも、タトゥー・ショップには行ってないわ」スザンヌはわずかなりともユーモアを交えて緊張をやわらげようとした。

「いずれ行くのはわかりきってるわよ」

トニがスザンヌを肘で軽く押した。「もし行くんなら、ちゃんと教えてよ、ね？ 黄色いバラのタトゥーを入れたいんだ、あたしの……」

「絶対に行っちゃだめ、いい？」ペトラは言った。「というか、この話はこれ以上、するのもだめ」

「わかったよ」

トニは言うと、スザンヌに片目をつぶってみせ、カフェまで運んでいこうと、山のように積みあげられた皿を抱えあげた。ドアをくぐりかけたところで、うしろのふたりに大声で知らせた。

「心の準備はいいかい、ふたりとも。わが町が誇る役者ご一行のお出ましだよ」

入り口を転がるように入ってきたのは十人の役者集団で、みんな科白を復唱し、役づくりをし、『陽気な幽霊』の最終リハーサルをこなす意欲にあふれていた。

キンドレッド演劇集団の総監督をつとめるコニー・ハルパーンが異様なほどはしゃいでスザンヌとトニに挨拶をした。

「信じてもらえないかもしれないけど」とコニー。「チケットは完売なの！　ディナー・シアターのチケット五十枚すべてがよ」

「そうなると思ってた」スザンヌは言った。実を言えば、一週間前から知っていたのだ。

「おかげでこっちも猛攻撃にそなえてるよ」トニが笑いながら言った。

「今度のイベントは壮大な実験になるわ」コニーは話をつづけた。「こちらでやらせてもらえることになって、劇団員一同、本当に喜んでる。最初は教会の地下で披露するつもりだったけど、あそこだとディナー・シアターという雰囲気じゃなくて」

「パンケーキの朝食とか、ガチャガチャうるさい夕食ってイメージが強すぎるよね」トニが言った。

コニーは劇団員に向かって手を叩いた。

「さあ、出演者のみんな、まずはメインのセットの配置を決めちゃうわよ。入り口と出口も考えないと」

役者全員が彼女のまわりに集まった。もちろん、サムもいる。医師の役を演じることになっているからだ。それに地元の辛辣な作家、カーメン・コープランドは霊媒のマダム・アーカティの役だ。

スザンヌはカフェの奥をしめした。「あっちを舞台にしたらいいんじゃないかと思うの。あそこにカーテンをかけて仕切れば、〈ブック・ヌック〉と〈ニッティング・ネスト〉を着替えとメイクに使えるわ。それなら台本どおりに出入りできるでしょ。つまり、厨房を出たり入ったりして三品のディナーを配るわたしたちとバッティングしなくてすむってわけ」

「文句なしだわ」コニーは言った。

サムが近づいてきて、すばやくキスをした。「大丈夫かい？」

「絶好調よ」

「ずいぶんのんきなんだね。きょう、あんなことがあったというのに」サムは医者の言うことは聞いたほうがいいぞというように、いくらかいかめしい目で彼女を見つめた。「いつにも増して用心してもらいたいんだ」

スザンヌは彼にほほえみかけた。ハンサムな恋人のせいで胸が激しく鼓動していた。その彼が、彼女のために目を光らせていてくれるというのだ。「用心すると約束する」

その後、役者たちはいくつかの小さなグループに分かれ、それぞれの役について議論し、科白を復唱し、仕種で指示を出し合い、役者あるいは役者たちの出入りをどうさばくか話し合った。

壁の花とは無縁で、いつもめいっぱい着飾っているカーメンが、〈ブック・ヌック〉の近くで誰かれかまわず、大声で自分の科白を聞かせていた。体にぴったりしたレギンスにヒョウ柄のチュニックを合わせ、同系色のターバンをきらきらした大ぶりのピンでとめている。

「たまげたね」トニはスザンヌに小声で言った。「カーメンってば、リハーサルに来たのか、占いをしに来たのかわかんない恰好だよ」

カーメンはトニの言葉を聞くなり、カチンときた。

「聞こえたわよ。ところで、ご参考までに教えるけど、頭に巻いてるのは、ものすごくお高いサン＝ローランのスカーフなの。あなたにはとうてい買えそうにない代物よ」

トニはばかにしたようにふっと笑った。「ご参考までに教えるけどさ」と返しながら、くるっと向きを変え、形のいいお尻を左右に振った。「あたしがいま穿いてるのは、ものすごくお高いリーヴァイスのジーンズなんだよ。あんたのお尻じゃ絶対に入らないだろうけどね！」

「まずいわ」スザンヌは放っておくととんでもないことになると察し、トニの腕をつかんで力まかせに引っ張った。「厨房に戻って、ペトラと軽食の準備をしてちょうだい。あなたがいなくて困ってるみたい」

まだぶつぶつ文句を言っているトニを、スザンヌは両開き扉の向こうに押しやった。

「カーメンのやつ、せいぜい気をつけることだね」トニは言った。「家が落っこちてきて下敷きになっちゃうかもしれないからさ」

「おかしなことを言うんだから」ペトラはさいの目切りにしたリンゴをチキンサラダが入っ

たボウルにくわえた。「家の下敷きになるのって、たしか『オズの魔法使い』の東の国の……」

「悪い魔女」トニは言った。「ざまあ見ろってんだ」

スザンヌの見たところ、リハーサルは順調だった。役者は自分の科白を存在感たっぷりに言っているし、出入りもスムーズなようだ。そういうわけで、金曜の夜のディナー・シアターが本当に楽しみになってきた。カックルベリー・クラブはこれまで、こんな大胆な企画を引き受けたことはなかったが、このディナー・シアターが成功すれば（チケットが一枚残らず売り切れているのだから、すでに大当たりと見ていい）、今後のディナー・シアター開催の道を切りひらくことになる。

一時間がたった頃、コニーが少し休憩しましょうと呼びかけた。役者たちの技量と役づくりを褒め、衣装を着るのに手伝いが必要な人は申し出るようにと告げた。それから、いまかいまかと待っていたスザンヌのほうを向いた。

「スザンヌ？　あなたとパートナーのおふたりとで、おいしいサプライズを用意してくれたんですって？」

「たいしたものじゃないのよ」スザンヌがわきにどくと、役者たちがリハーサルにいそしんでいるあいだに用意した軽食テーブルが現われた。「ティーサンドイッチ数種、クッキー、ブラウニー、それにコーヒーと紅茶をどうぞ」

「みんな？」コニーは拍手を求めるように両手をあげた。

ごちそうを感謝する拍手と歓声があがったかと思うと、全員がテーブルに駆け寄り、思い思いに食べ物を取りはじめた。

「とてもよかったわよ」スザンヌはサムに言った。ふたりはほかの役者ふたりとテーブルを囲んでいた。サムはチキンサラダのサンドイッチをほおばり、スザンヌは烏龍茶を飲んでいた。

サムは小さくなったサンドイッチを掲げた。「とてもおいしいよ。演技をするとどうしても、おなかがすくんだ」

「本当のところ、演技の経験はどれぐらいあるの？」スザンヌはいたずらっぽく訊いた。

「それはもう、たっぷりとね」

「あら、そう」

「わかった」とサム。「白状しよう。演技をするのは、四年生のときにキノコの役をやって以来だ」

「健康的な食生活に関するお芝居だったの？」

「ちがうよ」サムはべつのサンドイッチに手をのばした。「『不思議の国のアリス』さ」

役者が全員引きあげ、店がふたたびきれいになって、明日のモーニングの準備が終わるまでサムは居残って、ジョークを飛ばしたり、からかったりしながら、スザンヌを油断なく見張っていた。

「車できみの家までついていくよ」彼は言った。「無事に着くのを見届けたいんだ」

「心配は無用だよ」トニが割って入った。「彼女のことならあたしがちゃんと目を光らせてるから。家までついてったりなんだりしてさ」

「本当に？」サムはトニの護衛の腕前をあまり信用していない様子だった。

「あったりまえじゃん。永遠の親友クラブなんだからさ。あたしたちはいつだって、おたがいのことに目を配ってるんだ」

「わかった」サムはあくびをした。「でも、頼むからまっすぐ家に帰ってくれよ。チェリー味のドロップだかなんだかを買いに寄ったりしないこと」

「了解」スザンヌは言った。

しかし駐車場に出ると、スザンヌは気が変わった。「ジャック・ヴェナブルの様子が知りたくてたまらないの」とトニに打ち明けた。

「きょう、獣医のオフィスに火をつけたのはあいつだと思ってるんだね」

「そこまではわからないけど、あの人が関与してる感じがする」

トニは少し考えてから口をひらいた。「うーん……ジャック・ヴェナブルはちゃらちゃらした安っぽい女と遊びまわりたくて、郡民生活局に放火してハンナを殺した。そのあと、あんたに追いつめられそうになってるのを知って、脅しのつもりでまたも放火した」そこまで言うと目をきつく閉じて考えこんだ。しばらくして、目をぱっとあけた。「なんて言うか、ものすごくゆがんでて、異常だけど、だからこそそうじゃないかって気がするね」

「要は」とスザンヌ。「いったい、わたしたちになにができるかってことよ。ジャック・ヴエナブルの自宅まで行って偵察するだけ？」

「それはゆうべやったよね」

スザンヌはしばらく、どうすべきか考えた。頭のなかでアイデアがしだいにふくらんできたが、それはとんでもないものだった。

「あの人の家に入ってみようか」

トニは北朝鮮に密入国しようと言われたみたいに、スザンヌをぽかんと見つめた。

「いったいどうやるのさ？　地下室の窓を割って忍びこむとか？」

「ちがうわ。そんなことをするわけないでしょ。ジャック・ヴェナブルは今夜、家にいるに決まってるもの。それに、親族の方だってまだこっちにいるでしょうし。だから……昔ながらのキャセロール作戦を実行したらどうかと思うの」

トニは指をぱちんと鳴らした。「なるほど！　あいつの家にひとつ届けるんだね」

「そのとおり」死、卒業、あるいはフットボールの勝利を受けてキャセロールを届けるのは、中西部ではごく一般的におこなわれている。たっぷりのパスタ、ハム、チーズをなんらかの缶入りクリームスープでごった煮にすればいい。

「すぐに持っていけるキャセロールはある？」トニが訊いた。

「偶然にも冷凍庫にひとつあるわ」

トニはにたりと笑った。

「だったら、なにをぐずぐずしてんのさ？」

ふたりはスザンヌの家まで行ってキャセロールを取ってくると、スザンヌの車に飛び乗った。ジャック・ヴェナブルの家がある町の反対側に向かう途中、ふたりとも少しそわそわしながらも、妙にはしゃいでもいた。なにしろこれこそ、俗に言う正面攻撃。ふたりだけのチームで、酸素の補給もなしにエヴェレスト登頂に挑戦するにひとしかった。

「けさ、墓地にいるヴェナブルを見たら」スザンヌは言った。「あなただって最愛の人をなくしたばかりだと、うっかり信じたと思うわ」

「でも、あんたはそれが芝居だと思ってるんだよね？」トニが訊いた。「あいつが空涙を流して、実際以上に悲しんでるふりをしてるだけだって」

「たしかに、そういう考えが頭をよぎったわ。何度もね」

ヴェナブルの自宅の前に車をとめたところ、ほかにも五、六台の車がとまっており、家のどの窓も煌々と明かりがついていた。

「クリスマスツリーみたいに明るいね」トニが言った。「安心したよ。ここに来たのはあたしたちだけじゃないってことだからさ」

「ね、言ったとおりでしょ」とスザンヌ。「親族の方がまだ残ってるのよ」

「おしゃべりしたり、酒盛りしたりしてるわけだ。たぶん、ご近所さんも何人か来てるんじゃないかな」

「そうね。少なくとも、いまも彼を犯人と思ってない人は来てるはず」

東方の三博士からの贈り物のようにキャセロールをうやうやしく捧げ持ち、スザンヌとトニは玄関アプローチをそそくさと進んだ。

「ジャックは正面の窓を直したんだね」トニが声をひそめて言った。

「ほっとしたわ。彼が警察に通報して指紋を採らせたりしなくて」スザンヌは言った。「あるいは足跡を」

「同感」

ジャック・ヴェナブルの自宅に入るのは楽勝だった。スザンヌたちはドアをノックしたり、呼び鈴を鳴らしたり、あるいは用心棒とビロードのロープをうまいこと言ってかわす必要はなかった。玄関のドアが大きくあいていたので、知らん顔して入るだけでよかった。

「やけに簡単だったわね」スザンヌは小声で言った。

入ってみると、居間はミッション様式の家具と青と金色をあしらった大きなオリエンタル・カーペットをそなえていた。ふたりはにこやかにほほえみながら、たむろしている二十数人のなかに入っていった。この界隈の住人の何人かとは知り合いだったから、こんばんはと声をかけ簡単な挨拶を交わすだけで、簡単に溶けこむことができた。

深紫色のスーツを着た女性がふたりに気づき、挨拶をしに近づいた。「おふたりともご親切にわざわざ。キャセロールをお持ちいただいたのね？」

「ええ」スザンヌは、いかにも悲しんでいるような顔をつくろいながら言った。

「中身は鶏肉とサヤインゲンなんだ」トニが言った。「えっと、おたくはひょっとしてジャックのご親戚かなにか？」

「姉のバーニスです」女性は少し横柄な会釈をしながら言った。

「これをキッチンまで持っていて、冷蔵庫に入れてきますね」スザンヌは言った。「味が落ちないように」

「ダイニングルームでお好きなものをつまんでくださいな。豪華なビュッフェを用意してありますから」

「そうさせてもらうね」トニが言った。

ふたりは鉢植えをよけ、ジャック・ヴェナブルとは顔を合わせないよう苦労しながら、ダイニングルームを抜けてキッチンに入った。ダイニングルームのテーブルには上等な磁器と豊富な食べ物が並んでいたが、キッチンは雑然としていた。テーブルにはケーキやクッキーがちょっとずつ入ったプラスチックの保存容器が山をなしていた。冷蔵庫をあけたところ、フルーツサラダでいっぱいのボウル、コールドミートを盛り合わせた皿、それに少なくとも五つのキャセロールで満杯だった。

「あれあれ」トニが愉快そうに笑った。「先を越されたね」

「ここでやるべきなのは」スザンヌは持ってきたキャセロールを割りこませながら言った。「真剣になることよ。家のなかを見てまわって、なにかないか探すの」

「なにを探すのさ？」トニが訊いた。

「わからないけど、見れば、これだと思うはずよ」

ふたりはしばらく無言でキッチンを見まわした。古風で家庭的な感じがするキッチンで、趣味のいいものが集まっていた。設備はいかにも七〇年代風だが、ハンナの趣味で選んだバラのつぼみの壁紙、白いレースのカーテン、ステンシルされた食器棚、それに刺繍入りのティータオルはそれを補ってあまりあるほどすてきだった。

「いかにもハンナらしいキッチンだね」トニが尊敬の念を声にこめて言った。「上から吊りさげた銅の鍋やら鉢植えやら、そういうのがさ。それに、ほら、窓台のところに陶器の天使像がいっぱい並んでる」彼女はそばまで行って、重大な情報が天から降ってくるとばかりに天使像のひとつにそっと触れた。

「胸がふさがれる思いだわ」スザンヌは小声で言った。「ハンナの肉体は永遠の眠りについたけど、ここにはいまも、ハンナの魂がただよっている気がする」

「いまはもっといいところにいるよ、きっと」トニも小声で言った。

手分けして抽斗をあけ、戸棚をのぞき、ずらりと並んだ料理の本のうしろを確認した。

「なにかあった？」トニが訊いた。

「なんにも」スザンヌは答えた。「完全な空振りだわ」

トニがなにかのドアをあけ、暗闇をのぞきこんで鼻をくんくんさせた。

「地下室がある。どうなってるのか確認したほうがよくないかな？　ダンジョンになってるかもしれないし」

「調べてみましょう」

電気のスイッチを入れ、ふたりは階段をおりた。

どんな地下室なのか、具体的なイメージがあったわけではないが、家具、鏡板張りの壁、そしていかにも男っぽい雰囲気の部屋はまったく想定していなかった。

「けっ」トニは嫌悪感もあらわに室内を見まわした。「まさに男の隠れ場所だね。見てごらんよ。革張りのソファに大画面のテレビにテーブルサッカーまで揃えてる」

「それにバーもあるわ」スザンヌは言った。「ビールのネオンサインにビールジョッキ、スコッチとテキーラもこんなにたくさん。男の人って自分だけのバーをつくらなきゃと強迫観念に駆られる人がいるけど、あれはどうしてなのかしら」

「あたしが思うに、そういう連中は失われた青春を取り戻そうとしてるんじゃないかな。古きよき友愛会の時代、ビール・パーティで騒いだ時代に戻りたいんだよ」トニは唇をゆがめた。「ジュニアもきっとこういうのをほしがると思うよ」彼女の声には嫌悪感があふれかえっていた。「あいつなら、ストリップ用のポールをつけるだろうけど」

「使うのはあなたじゃないわよね」スザンヌは背筋を震わせた。

「まさか、冗談じゃない。あたしはそんな女じゃないって」トニは片方の肩をあげた。「もっとも、昔だったら……」

「さ、上に戻りましょう。ここにはなにもないわ」

キッチンに戻り、ふたたびあちこち探しまわった。壁にはかごのほか、マフィン型や額に入った刺繍がいくつか飾ってある。

「残念だけど、空振りに終わりそうね」スザンヌが探していたのは、ジャック・ヴェナブルが血の気の多い夫であるか、動機のある人殺しであるとするなにかだった。どんなものでもよかった。

トニがまたべつのドアの取っ手を握り、おそるおそる押しあけた。とたんに小さく口笛を吹いた。「ねえ、これを見てごらん」

「なあに？」

トニはドアをさらに少しあけた。「小さな部屋がある。こっちはハンナの城だったみたいだ。ジャックの好みにしては、えらくかわいいもん」

スザンヌはなかをのぞいた。窓はないが、幅十フィート、奥行き十二フィートとこぢんまりしていて、居心地がよさそうな部屋だった。壁紙は淡いピンクのアサガオの柄で、小さなデスク、幅の狭い本棚、その横には古めかしい木の台があり、上に七〇年代のものとおぼしきシンガーのミシンがのっている。

「裁縫室としても使ってたみたいね」スザンヌは言った。

「ハンナは裁縫が好きだったの？」トニが訊いた。

「キルトをつくってたわ。ペトラとはそれで出会ったの」

ふたりはそろそろとなかに入り、調べてまわった。

「ねえ、見て」トニが塗料の入ったいくつかの小瓶を指差した。「ハンナは工芸もやってたんだね。キッチンにあった天使像のいくつかは、彼女が自分でペイントしたんじゃないかな」そこで洟をすすった。「考えただけで、心が痛むよ」

しかしスザンヌは一刻も無駄にせず、ハンナのデスクの抽斗をあけ、なかをざっと調べた。

「スザンヌ！」トニが少し呆気に取られたような声を出した。「机のなかまでひっかきまわしていいのかな。個人的な書類なんかがあると思うよ」

「そういうものを見つけたいんだもの」銀行預金の残高証明書、預金とローンの通帳、それにいくつかの手紙を調べていくと、茶色い革の本のようなものに手が触れた。それを抜き出し、まじまじと見つめた。

「なにを見つけたのさ」トニが訊いた。

「ハンナは日記をつけてたみたい」

「うひゃあ。まさか読むつもり？」

「せっかくここまでやったのよ、そうでしょう？」

トニは少しあせった目で、きょろきょろあたりを見まわした。

「ここで読むのはまずいんじゃないかな。人が入ってきて見つかっちゃうかもしれないじゃん。だから……こっそり持ち出すしかないね」

「わたしのバッグに突っこんでおくわ」スザンヌは言ったが、愛用のホボバッグをあけたところ、日記はうまく入らなかった。

「こうしよう」トニが言った。「あたしがズボンの前に突っこむよ。食べ過ぎたみたいに見せるんだ。どうせいつものことだし。ハンバーガーを二個も食べたら、おなかがぽっこり出ちゃうんだ。ホリネズミをのみこんだヘビみたいにさ」

スザンヌは日記をトニの手に押しつけた。「やって」トニが日記を隠したのを確認してから「さあ、出るわよ！」と声をかけた。

ふたりは誰かに言葉をかけられることも、呼びとめられることもなくダイニングルームを抜け、そのまま居間も突っ切った。玄関ポーチまでたどり着くと、トニはえらくにやにやしていた。

「なにをそんなに笑ってるの？」スザンヌは訊いた。「国立公文書館からものを盗んだわけじゃあるまいし」

「そうじゃないよ。居間にすわってた人のなかに、〈フーブリーズ〉の例のウェイトレスがいたんだ。ほら……マーリスなんちゃらって名前の」

スザンヌは首をひねってうしろを見た。「ジャックの浮気相手？　それ、たしか？」

トニは首振り人形かと思うほど、何度も何度もうなずいた。

「たしかだって。あの青いエクステはどこにいたって見分けがつくもん！」

暗いけれども、比較的安全と言える車に戻り、スザンヌは日記をめくった。

「ハンナの日記帳だった？」トニが訊いた。

「ほぼ百パーセント、そのようね」

「比較的最近の日付を見なよ。調査をつづけるのに必要なことが書いてあるかもしれないよ。

手がかりみたいなものが」

スザンヌはさらに日記をめくった。やがて手をとめ、何ページか斜め読みした。

「ああ、なんてこと」

「なんなの？」トニが言った。「なんなのさ？」

「読むから聞いて」スザンヌは言った。「これはたしかにハンナの字だわ。〝ジャックとわたしは、こんなお芝居をいつまでつづけていくのだろう。彼はやたらとふさぎこんでいるし、思いやりのかけらもないし、わたしがなにを言っても右から左へと抜けていくようだ〟」

「驚いたね」トニは言った。「ほかにはなんて？」

「不幸だという言葉があちこちに出てくる。ジャックと気持ちが通じ合えないとも書いてある」スザンヌはトニと目を合わせた。「読んでいると、本当に悲しくなってくる。ハンナがこんなにも不幸せだったなんて。だったら……だったらさっさと別れればよかったのに。わたしならそうしたわ」

「あたしがジュニアと別れたみたいにね」トニはそう言ってから、考えこんだ。「でもさ……その日記に書いてあることは有罪につながるような証拠じゃないよね。似たようなマンネリの生活を送ってる夫婦はいっぱいいるもん。愛憎なかばした関係のあたしとジュニアを見てごらんよ」

スザンヌはさらに日記をめくった。もっとも最近の記述に目をとおすと、まばたきをし、もう一度読んだところ、どこか引っかかるものがあった。

トニはスザンヌがなにか見つけたのを察して言った。「今度はなに？」

スザンヌは咳払いをしてから口をひらいた。「ここの記述を読むわね。〝こうなったら、なにがなんでもチャック・ホファーマンと話をしなくては〟」

「へ？」トニはわけがわからないという顔をした。「それって誰？」

「郡の検事よ」

「離婚のための助言を求めるつもりだったのかな？」

「さあ、どうかしら。そうかもしれないけど」

「それだけ？」トニは言った。「日記の中身はいまので全部？　ほかにないの？　彼女がなにを考えてたのかわかるような記述はないの？」

スザンヌはぴしゃりと音をさせて日記を閉じた。「いまのが最後よ」

「なにがハンナを悩ませてたんだろうね？」トニは言った。「なんでホファーマンってやつと話をしようと思ったんだろ。ジャックに関することかな？」

スザンヌは首を横に振るしかなかった。

22

「ふたりとも、どうかしてるわ。わかってる?」ペトラの声が飛んだ。時は木曜の朝、卵入りビスケットが目玉の日だ。そしていつもは思いやりにあふれたペトラの大きな顔に強い非難の表情が浮かんでいた。

「いったいなんの話?」スザンヌはわずかな不安をおぼえながら言った。ペトラはめったに腹をたてないが、怒ったときには――ドーン! 第三次世界大戦が始まったかのような騒ぎになる。

「実はさ」トニが照れた顔で言った。「ゆうべのささやかな冒険談を話しちゃったんだ。ハンナの日記を見つけたことを」

「どうしてそう簡単にしゃべっちゃうのよ」スザンヌは詰め寄った。「愚かで、いくらか法に触れるようなことをしでかしたっていうのに、あなたはどうして普通の犯罪者のように口を閉じていられないの?」

「わたしが無理に口をひらかせたからよ」ペトラが言った。「けさ、トニがうしろめたそうな顔でこそこそ入ってきたから、なにかよからぬことに手を染めてるなとぴんときたの。それにおそらく、あなたも関わってるとね」

「そこまで理解してくれてありがとう」スザンヌは言った。

ペトラはかぶりを振り、まだ何事かぶつぶつ言っている。「わたしが頼んだ生のローズマリーなんか、持ってきてくれなかったわよね、きっと。ローズマリーとチーズのロールパンを焼こうと思ってたのに」

「持ってきたわよ」スザンヌは小さなバスケットをカウンターに置いた。「夜明けとともに起きて、次々に襲いかかる虫を撃退しなきゃならなかったけど、ちゃんと持ってきたんだから」

「あら、うれしい」ペトラはようやく笑みらしきものをのぞかせた。「少なくとも、少しは予定どおりにいくものもあるってことね」

「ピリピリしてんのは、きょうは例のパイを焼かなきゃいけないからなんじゃない？」トニが言った。

「パイにしたの？」スザンヌは言った。「パイ部門でエントリーするのね？」

「ええ」ペトラは言った。「でも、あの応募用紙は頭がどうにかなりそう。パイのことならいくらでもイメージできるけど、応募用紙となると……」彼女はフライ返しをつかんでフライパンのなかでいい音をさせている十二枚のターキーベーコンをひっくり返した。

「応募用紙はわたしにまかせて」スザンヌは申し出た。「書類おばさんになるのは全然、苦じゃないもの。そもそも、わたしもバレルレースのエントリーをしなきゃいけないし」

ペトラはコンロから顔をあげた。「本当にやってもらえる？」

「ええ、どうってことないもの」

「ほらね？」とトニ。「これで一件落着。すべて丸くおさまった」

ペトラはハーブが入ったバスケットを手に取った。「あなたのほうはそう簡単には許しませんからね、トニ」そう言ったものの、口もとには笑みが浮かんでいた。

スザンヌとトニは朝食を運び、コーヒーのおかわりを注ぎ、ポットにダージリン・ティーを淹れたりとカフェで忙しく働いた。

「保安官はきょう、顔を出すと思う？」スティッキーバンを取りに行く途中、踊るようにすれ違ったときにトニがスザンヌに訊いた。

「たぶんね」

「日記のことは話すつもり？」

「まだ決めてないわ」

「聞こえてるわよ」仕切り窓の向こうからペトラの大声がした。

「わかった」スザンヌも大声で言い返した。「たぶん話すわ」

二十分後、すべてのお客が料理をほおばるようになると、スザンヌとトニは短いコーヒーブレイクを取った。

トニはいたずらっ子のような顔でチョコレートドーナツにかぶりつくと言った。

「ゆうべジャック・ヴェナブルの家で見かけた女のこと、ペトラに話すべきかな?」

パイ生地を慎重にのばしていたペトラが、好奇の色もあらわに顔をあげた。

「ほら、知りたそうにしてる」トニは言った。「怒るんじゃなくて」

ペトラは手招きした。「誰がジャック・ヴェナブルに寄り添っていたの?」

「べつに寄り添ってたわけじゃないわ」スザンヌは言った。

「あのときはね」とトニ。「なにしろ、親戚がうようよいたし。それにご近所さんも何人か」

「そう、とにかく話してちょうだい。マーリスなんとかという娘だったんでしょう?」

トニはうなずいた。「うん」

「思ったとおりだわ」

二十分後、スザンヌは黒板メニューに取りかかった。日替わりランチのメニューにはローストチキンのルーベンサンドイッチ、柑橘類のサラダ、ピタパンのピザ、それにチキンのミートボールをはさんだサブマリンサンドを用意した。ペトラがフェアに出品するパイづくりで忙しいため、デザートは一種類だけ。マグカップ・ケーキとかいうものらしい。

トニがどんなものかと尋ねると、ペトラはにっこり笑ってこう答えた。「できてからのお楽しみ」と。そんなわけで、スザンヌもできあがるのを待つしかないと思った。もっとも、ケーキは一種類だけど、味はチョコレート、レッドベルベット、レモンと三種類あるとペトラから教わっていた。

トニはカウンターのなかでホワイトチェダーチーズの塊をスライスし、テイクアウトのお客用にチーズとボローニャソーセージのサンドイッチをつくっていた。ラップで包み、袋に入れ、ラベルを貼り終えると、スザンヌのところにやってきた。

「今夜、メイン・ストリートで、ローガン郡カウンティ・フェアの開催を記念するパレードがあるんだよね。あんたも行く?」

「サムから誘われてるの。だから、行くわ。たぶん」スザンヌは窓の外に目をやり、駐車場を見やった。「保安官が入ってきた。きょうは早いのね」

「朝食を食べに来たのか、ランチを食べに来たのかによると思うけど」

けっきょく保安官はコーヒーとドーナッツのために立ち寄ったとわかった。それにもうひとつ、きょう出た《ビューグル》紙にジーン・ギャンドルが書いた記事についてぼやくためでもあった。

「ギャンドルの記事を読んだか?」保安官はカウンターのスツールに巨体をのせながら訊いた。

スザンヌは首を横に振った。「まだ読んでないわ。なにかあったの?」苦虫を嚙みつぶしたような保安官の顔を見れば、なにかあったのはわかりきっている。

保安官はうしろをさっとうかがった。「法執行機関を褒めてないのはたしかだ。それだけは断言できる」

「ジーン・ギャンドルは最低の記者よ。町の住民はみんな知ってるわ。ローラ・ベンチリーが彼を雇いつづけてるのは、彼が広告のセールスも手がけてるってだけのことだもの。わたしのところにもしょっちゅう売り込みに来て、紙面の八分の一の値段で四分の一の広告を出してやるってうるさいんだから」スザンヌは保安官に熱々のコーヒーを注ぎ、皿にドーナッツを二個のせた。ドーナッツは彼のお気に入り、色とりどりのスプレーチョコをたっぷりまぶしたチョコレートドーナッツだ。

保安官がさっそく手をのばして、ひとくち食べると、スプレーチョコの小集団がシャツを滑り落ちた。

「あんたがきのう、フィンリー署長にあれこれ浴びせたおかげで、あのくそ野郎は脳に動脈瘤ができてもおかしくなかったぞ」

「それは申し訳ないことをしたわ。わたしはただ、いくつか簡単で端的な答えがほしかっただけなの。そのくらい、ぱっと教えてくれたってよかったのに。CIAの機密情報を明かすようなふりなんかしないで」

「フィンリー署長から答えを引き出そうとしても、のらりくらりとかわされることがよくあるからな」保安官は含み笑いを洩らした。

「あなたは獣医さんのオフィスの火事をどう見てるの？　子どもの悪ふざけだと思う？」

保安官はコーヒーをゆっくり飲みながら、どう答えたものか思案していた。やがて口をひらいた。

「先週の金曜の火事に関係があるんじゃないかと考えてる。いろんなことがつながっているとね。だが、すべての断片をどうつなげればいいか、まだ頭を悩ませてるところだ」

彼はまたもコーヒーをひとくち飲んで、スザンヌを見あげた。とっておきの情報を洩らそうというのか、少し不安そうな表情をしている。

「どうしたの？」

「実は、少々、妙なことがわかったんだよ」保安官はつまようじを入れたガラスのボウルに手をのばし、一本つまむと、口の端でくわえた。

スザンヌはカウンターに肘をつき、内緒話をしやすいよう、身を乗り出した。

「チャック・ホファーマン」保安官は言った。「郡の検事だが、知ってるだろう？」

「ええ」スザンヌは驚きながら答えた。「ペトラのチキン・チリの大ファンなのよ」ハンナが日記に彼の名前を書いていたし、と心のなかでつけくわえた。

「とにかく、チャックから聞いた話では、ハンナは月曜の午前中に、彼と会う予定だったそうだ」

「火事があったあとの月曜ということね」スザンヌの心臓の鼓動が少し速くなった。

「そうだ」

スザンヌは片手をあげた。ここまできたら、彼女のほうもつかんだ情報をあきらかにするしかない。

「いったんそこで話をとめて」

「はあ？」保安官はきょとんとした。

「わたしのほうも、ハンナがホファーマン検事と話をするつもりだったことを突きとめたの」

保安官の目がすっと細くなった。「そんな情報をどこで手に入れた？　ハンナ・ヴェナブルがあんたなり、あんたのお仲間なりに話したのか？」

「まあ、そんなようなものね」スザンヌは大きく息を吸いこんでから言った。「ちょっと待ってて」いったん厨房に引っこみ、日記を手に保安官のもとに戻った。

日記を保安官の目の前に置いた。「いったいこいつはなんだ？　まさかまた、おたくのブッククラブに入れという話じゃないんだろうな。前にも言っただろ。おれはスリラー小説は読まない。ウェスタン小説だけだ。カウボーイハットと西部の風景を愛する男なんでね」

「ハンナの日記よ」スザンヌは言った。「それを読んで、彼女がホファーマン検事と会うつもりだったのを知ったの」

保安官は過去最高のスピードで、気むずかしい表情から唖然とした表情に変化した。

「どこで手に入れた？」強い口調で尋ねながら、両手で日記をしっかりつかんだ。

「盗んだのか？」

「ゆうべ、彼女の自宅で」

「そんなだいそれたものじゃないんだってば」スザンヌは言ったが、ささやかな罪のない嘘が口を突いて出たせいで、心がざわざわした。「トニとふたりでキャセロールを持って出かけたところ……えっと……たまたま見つけたの。あなたなら、くすねると言うかもしれないけど。それはともかく、ハンナは日記にホファーマン検事と会わなくてはと書いていたの。最近の日記にね。というか、最後の日記に」

保安官は肉づきのいい人差し指で日記帳を軽く叩いた。「なんのために検事と面会するかは書いてあったか？」

スザンヌは首を横に振った。「ううん。ホファーマン検事はなぜ面会するのか知ってるようだった？」

「さっぱりわからんそうだ。検事からは、火事の数日前にハンナから電話があり、大事な話があると言われたとしか聞いてない」

「その大事な話とはなんだったのかしらね。彼女がいるビルに火がつけられたのは、それが理由だと思う？　ハンナはなんらかの秘密を握ってたんじゃない？　誰かの命取りになるような情報を握っていたのかも」

保安官はつまようじを口の反対側の端に移動させた。

「おれも同じことを考えたよ」

スザンヌがオーバーオール姿の農夫ふたりの前にミートボールのサブマリンサンドを置いたとき、サムが入ってきた。彼はドアを背にしてしばらく店内を見まわし、スザンヌと目を合わせた。彼女が一分でそっちに行くからという合図に指を一本立てると、サムは窓の近くの小さなテーブルに自分で着き、持ってきた新聞を広げた。

数分後、スザンヌはせいいっぱい急いで、彼のもとに駆けつけた。

「きょうランチを食べに来るなら、あらかじめ言ってくれればいいのに」しどろもどろになりながらも、昂奮ぎみに言った。「そうしたら、特別なものを用意したわ」

サムはウィンクした。「特別なものならちゃんとあるじゃないか。きみ、というごちそうがね」

「ヘイズレット先生ったら、ずいぶん浮ついたテーブルマナーですこと」とたしなめたが、心のなかではうれしかった。天にものぼる心地だった。

「ぼくはベッドサイド・マナー（本来は、患者に接する医師の態度の意）もなかなかのものなんだよ。おっと、そっちはもう知ってるね」

スザンヌは顔を真っ赤にし、ふざけて彼の肩をぴしゃりと叩いた。こんな会話を聞かれたら困るわ、と心のなかでつぶやいた。とくに、あそこにいるふたりの農夫には。だって、そうなったらいつまでも冷やかされるに決まってるもの。

「で、なにを食べさせてもらえるのかな？」サムが訊いた。「三十分ほどで病院に戻って、とてつもなく退屈な委員会に出なきゃならないんだ」

「ペトラにつくってもらうわ。びっくりするくらいおいしいものを」

「楽しみにしてるよ」

「ペトラ！」なんとか厨房に引っこむと、スザンヌは大声で呼んだ。「サムが来たの！」

「よかったわね」ペトラはルバーブ・パイにかぶせる生地を細く切るのに忙しかった。

「うんと特別なものを出してあげたいんだけど、なにがいいかしら」

ペトラは腰をのばし、スザンヌを見つめた。「あの人にはいつも特別なものをつくってあげてるでしょうに。何日か前の夜はフィレミニョンで、先週は子牛肉のプリンス・オルロフ風。たしか、わたしのエディスおばさんが考案した、ワインとアミガサタケのソースの秘密のレシピまで教えてあげたはずだけど」

「つまり、なにが言いたいの？」

「いつもいつも、フォーシーズンズ・ホテルの料理みたいなのを食べさせてたら、彼のほうもそういうものばかり期待するようになるってこと」

「例の実験と同じじゃん」トニが言った。「パブロフの犬ってやつ」

「そのとおり」ペトラは笑いながら言った。「そのうちマーサ・スチュアートとドラッグクイーンみたいな意表を突くものを期待するようになるわよ」

スザンヌはそれも一理あると思った。たしかにこのところ、料理、ワイン、アペリティフ、パンケーキ、それに自家製ファッジでサムをもてなしている。

「要するに、少しはセーブしろって言いたいんでしょ。ある晩はホットドッグと豆料理、べつの夜はチーズのホットサンドとか。もっと……さりげない料理にすればいいのね」

「もっと中西部風のがいいよ」とトニ。「キャセロールとかさ。それでいいじゃん」

「トニの言うとおり」ペトラはエプロンで手を拭き、厨房内を見まわした。「じゃあ、こうしましょう。あなたのいい人に、おいしいベーコンと卵のパニーニをつくってあげる。それならがんばってる感じが少しトーンダウンするんじゃない？」

「最高だわ！」スザンヌは言った。

「わたしもロマンスと恋愛に甘いわよね」ペトラはうれしそうに目尻にしわを寄せた。「ロマンスと言えば、報告することはないの？　独身生活に終止符を打つ予定は？」

「そんなことがあったら、すぐに教えるわ」

「期待してた答えじゃなかったわね」ペトラはフライパンにバターの大きな塊を落とした。

わたしだって、とスザンヌは声に出さずにつぶやいた。

できあがったパニーニをサムのもとに届けると、彼は小さく口笛を吹いた。

「おいしそうだ。きみがつくったの？」

「そもそもはペトラのレシピなの」スザンヌは言った。「でも、わたしも手伝ったのよ」

「ぼくの舌を贅沢にしようという魂胆だな。というか、もうずいぶんと贅沢になってきたみたいだ」

よかった。ううん、そう喜んでちゃだめよね。だって、かなり贅沢をさせちゃってるのは本当だもの。

サムが読んでいた新聞を軽く叩いた。「ジーン・ギャンドルが書いた郡民生活局の火事と保安官による捜査の記事は読んだ？」

「まだだけど、保安官がさっきまでいて、記事のことでそうとうカッカしてた」

「そりゃそうだろう。ギャンドルのやつ、キンドレッド随一の社会派ジャーナリストを気取ってるみたいだからね」

「そんなもの、いらないのに」

スザンヌはサムがランチをおいしそうに食べるのを喜びつつ、彼を甘やかしているんじゃないかと不安に思いながら、しばらく彼のテーブルでぐずぐずしていた。

「ところで、今夜のパレードに行く予定に変わりはない？　トニがどうするのか気にしてたから」わたしもだけど、と心のなかでつけくわえる。

「もちろん」サムは食べながら答えた。「迎えに行くよ。何時がいい？」

「七時でどう？」

そのとき急に、サムは顔をしかめた。「あっ」

「どうかした？　タバスコが多すぎたかしら」

「ちがうよ、用事を思い出したんだ。現地で待ち合わせるのでもいいかな？」

「ええ」スザンヌはそう言いながらも、そんなに大事な用とはなんだろうと気になった。

「場所はそうねえ……ベーカリトの前でどう？」

「うん、いいよ」

スザンヌがミートボールをつまみ食いし、トニが汚れた皿を食器洗い機に入れていると、裏口のドアをノックする音がした。

「あいてるわ」ペトラが声をかけた。

「入ってもいい？」若い女性の声がした。

「キットだ」トニが言った。「うん、入っておいでよ、ハニー」

キットはブロンドの頭をドアから突き出し、厨房に入った。淡いグリーンのサンドレスがとてもさわやかだ。「早すぎた？」

「早すぎたって、なにが？」トニはわけがわからないという顔をした。「ランチタイムは終わってるよ。

「時間ぴったりよ」ペトラがキットに言った。「だいいち、きょうは来てもらう日じゃないよね」

審査委員会に届けてくれるって申し出てくれたの」

「それだけなの？」キットは言った。「届けるのはパイだけ？」

「ルバーブパイとチェリーパイがひとつずつよ。それとバナナブレッドがひとつ」ペトラはそう言うとスザンヌのほうを向いた。「応募用紙はもう記入した？」

「ちゃんと用意してあるわ。あなたのサイン入りでね」スザンヌは棚から用紙の束を取ってキットに渡した。

「本当に助かるわ」ペトラは言った。「ありがとう」

「お安いご用よ。みなさんにはとても親切に支えてもらってるし……」キットの笑顔がゆがみ、いまにも泣き崩れそうになった。

「どうしたの？」ペトラがやさしく訊いた。

キットはかぶりを振った。「なんでもない」

「なんでもないかどうか、とにかく話してごらんなさいな」

「うん、それが……リッキーのことなの。ドゥーギー保安官はいまも、彼を容疑者リストに入れてるでしょ」

「その他大勢と一緒にね」スザンヌは言った。「あまり気に病まないほうがいいわ、本当に。保安官は自分の仕事をしてるだけなの。手がかりを追い、容疑者をひとりひとり除外してるだけなんだから」

「だったら、さっさとリッキーを除外してもらいたいもんだよね」トニが口をはさんだ。

「だってキットのフィアンセで、ダンナも同然なんだしさ。そう言えば、リッキーの派兵の話はどうなってんの？」

「まだ待機状態よ」キットは答えた。「町の外に出るのを禁じられてるから、同じ部隊の人と行けなくなっちゃって」

「もう何日かすれば、この謎の事件も解決するわよ、きっと」スザンヌは言った。

「本当？」とキット。

「そうなの？」とトニ。

「ええ、そうよ」スザンヌは言った。少なくとも、そうであってほしい。いいかげん保安官も誰かに決めてほしい。謎を解明し、逮捕に踏み切ってほしい。そうすれば、みんな、もとの生活を取り戻せるのに。

「できたわ」ペトラが厚紙の箱にルバーブパイを入れた。隣にはチェリーパイとバナナブレッドが並んでいる。そして上から刺繍入りのティータオルをかけた。「さあ、持っていってちょうだい。幸運を祈ってて」

キットはその上に応募用紙をそっと置いた。「これを全部、ホーム・アーツ会館に持っていけばいいのね」

「気をつけて」キットが箱を持ちあげるとペトラが言った。メンドリみたいにくっついて歩いている。

「ドアをあけてあげるよ」トニがバスケットボールの選手のような動きで裏口のドアに向かった。しかし、取っ手に手をかける直前、ドアがいきおいよくあいてジュニアが現われた。

「おれにまかせろ」ジュニアは言うと、ドアを大きくあけ、キットが通れるようわきにどいた。「フェアに出すんだろ、え？　ああ、おれもいまさっき、作品を出してきたからさ」やけに陽気でハイテンションな声だった。まるで世の中に心配事などひとつもないというように――もっとも、彼なら本当になくてもおかしくない。

「自家製ビールをエントリーしたんだね？」厨房に入ってきたジュニアにトニが訊いた。きょうの彼は夏らしい恰好だった。いつも以上に軽くてぶかぶかしたジーンズに、胸のところに〝すげえ〟のロゴが入ったみすぼらしいオレンジ色のTシャツだ。右の袖をまくったところに、キャメルのパックをはさんでいる。額にかかった黒い前髪を払う姿は、恐ろしく出来の悪いジェイムズ・ディーンのものまねにしか見えなかった。

「フッバブッバ・ビールを一ダース、会場に届けてきた」ジュニアは誇らしげに告げた。

「クラフトビールのコンテストに出すんだよ」彼はいかれたカボチャちょうちんのような笑みを浮かべた。「審査は明日の朝いちばんでさ、おれのを飲んだら、みんな腰を抜かすぜ。審査員連中はあんなビール、飲んだことないだろうからな」

「あんたとペトラの両方を応援しなくちゃいけないね」トニが言った。

「へへん!」ジュニアはペトラににやっとしてみせた。「ふたり揃って優勝するほうにいくら賭ける?」

「考えさせてちょうだい」ペトラはぼそぼそと言った。

「実はもうひとつ、副業を始めたんだよ」ジュニアは言った。「新しくできた卸売りセンターに入った店に一枚嚙ませてもらってる」

「卸売りセンター」ペトラが言った。「たしか、以前は養豚場だったところじゃない?」

「そのとおり。あそこをきれいにしたんだ。空気を入れ換えたから、においもきれいさっぱりなくなってるぜ」

「あんた、副業って、また無謀な話に乗ったんじゃないの」トニが言った。「くわしい話を聞くのがちょっとばかし怖いよ」

「聞かなきゃだめ」ペトラが言った。「こっちは知りたくてうずうずしてるんだから」

ジュニアはジーンズのポケットに手を入れ、たたんだアルミホイルを出した。それを広げてふくらませ、自分の頭にぽんとのせた。

「ばかみたい」トニの感想はジュニアか、あるいは彼の頭を覆う妙ちくりんな銀色の物体のどちらかに向けたものだった。あるいは、その両方かもしれない。

「それにポップコーンを入れて出すの？」ペトラが訊いた。ジュニアがかぶっている代物はギャザーのたっぷり入ったシャワーキャップとアメリカン・ポップコーンのふくらんだアルミ部分を足して二で割ったような形をしていた。

トニがその妙なかぶり物を奪おうとしたが、ジュニアはさっと飛びのいた。「そのばかみたいなやつ、どこで手に入れたのさ？」

「ジョージ・ダファートが売ってんだよ」ジュニアは頭の上に手をやって、帽子をまっすぐに直した。「かみさんがつくって、ジョージが販売とマーケティングのチームを仕切ってる。よくある家内制手工業ってやつさ」

「変わり者夫婦としか思えないけどね」トニは言った。

「それはともかく、そのアルミホイルの帽子はなんの役にたつの？」スザンヌが訊いた。新製品はなによりもまず、セールスポイントをアピールすべきじゃない？　それがマーケティングの初歩の初歩のはず。

「それこそなんでもありでね」ジュニアはようやくセールストークを展開できると、ほっとしたように言った。「紫外線、ガンマ線、流星雨、太陽の黒点などなど、そういうものから身を守ってくれるのさ」

「ちょっと待って」とスザンヌ。「たしかジョージ・ダファートって、UFOが集団で飛来するのを見たと言ってる人じゃなかった？」

「本当に見たんだよ！」ジュニアは声を張りあげた。「町はずれの小麦畑の上空を集団で飛んでたんだとさ。夜空にぼうっと光ってて、いろいろ調べてたらしいぜ」

「で、今度はあんたにこんなくだらないものを押しつけたわけだ」トニが言った。「まったく、おめでたいったらないね」

「地区担当営業部長にそういう口をきくな」ジュニアは鼻息も荒く言った。

「地区担当営業部長って、なんの？」スザンヌは訊いた。

「終末の日《ドゥームズデイ》株式会社さ」ジュニアは誇らしげに答えた。

「まったくジュニアってば」とトニ。「なんであんたはそうばかなのさ」

「聞いて驚くな」とジュニア。「ジェサップの自動車修理学校に通ってたときは、全科目の成績の平均が三・〇だったんだぜ」

「なに言ってんだか。それはたぶん、あんたの血中アルコール濃度だよ！」

23

スザンヌは《ビューグル》紙を小脇に抱え、〈ブック・ヌック〉をのんびり抜けてオフィスに入った。時刻は午後の三時。あらたに届いた本を箱から出して棚に並べようか、デスクでのんびり新聞を読もうか迷っていた。もちろん、手にしていた淹れたてのカモミール・ティーも味方し、のんびりする、が勝った。

革のデスクチェアにゆったり腰かけ、スザンヌは大きく息を吸いこみ、頬をゆるめた。カックルベリー・クラブを運営し、繁盛させつづけるために大変な労力を注ぎこんでいるが、それ以外の方法など彼女には考えられない。たしかに、新鮮な地元産の食材にこだわりすぎているかもしれない。しかし、新鮮なチーズ、卵、野菜、ホルモン剤を投与されていない肉のほうがはるかにおいしいのだ。そしてもちろん、体にもいい。

スザンヌはよくお客に説明している。カックルベリー・クラブではおなじみの料理をいくらかグレードアップしていると。ただのチーズオムレツだけでなく、溶かしたスイスチーズと採れたてのアミガサタケのバターソテーをのせたオムレツ。ごく普通のフライドチキンのほかに、ペトラ特製のハーブと自家製パン粉を合わせたものをまぶしたチキンのオーブン焼き。スザンヌもペトラも、店で出すものはすべて新鮮でオーガニックなものになるよう、大変な努力を重ねている。保存料、抗生物質、酸化防止剤が添加されているものや工場で加工されたものは使わない。要するにふたりとも人並み以上に食に気を遣っているのだ。

スザンヌはお茶をひとくち含むと、デスクに新聞を広げ、扇情的な見出しにかぶりを振った――中心街で大火災発生、一名死亡！

一名死亡。ちがうわ。単にひとりが死んだというだけじゃない。ひとりの妻であり、友人であり、血のつながった家族が亡くなったのだ。ハンナ・ヴェナブルは多くの人に愛されていた。そういうふうに考えれば、〝一名死亡〟なんて簡単に片づけていいはずがない。

記事を斜め読みしたところ、ジーンは火事を生々しく伝えるため、最大限の努力をしているのがわかった。一カ所だけ論調がトーンダウンしたのは容疑者について述べた部分だった。保安官は、リッキー・ウィルコックス、マーティ・ウルフソン、ダレル・ファーマンが容疑者としてあがっていると断言しなかったようだ。しかしジーンは町じゅうの人から話を聞いて噂をかき集めたらしく、かなりあからさまにほのめかしていた。

ジーンは写真も撮っていた。一面を飾っていたのは、火の勢いがもっとも強かったときの燃えさかるビルをとらえた白黒写真で、かなり衝撃的なものだった。三面をめくると、記事のつづきが掲載され、小さい写真が二枚のっていた。そのうちの一枚は、どうしたわけか、ホープ教会で撮ったものだった。霊柩車が大きくとらえられ、そのうしろに、教会から三々

た。

スザンヌは新聞に顔を近づけ、知った顔はいないかと思いながら、写真をつぶさにながめた。

五々出てくる参列者が写っている。

知った顔はいた。

自分、トニ、ペトラ、それにジェニー・プロブスト以外にも、知り合いの顔がたくさんあった。右下隅に意外な顔が映っていた。ダレル・ファーマン。まちがいない。

「ハロー、ダレル」スザンヌは小さな声で言った。「こんなところでなにをしてるの?」

スザンヌはしばらくその疑問に頭をめぐらせ、いくつか答えが考えられると思った。ファーマンはハンナとなんらかのつながりがあったのかもしれない。もっともこの説はちょっとありそうにない。あるいは、ジャック・ヴェナブルの友人なのかもしれないし、趣味の悪い冷やかし、いわば葬式マニアなのかもしれない。

もうひとつの可能性は、ファーマンが葬儀に出席したのは、ハンナ・ヴェナブルと最後の最後までいくらかなりともつながっていたかったというものだ。

そうだとして、なにを意味するのだろう? ファーマンが火をつけた? ファーマンがハンナと犬猿の仲だった? ファーマンが火をつけたものの、その後、ハンナの死を後悔した?

どの説もあまり気持ちのいいものではない。しかも、時は刻々と過ぎている。早期に解決しなければ、事件は二の次、三の次にされ、解決にいたることはなくなるだろう。

スザンヌはお茶を少し飲んだ。さっきまですっきりと甘く感じたお茶が、急に気が抜けたようなまずいものになっていた。お茶そのものが変わったわけでないのはわかっている。変わったのは自分の気持ちのほうだ。

どうしたらいいのだろう？　スザンヌはデスクを指でコツコツ叩きながら思案した。椅子の背にもたれ、壁にかかったペトラ手作りの刺繡のひとつに目を向ける。

色をふんだんに使ったその刺繡には、引用句がひとつ描かれていた――あなたの心に大事なものをいっぱいに入れ、残りはすべて捨てなさい。

スザンヌはその文言に思いを馳せた。わたしにとって大切なものとはなんだろう？　サム、は言うまでもない。放火事件を解決すること。ハンナのために正義を果たすこと。それにカックルベリー・クラブと友人たち。

サムとの仲がどうなるかはこれからじっくり時間をかけて見きわめることになるだろう。でも、ハンナは……この問題だけはギアをトップに入れて取り組まなくてはならない。だとすると、ダレル・ファーマンをもっと徹底的に調べるべきだろう。つまり、フィンリー署長と膝をつき合わせて話す必要があるということだ。

向こうが話す気になってくれればだけど。

スザンヌは椅子からはじかれたように立ちあがり、トニとペトラがあと片づけをしている厨房を急ぎ足で突っ切った。

「出かけるの？」ペトラが大声で呼びかけた。

「あたしたちを残して?」トニも声をあげる。

スザンヌはフクロウが入った箱をさっと取り、掛け釘からハンドバッグをつかんだ。

「じゃあ、また、夜にパレードでね」彼女は肩ごしにそう言って出ていき、その直後、ドアが大きな音をたてて閉まった。

マルフォード・フィンリー署長はスザンヌの訪問に少しもうれしそうな顔をしなかった。それでも、広々としたデスクをはさんで相対した彼は、それなりの礼儀はしめしていた。

「放火事件のことで来たんだね」彼は言った。確認したのであって、質問ではなかった。

「ある意味ではそうです」スザンヌは言った。「でも、それよりも、少しお話をうかがいたくて……ある……ええと……いわゆる容疑者について、なんですが」

署長は太い黒のマジックに手をのばし、慎重な手つきでデスクの真ん中に置いた。時間稼ぎだ。

「誰のことかな?」署長は言ったが、もちろん、答えは知っているはずだ。

「ダレル・ファーマンです。彼がドゥーギー保安官のリストにのってるのはご存じのはず。容疑者という意味ですけど」

「ファーマンはもうこの消防署の職員ではないのでね」

「わかってます。その理由を知りたくて」

「彼の人事記録は閲覧不可なんだよ」

下手に出るのはもうおしまいだ。「いいかげんにして。べつに社会保障番号を聞き出そうとか、年金基金の詳細を得ようとしてるわけじゃあるまいし。簡単な答えをいくつか知りたいだけなのよ」

署長はあきらかに落ち着かないらしく、椅子にすわり直した。「ファーマンは問題が多くてね」

「具体的に言うと?」

「うん、まあ……勤務態度、出勤状況、とにかく小さなことがいろいろと積み重なり、みんながいらいらするようになったというわけだ」

「なるほど」これで少し進展した。「それで解雇された、と」

「と言うより、双方が合意に達したというほうが近い」

「退職手当が支払われたのね」スザンヌは言った。そのへんのからくりはよく知っている。

「それも、たっぷりとだ」

ファーマンが署に対し不当解雇の訴訟を起こすことがないよう、お金を払って追い出したのだろう。長い目で見れば、そのほうが得なのだ。

「ファーマンは勤務外でも問題を抱えていたんでしょうか?」

フィンリーは片手をあげた。「と思うが」

「先週の金曜日の火事にファーマンが関与してると思います?」

「あいつが悪意をもってあの火事を起こしたと思うかという質問だな」署長は鼻をひくひく

させ、顔をしかめた。「ご想像どおり、その可能性についてはさんざん考えたが、結論としてはノーというしかない。関連する死者が出ている以上、重罪のなかでももっとも重い犯罪だ。ファーマンにそういう面はない。制御不能の怒りを抱えているとはとても思えない」

関連する死者、とスザンヌは心のなかで繰り返した。ここではハンナを関連する死者と呼んでいるのね。その表現は悪趣味というだけではない。胸がむかむかしてくる。

それでもスザンヌは話を先に進めた。「でも、ファーマンは炎に対して不健全な関心を持っていたとは思いませんか？」

フィンリーは年老いたカメのような、まばたきひとつしない顔でスザンヌを見つめた。

「ファーマンが放火魔だったかと訊いてるのか？」

「ええ、まあ。おたがい、率直にいきましょう。彼は放火魔なんですか？」

「その質問にもノーと答えるしかない」署長は言った。「ドゥーギー保安官からもまったく同じ質問をされたが、それにもおそらくノーだと答えた。ファーマンは権力を毛嫌いし、社会性に問題を抱え、同僚とはあまりうまくいってなかったが、それでも、完全なる反社会性タイプと見なすだけの材料はひとつもない。放火魔というのは衝動障害の一種であるのを理解してもらわなくては。盗癖あるいは強迫性賭博と同じでね」

「賭博」スザンヌは繰り返した。ほんの二日前、ファーマンがプレイリー・スター・カジノにいるところをトニとともに目撃したんじゃなかった？　そう、そうだった。カッカした様子でブラックジャックのテーブルに着き、酒を飲み、チップを投げつけていた。

「さてと」署長は言った。「質問は終わりかな？」

そうとは言えないけど、とスザンヌは胸のうちでつぶやいた。でも、充分、疑惑をあおりたててくれたわ。

「ええ」と彼女は言って、失礼しようと立ちあがった。「貴重なお時間をありがとう」

スザンヌは考えにふけりながら、フィンリー署長のオフィスをあとにした。

放火癖と強迫性賭博が同じ衝動障害スペクトラムに入ってるなんて、興味深いわ。

自宅に向かって町を車で走りながら、そのスペクトラムにはほかにどんな症状が含まれるのだろうかと考えた。反社会性人格になる最初の一歩？ また、わざと火をつけるような人間は、いったいどんな心の持ち主なのかということも考えた。狂暴なタイプなのか、それとも冷静沈着なのか。自信満々で罪をおかすのか、それとも初心者が怯えながらも炎熱地獄を創り出したいという一途な思いに突き動かされるのか。

疑問はいくらでも湧いてくるが、答えはいっこうに湧いてこなかった。いまのところは。

愛犬たちはスザンヌの帰宅に狂喜した。バクスターはべちょべちょしたキスをしてくるし、スクラッフはサーカスのパフォーマーのように、足もとをいつまでも小さくまわっている。二匹がようやく落ち着くと、それぞれにドッグフードを山盛りにあたえ、ボウルに新鮮で冷たい水を入れてやった。それから、今夜はまた出かけるので、犬たちの首輪にリードをつけて散歩に連れ出し、十五分ほどのんびり歩いた。

帰宅したスザンヌはお気に入りのブルージーンズ――実際よりも太腿を細く、脚を長く見せてくれるデザインだ――を穿き、ピンクの木綿のセーターを頭からかぶった。顔に化粧水をぴたぴたとつけ、髪をとかし、ディオールのピンクの口紅をひと塗りした。

数分後、家を飛び出した。パレードは七時から始まる予定で、あと十五分もない。マグノリア・ストリートを車で走り、ローンデイル・ストリートに折れ、キンドレッドの中心に乗り入れた。

当然ながら、メイン・ストリートでの駐車を一切禁じる札が、公共事業部によっていくつも掲示されていた。スザンヌは駐車車両がパレードの観覧のさまたげになるとは思いもよらなかったので、何百という人々で混雑する道をゆっくりと移動し、ベーカリーの裏にまわって、ゆうに三ブロックは離れた狭苦しいスペースに車を突っこんだ。

歩いてくればよかった。そのほうが楽だったのに。

角を曲がり、ベーカリーが見えかけたところで、トニとジュニアと鉢合わせした。

「やあ、スザンヌ！」トニが声をかけた。

「これはこれは」ジュニアは言った。「汝、いずこへ行く？」

スザンヌは驚いて足をとめた。「はい？」

トニがすばやく目をぐるりとまわした。「キンドレッド演劇集団の次の演目がシェイクスピアの芝居だって、どこかで聞きつけたみたいでさ、オーディションを受けるつもりでいるんだよ」

ジュニアはうなずいた。「汝、遅れるなかれ」

「そっちこそ、置いてくよ」トニが言った。

「来るがよい、そこの娘」

「ねえ、サムを見かけなかった？」スザンヌは訊いた。「ベーカリーの前で待ち合わせてるんだけど」

「さあ」トニはあちこち見まわした。「今夜は大勢の人がダウンタウンに集まってるから……あ、いた！」と指を差した。「ほら、あそこ」

目を向けると、サムが人混みを縫うように歩いてくるのが見えた。彼は彼女に気づいて、やあと言うように手をあげたかと思うと、あっという間にそばまで来て、きつく抱きしめてくれた。

「遅れてごめん」

「時間ぴったりよ」

心臓がどくんどくんと脈打つのを感じ、スザンヌは思わず笑みを洩らした。たしかに、ランチタイムに会っているが、でもあれは七時間近くも前のこと。愛という薬が必要だ。

「やあ」サムはトニとジュニアにうなずいた。

「こんちは」とトニ。

「これはこれは」とジュニア。

「はい？」とサム。

「えっと、リチャード三世が親しみをこめた挨拶をしたんだよ」トニが説明した。サムはきょとんとした顔をしたが、とにかく四人揃ってパレードがよく見えるよう歩道のへりに向かった。

「パレードはどんな感じなのかな?」サムはスザンヌに訊いた。「象だとか外国のめずらしい動物が通りを練り歩くの?」

「カウンティ・フェアのパレードを見たことがないのね」スザンヌは言った。

サムはそうだというようにうなずいた。

「二頭の荷馬がビールワゴンを引くようなものだと思って」スザンヌは笑いながら説明した。「外国風といってもその程度よ」

「来る!」トニが急にうわずった声をあげた。「空気でわかるんだ。大きなバスドラムがおなかにズンズン響いてる」

「さっき食ったペパローニ・ピザでガスがたまってんだろ、きっと」ジュニアが言った。

しかし、本当にパレードだった。色と飾りが大きなうねりとなってメイン・ストリートを進んでくる。

栄えあるパレードの先頭をつとめるのはキンドレッド・ハイスクールの音楽隊だった。きらびやかなレオタードと白いブーツ姿のバトンガールふたりがバトンをくるくるまわしては空高く放りあげ、いともやすやすとキャッチする。赤と青の制服姿の若者たちが顔を真っ赤にしたうえ、汗びっしょりになりながら、心をこめて「聖者の行進」をスイング風に演奏していた。

次にやってきたのは数台の山車《だし》だった。カイパー金物店の山車はステンレスの器具を積みあげた平台型トレーラーで、それをトラクターが引っ張っていた。プレイリー・スター・カジノの山車には巨大なルーレット、大きな赤いサイコロ、愛想よく手を振るセクシーな女性従業員、それに〝遊びにおいで！〟と書かれた看板が乗っていた。

「イェーイ！」ジュニアが叫んだ。

「ヤッホー！」とトニ。

卒業パーティ用のドレスとコサージュでめかしこんだ若い美人コンテストの参加者六人が乗り、そのうしろにサーフボード、作り物のヤシの木、プラスチックでできた巨大なオウムが絶妙なセンスで並んだトロピカルな山車もあった。

ガールスカウト、ボーイスカウト、それに地元の青年商工会議所による行列もあった。それにつづいたのは、乗馬クラブのサークル・K・ライダーズで、十人の騎手が足を高くあげて進むパロミノ種に乗って登場した。

あの若くて、手足の長い、真剣な顔をした女性たちのなかにも、明日の午後におこなわれる厳しいレースに出場する人がいるのだろうか。スザンヌは、まずまちがいなくいるとみた。

「すばらしい」サムは彼女を強く引き寄せて言った。「律儀で小さな町らしいよ。とてもいい」

「本当にそう思う？」スザンヌは訊いた。サムは東海岸の出身で、シカゴの大学に通った。

この町は大都市に慣れた彼の感覚には刺激に乏しいんじゃないかと思うこともしばしばだ。

「なにからなにまで気に入った」サムはそう言うと、彼女の額にキスをした。

次は納屋をモチーフにした山車だった。巨大なニンジンを背景に、本物のヒツジや赤いメンドリが並んでいる。

「お、見ろよ！」ジュニアが気をつけの姿勢を取った。「第二次世界大戦の復員兵だ」折りたたみ式の幌をおろしたジープ・ラングラーが白髪の男性ふたりを乗せ、歓声をあげる観客の前を通り過ぎていく。

「ああいう人たちもずいぶん少なくなったと思うと悲しくなるね」サムがつぶやいた。

ジュニアは敬礼をしつつ、拳を高く突きあげた。「ありがとよ！」と大声をあげる。「ナチスの連中をこらしめてくれて！」

「シーッ！」トニが彼の袖を引っ張った。「静かにしな。ここにはほかの復員兵だっているんだから。朝鮮戦争やベトナム戦争、それに中東での戦争に従軍した人たちがさ」

「その人たちにも神の恵みがありますように」スザンヌは小さな声で祈った。

「うひゃー」トニが一歩うしろにさがりながら言った。「キンドレッド・ジェスターズのお出ましだ」

「どういう人たちなんだい？」サムは訊いたが、次の瞬間には、ピエロの集団がすぐそばまで迫っていた。白黒の囚人服姿のピエロが小さなレーシングカーを運転し、レトロなクラクションを観客に向かってパフパフ鳴らし、ぎりぎりのところでハンドルを切った。ぼろぼろの赤いベストに紫のズボンのピエロが大きな白いボールでジャグリングをしている。ピエロは十人以上いて、それぞれが奇抜な衣装に身を包み、芸を披露していた。

一行が通り過ぎるとき、ひとりのピエロがスザンヌのところにまっすぐ駆け寄ると、ピンク色の風船をふくらませ、折ったりねじったりしてプードル犬らしきものをこしらえ、それを彼女に差し出した。

「ありがとう」

ジェサップ・ハイスクールの音楽隊が行進していき、さらに何台かの山車がゆっくり通り過ぎると、今度はコンバーチブル・カーに乗った名士や政治家による、よくあるパレードの登場とあいなった。乗っているのはモブリー町長、にこにこと愛想を振りまく下院議員、それに投票した覚えがないので誰だかわからない貧相な男性がもうひとり。

最後にドゥーギー保安官のパトカーが大きなウーウーという音とともにいかめしく、そしてえらそうに通っていき、パレードは終了した。

「うちにきて、一緒になにか食べない？」スザンヌはサムに訊いた。「チーズのホットサンドでもつくるわよ」ビーフ・ウェリントンのような手間のかかる料理をつくるという科白が出なくて、自分でもほっとした。

「そうしたいのは山々なんだけどね、スイートハート。でも、無理なんだ。大急ぎで病院に戻らなきゃならなくて」サムはすばやくお別れのキスをして、いなくなった。

「あたしたちと一緒においでよ」トニが誘った。「これから〈シュミッツ・バー〉に繰り出すんだ」

「遠慮しておく」スザンヌは言った。「おとなしく家に帰るわ」

「気をつけるんだよ！」ジュニアに腕をつかまれ、引っ張られながら、トニが声をかけた。

「いつだって気をつけてるじゃない」

今夜のキンドレッドは人で大にぎわいだとばかり思っていたが、車に戻ろうとアイヴィー・ストリートに入ると、通りはがらんとしていた。パレードの見物客も、スケートボードに興じる若者も、野良犬さえいなかった。すでに真っ暗で、狭い通りの両側には車がびっしりとまり、何軒かの家に明かりが灯っている。晴れわたっていた空も雲に覆われ、それが重苦しいほどの暗さをいっそう実感させた。

明日のバレルレースのときはすっきり晴れてほしいものだわ、とスザンヌは歩きながら思った。全力をつくせるといいのだけど。

前方に自分の車が見えたのでリモコンキーのボタンを押すと、テールランプが赤く点滅した。

いい車、ハイテクな車、安全な車、と胸のなかでとなえる。

車に乗りこみ、エンジンをかけ、そのブロックの端まで移動した。さて、どっちのルートで行こう。いま来た道をぐるっと引き返せば、おそらくパレードの最後尾につくことになり、パレードに参加した人を乗せるバスもたくさん走っているはずだ。右に行って、カトーバ・パークウェイを進めば、自宅から数ブロックのところに出られる。後者だと少し遠まわりになるが、車の数は少ないだろうし、それに景色が抜群にいい。

スザンヌはパークウェイに入った。この道と並行して流れるカトーバ川はさらさらと流れる小さな川で、いくつもの岩間や谷間をくだり、ニジマスやカワマスの宝庫でもある。とてもきれい。スザンヌはそう思いながら、カバの木立や数本のシダレヤナギをかすめるように車を走らせた。わき道を行けば、絵はがきのように美しい川の景色が楽しめる。夏の盛りには、子どもたちがタイヤのチューブやブギーボード、カラフルないかだで川下りに興じ、カヤックの愛好家たちが障害コースを設置したりもする。日々、涼しさを増し、日が短くなっていくいまの季節では、そんなことをする人はひとりもいない。

ピクニックエリアを流れるようにS字を描きながら通り抜けたとき、うしろの車に気がついた。おそらくずっと、彼女と同じゆっくりしたスピードで走っていたのだろう。

ただそれが、いつの間にかすぐうしろにまで迫っていた。

スザンヌはアクセルを踏む足をゆるめ、ゆっくりと路肩に寄せて走った。うしろの車の運転手が追い越したくてうずうずしているのだろうと思ったのだ。

しかし、そうではなかった。相手は追い越すどころか、スザンヌの車のうしろにぴたりと寄せてきた。

どういうこと？　追い越したいわけじゃないの？　いいわ、だったら……。

スザンヌはアクセルを踏んで、スピードをあげた。予想もしなかった動きで、うしろの車も加速した。それも今度は、鼻先が彼女のバンパーにくっつかんばかりにまで接近している。

なにかあってブレーキを踏もうものなら、追突はまぬがれない。

なにをするつもりなの？

不安がじわりじわりとみぞおちに広がっていくのを感じた。静まり返った道路を走っているのは彼女の車だけ――不安にならないわけがない。スザンヌは心を決めた。チャンスがありしだい、この道と交差する道路があったらすぐさま曲がって、うしろのいかれた運転手をまいてやる。

バックミラーに目をやった。うん、まだついてきてる。しかも思ったとおり、うしろのやつときたらハイビームにしていて、ハンドルを握っている人物の顔がよく見えない。ナンバープレートの数字は読めるだろうか。まぶしい光に目をこらす。だめだわ。とてもじゃないけど見えない。

まあ、いいわ。レアンドロ・レーンに入る曲がり角はもうすぐだ。ゆっくりゆっくり車を進め、突然、ウィンカーも出さずにすばやく左折しよう。

大きく息を吸うと、目をバックミラーにちらりとやり、すぐに前方の道路に戻した。あと二十フィート。レアンドロ・レーンの標識が大きく現われた。

アクセルを噴かし、すばやく左に折れた。

するとなんと――うしろの車も同じように曲がってきた！

ああ、もう！　これはかなり深刻な事態だ。どうしよう？　携帯電話を手に取り、法執行センターに通報する？　頭のおかしな人に追いかけられて、死にそうなほど怖い思いをしていると伝える？　それとも……。

スザンヌは右に、つづいて左に、さらに右へと曲がった。もうだめかと思ったときに路地の入り口が見えてきた。あの白いガレージに接触せずに突っこめるだろうか？　やってみるしかない。

キキキーッ！　タイヤを鳴らしながら、急ハンドルを切り、路地を激走した。

まだ追ってくる？　ううん。でも、べつのところで曲がって、この路地を反対から走ってきたらどうしよう。

扉のあいたガレージが見えると、スザンヌはためらうことなくなかに車を入れた。ライトを消し、ドアをロックした状態でそのまま待った。エンジンがカチンカチンといいながら、冷えていく。

うまくやれた？　あの車をまけた？

三十秒後、ヘッドライトがさっと射したのが見えた。路地を車がやってくる。このガレージの持ち主だろうか？　それとも、さっき追ってきた不気味な人物？

スザンヌは息を殺して、ひたすら待った。いつでも緊急通報の九一一が押せるよう、手を携帯電話にかけた状態で。

砂利がざくざくいう音がして、車がゆっくりと路地を進んでいく。スザンヌのなかのなにかが、女の勘が、すべての女性が生まれながらに持っている、危険な状況を察知する感覚が、うずくまれと命じた。

車は狩りでもするように、スザンヌが車を入れたガレージの前をゆっくりと、人目をはばかるように通り過ぎた。

最後の最後でスザンヌは頭をあげて外をのぞいた。黄色とオレンジのストライプの衣装に、真っ赤な髪を逆立てたかつら、いわゆる恐怖のかつら《フライト・ウイッグ》という恰好の男が見えた。

ピエロ！　おそらく、今夜のパレードに出ていたひとりだ。そんな人がなぜわたしのあとをつけてきたの？　いったいなにをするつもりだったの？

保安官が容疑者とにらんでいるうちのひとりが接触をはかってきたとか？　質問をしてまわったり、ハンナの死を調べるのを脅してやめさせるのが目的？　それとももっと悪意のあることを考えていた？

それもありうるとスザンヌは思った。だからそのまま二十分間待ったのち、バックで車を出してエンジンを噴かすと、これに命がかかっているとばかりに自宅まで運転した。

それもあながち的外れではなかった。

24

「ねえ、キンドレッド・ジェスターズ・クラブのメンバーを知ってる？」

スザンヌは訊いた。きょう金曜日はフライドエッグの日で、ペトラはコンロを前に、タマネギ、黄色ピーマン、まるまるとしたマッシュルームをソーセージと炒めていた。トニは追加の野菜を刻むのに忙しい。厨房はパンの焼けるにおいと、新鮮なオレンジやフェンネルソーセージのにおいに満ちていた。

「なんでそんなことを訊くの？」ペトラが言った。「仲間に入るつもり？」

「ひー」トニは小さく身を震わせ、皿を一列に並べた。「ピエロっていつ見ても怖いよね。きのうのあの集団はとくに苦手な感じだな。ちっちゃな車に乗って、妙な動きをしてるのがさ、すごくグロテスクで気味が悪かった。人殺しのピエロが出てくる映画を思い出しちゃったよ」

「わたしもピエロを見ると背筋が寒くなっちゃうほう」スザンヌはそう言ってから、また口をひらいた。「ゆうべ、あのうちのひとりにあとをつけられたみたい」

「なんの話？」ペトラが言った。「人殺しピエロのこと？」

「ううん。本物のピエロ。黄色とオレンジの縞模様のジャンプスーツに、真っ赤な恐怖のかつら、それに同系色の鼻をつけたおかしな人」

「ハイスクール時代の彼氏みたいだ」トニが言った。

「ちょっと、まじめに聞いて」

「まじめに聞いてるってば！」

「ねえ、待って」ペトラが割って入った。「なにを言ってるの、スザンヌ？　ピエロみたいな恰好の人に家までつけられたわけ？」彼女は自分の発言を強調するように、卵二個を同時にボウルに割り入れた。

「家まではつけられずにすんだわ」スザンヌは説明した。「路地に入って、あいてた車庫に車ごと隠れたから」

「まあ」ペトラは喉のところを片手で押さえた。「じゃあ、本当に脅されたのね」

「でも、それをうまくかわす運転をしたわけだ」トニは言った。「えらいよ」

「そんなにえらくなんかないわ」スザンヌは言った。「だって、誰だかわかんなかったんだもの」

「誰だと思う？」

ペトラはスザンヌの話に全神経を集中させていた。

スザンヌはかぶりを振った。「見当もつかない」

「思いあたる人が少しはいるでしょ」

「ジャック・ヴェナブル、マーティ・ウルフソン、ダレル・ファーマンかな。それ以上絞れないわ。三人ともわたしがあれこれ質問してまわってるのを知ってるもの。いろいろと調べてることをね」

「でも、リッキー・ウィルコックスじゃないのね？」とペトラ。

「リッキーのはずがないって」トニが言った。「おとなしくていい子だもん。あいつはハンナの事件とは無関係だよ」

「そうは言っても」とペトラ。「彼も容疑者リストに入っているのよ」

「有罪と立証されるまでは無罪って言うじゃん」

「そのピエロの話、保安官にもするの？」ペトラは訊いた。

「まだ決めてない」スザンヌは言った。「話したところで、手を引けと言われるだけだもの。いまのわたしの気持ちとしては、あの憎たらしいピエロをとっ捕まえ、うちの犬をけしかけてこてんぱんにしてやりたいわ」

「落ち着きなって」トニが言った。「そういうおっかない話はあとにしよう。これから長い一日が待ってるんだからさ」

「わかってる。気が乗らないけど」

このあとモーニングとランチをやっつけ、大急ぎで農場まで行ってモカに鞍を置き、バレルレースに向けて競争心を奮いたたせ、それから店に戻ってディナー・シアターのための魔法をかけなくてはならないのだ。

昨夜のあわやという一件以来、ピリピリと気が立っている。本当ならきょうは一日、心の休養を取るほうがいい。ここがヨーロッパなら、数カ月単位の休暇を取るところだろう。

「責任を感じちゃうわ」ペトラが言った。「なにしろ、ハンナの事件を調べるよう背中を押したのはわたしなんだもの」

「あなたのせいじゃないわ」スザンヌは言った。「わたしが自分の意志で首を突っこんだんだから」

「もうやめる潮時だわね」ペトラは目を涙で濡らしながら、両手をよじり合わせたかと思うと、エプロンでぬぐった。「あなたを危ない目に遭わせるにはいかないもの」

「やめたほうがいいよ」トニもうなずいた。

しかし、昨夜の件でまだカッカしていたスザンヌは、脅しに屈するつもりも泣き寝入りするつもりもなく、ここから本気を出すしかないと思っていた。

スザンヌはいくつもの可能性について頭をめぐらせつつ、自動操縦モードで仕事をこなした。注文を取り、コーヒーを注ぎ、レジを打ち、カフェ全体に目を光らせていた。きょう金曜日は、ローガン郡のビッグイベントであるカウンティ・フェアが始まる日で、カックルベリー・クラブはいつにも増して忙しかった。モーニングタイムはソーセージ、目玉焼き、ベーキングパウダー・ビスケット、パンケーキ、それにコーヒーがごっちゃになって見えた。ランチタイムも似たようなものだった。冷製ブルーベリースープ、カプレーゼサラダ、トマトのカップに詰めたツナサラダ、エッグサラダのサンドイッチ。スザンヌはにこにことほほえみ、愛想よく声をかけ、注文を書き取り、変更にも快く応じ、できあがった料理をお客のもとへと運んだ。

「カプレーゼサラダをふたつ追加ね」スザンヌはペトラに告げた。ペトラの鼻先で注文票を振り、オーダークリッパーにはさんだ。

「ホットケーキみたいに売れるわね（飛ぶように売れるの意）」ペトラは言った。

「ホットケーキがカプレーゼサラダみたいに売れてるって？」トニがコンロのそばで、注文の品を受け取ろうと待ちかまえていた。

「なに言ってんの」ペトラはほほえんだ。「スザンヌ、ごみを捨ててきてくれる？」

「いいわよ」

「ランチタイムが終わりしだい、腕まくりをして今夜の仕度を全部しちゃおうと思ってるの。取りかかるときに厨房がきれいじゃないといやなのよ」

「わたしも残って手伝いたいわ」スザンヌは集め終えたごみを持ったまま、裏口のところでぐずぐずしていた。「やっぱり残ろうかしら」

「だめよ。あなたがあなたのかわいい馬に乗らないなら、わたしが革のオーバーズボンを穿いて、かわりにやらなきゃならないじゃない」

「ひゃあ」トニが妙な声を出した。「それはぜひとも見てみたいもんだね」

スザンヌは大型ごみ容器のふたをあげ、ごみ袋を投げこみ、ふたを閉めようと手をのばした。そのとき、頭上が暗くなって、羽ばたきの音がやけに大きく響いた。

驚いて片手をあげたスザンヌは、一羽のフクロウが急上昇していくのを見て呆然となった。その姿は、エアポケットに落ちこんだものの、すぐに上昇気流に乗ってまっすぐあがっていくグライダーを思わせた。

お母さんフクロウだ!

「ねえ」スザンヌは呼びかけた。「おりてきて。わたし、あなたの赤ちゃんを預かってるの!」

フクロウはオークの木の高いところからスザンヌを見おろした。

「そうよ、あなたに言ってるの、ママ。本当にかわいい子で、正直に言うと、わたしもすごく好きになっちゃった。でも、あなたのほうがあの子の育て方を心得てるでしょ」

フクロウは頭をくるっと横に向け、すぐ正面に戻した。スザンヌの提案を考えているらしい。

「それでどうかしら? そこまでのぼっていって、赤ちゃんを返してあげる。木が空洞になってるところの巣にそっと置いていくわ。貸し借りなしよ。なんの問題もないでしょ」

フクロウはカラスのように彼女を見おろし、まばたきをした。

「それは承諾の意味?」

スザンヌが訊いたとき、青いフォードのピックアップ・トラックが轟音をたてながら裏の駐車場に入ってきた。トラックはゆっくりと停止し、パンというバックファイアの音とともに車体をぶるっと震わせた。スザンヌが樹上に目を戻すと、フクロウはいなくなっていた。

残念。

トラックからキットとリッキーが降りてきた。ふたりとも、小さなカッコーを見るような目でスザンヌを見つめている。

「大丈夫？」キットが訊いた。

「なんでもないの」スザンヌは片手で木のほうを漠然としめした。「木の上にいたお母さんフクロウと取引をまとめようとしてたところ。赤ちゃんを返してあげようと思って」

リッキーがトラックのルーフを指差した。

「繰り出し梯子を持ってきてるんです。金属のレールとカーテンをかけるのに使おうと思って。そっちが終わったら、そこの木にかけましょうか。雛をつつがなく巣に戻してやりますよ」

「ありがたい申し出だわ」スザンヌは言った。「でも、自分でやりたいの。いいかしら？」

リッキーはうなずいた。「わかりました。カーテンをかけ終えたら、梯子を外に出しておきます」

「ペトラの教会でビロードのカーテンを借りてきたんだけどね」キットが言った。「それがもう豪華なの。濃い群青色で、お店にかけたらとても上品になると思う」彼女は白い歯を見せた。「きっとすてきな夜になるわ」

「そうね」

「試着してもらおうと思って、シャツを二枚持ってきたんだ」トニが言った。

彼女とスザンヌは〈ブック・ヌック〉から奥まったところにあるオフィスに引っこんでいた。ウェスタン風ファッションの女王であるトニは、それらしい服装で本物のロデオクイーンらしく見せることが大事だと、スザンヌを説き伏せていた。そういうわけで彼女はいま、白いパールのスナップボタンがついた真っ赤なサテンのシャツと、インセットとボタンが金色をした、黒いペイズリー柄のシャツを掲げていた。

「決められないわ。どっちがいいと思う？」両方ともスザンヌの好みよりも、やや派手な感じだった。とはいえ、ウェスタン風のコンテストなのだ。それらしい恰好をすれば、本物に近づけるかもしれない。

「下はジーンズとブーツなんだよね？」

「そうよ。それに手持ちのカウボーイハットをかぶるわ」

「帽子の色は？」

「茶色」

「じゃあ、赤いシャツのほうがよさそうだね」

「ちょっときつそうに見えるけど」

「そりゃあ、きつくなきゃ。スリムフィット・シャツなんだから」

スザンヌは着ていたTシャツを脱ぎ、渡された赤いシャツにやっとのことで袖をとおした。

「サムも応援に来るって？」トニが訊いた。

「ううん。来ないでって言ってある。彼がいたら、意識しちゃいそうだもの」

「あ、いいじゃん」トニが見えない糸くずを払いながら言った。「よく似合うよ」

「やっぱりきついわ」スザンヌは息を深々と吸いこみ、シャツの前をかき合わせようとした。サテン地なので伸縮性がない。そのかわり、ボディペイントしたように、体にぴったりフィットしていた。「ボタンをとめるのもひと苦労だわ」

トニはにやりとした。「そういうシャツなんだよ、お嬢ちゃん。セクシーママっぽく見せれば、審判からも高評価がもらえるよ、きっと」

「クローバーリーフ・ターンをしてる最中にボタンがはじけちゃったらどうするのよ」

「そしたら優勝できるかもしれないじゃん」

「タイムトライアルなのよ」

「だったら、せいぜい楽しんで《ハブ・ア・グッド・タイム》おいでよ！」

スザンヌは農場の奥の納屋へと車を走らせ、緊張で全身がぞくぞくし、胃が痛くなりながらも、いつになく昂奮していた。

二日前に磨きあげた鞍は、濃色の革が納屋に洩れ入る光を受けてきらきら輝いている。

「いよいよね」モカにそっとささやくと、馬勒《ばろく》をつけてやり、背中に鞍を置いた。「もう引き返せないわよ」

モカの隣の馬房にいるグロメットが頭をもたげ、小さくいなないた。四つ脚の友だちからの励ましの言葉だ。

それから、モカと自分のウォーミングアップを兼ね、ドライブウェイをゆっくりとした駆け足でくだりはじめた。馬運車を借りて堂々と乗りつけることもできるが、会場までの二マイルを歩かせるほうがいいと思ったのだ。そのほうがモカとスザンヌが息を合わせる時間ができる。モカのほうは口に含んだ馬銜《はみ》をスザンヌにやさしく操作され、膝で両脇をたくみに圧迫される感覚が覚えられる。

会場への道を進むにつれ、両者のなかで昂奮がゆっくりと、否応なく大きくなっていった。遠くに巨大な観覧車が見えてきた。本体は黄色い鉄骨で、周囲のピンク色のネオンが灯っている。ゴンドラが最上部を超えて下におりはじめると、いつも胃が浮くような感じがしたのを思い出した。いま感じているのもそれだった。

しかし近くまで来ると、人々が先を急ぎ、特別観覧席のてっぺんの旗が風を受けて盛大にはためいているのが見えるようになり、会場のどよめきが急に勝利の歓声に聞こえるようになった。

ショーの会場とバレルレースのコース周辺は馬運車やピックアップトラックがぎっしりとまっていた。まわりはなりきりカウボーイとなりきりカウガールだらけで、馬にブラシをかけ、装具を調整し、ブーツをぴかぴかに磨きあげてと余念がない。スザンヌは自分のエントリーナンバーである二十三番をシャツの背中にとめ、馬、干し草、皮革用石けんのにおいが強く鼻を突く場所で、モカをゆっくり周回させた。

騎手が次から次へと競技場に入ってきては、馬を全速力でスタートさせ、飛ぶようないきおいで樽をまわりこんでいくのを、スザンヌは横目でこっそりうかがった。

やがてスピーカーからくぐもった声でスザンヌの番号がアナウンスされ、彼女の番となった。心臓をばくばくいわせながらモカの背中にまたがり、きびきびとした足取りでスタートラインに向かった。小さく祈りの言葉をつぶやくと、モカにかかとを入れ、ひと声叫んだ。

「行け！」

次の瞬間、スザンヌはゲートを突っ切った。目に見えない光線が遮断され、タイマーが厳密な計測を開始した。

考えている余裕はない！　観客の声援が高らかに響きわたるなか、茶色い土埃を目に受けながらもたくみに脚を使い、猛スピードで樽に向かった。時速九十マイルにもなろうという体感速度でクローバーパターンを描いていくが、自分ではターンをしている意識はなく、本能だけで動いていた。ちらりと見える観衆、樽、上下に揺れるモカの頭が、一瞬をとらえた小さなスナップ写真に思えてくる。カシャッ、カシャッ、カシャッ。

自分では八秒程度にしか感じなかったが、実際にはもう少し長い時間がかかったのだろう、気がついたらスザンヌはゴール目指してまっしぐらに走っていた。モカがフィニッシュラインを越え、タイムが正式に記録され、レースは終わった。手綱を強く引いてモカをうしろ脚で立たせると、〝おお〟という感心したようなどよめきが観客席に広がった。

カウガールになれたわ。本物のカウガールに。まあ、ほんの数秒間ではあったけど。

腰をかがめ、汗びっしょりになったモカの肩を軽く叩き、緊張をほぐしてやった。さてと、このあとは？　そうそう、最終結果が出るのを待たなくては。もちろん、そうした。そのためにこんなワイルドな競技に出場したのだ。自分よりも二十歳近くも若い騎手を相手に、どれだけのタイムを出せるか知るために。馬を降りると、身じろぎもせずに突っ立ち、呼吸を整えながら、ほかの競技者がひづめを小型の雷鳴のように響かせながらコースをまわる音に耳を傾けた。

十分後、バレルレースの女性部門は全員が競技を終え、待つだけの時間もようやく終わった。進行役は淡いブルーのウェスタンスーツと大きな白い帽子姿の白髪の男性で、彼は馬見所にあがって、番号を読みあげはじめた。茶色いベストとフリンジがついたスエードのスカートの女性アシスタントが、手にいくつかのリボンを持っていた。

一位と二位が呼ばれ、呼ばれた人が喜びいさんでわきを駆けていった。スザンヌは心からの拍手を送った。きょうのレースは、あくまで遊び半分の競技なんだからと自分に言い聞かせた。自分と愛馬にどれだけの力があるかを見きわめるための腕だめしだと。しかし、二十三番――彼女の番号だ――という声が拡声器をとおして響くと、スザンヌはその場で棒立ちになった。

「あんただよ」隣にいたやせっぽちのカウボーイが言った。「三位に入ったってさ」

「わたしが？」うまく言葉が出てこなかった。

「行って、リボンをもらってきな」カウボーイがうながした。「ほら、乗るのに手を貸そうか？」

カウボーイが手を組み合わせたところへスザンヌはブーツのつま先をかけ、モカの背中に飛び乗った。

「ありがとう」

夢心地を味わいながら、リングへと乗り入れた。審判から白いリボンを受け取り、握手をし、優勝者と準優勝者と並んで広報写真の撮影にのぞんだ。

夢みたい。

みずからの幸運がまだ信じられず、ぼんやりしながらリングを出ると、自分の名を呼ぶ声が聞こえた。ジュニアの声だ。あたりを見まわすと、人混みのなかに彼の姿があった。ジーンズに黒いTシャツ、〈ペンズオイル〉のロゴが入ったトラッカーキャップという恰好で、見方によっては昆虫にも花にも見えるシルバーのバックルがついたベルトを締めていた。

「驚いたぜ、スザンヌ」ジュニアは中身が飛び出すとでもいうのか、両手で頭を押さえた。

「すげえよ！　やったじゃん！」

「三位だけどね」そうは言ったものの、内心では上出来だとほくそえんでいた。

「リボンを見せてくれよ」

スザンヌは馬を降り、白いリボンを高くかかげて、風になびかせた。

「正真正銘のロデオクイーンってわけだ」ジュニアは言った。「こりゃ、州のフェアにも出場しないといけないな」

「そこまで行くのはちょっと」

「べつに遠くないじゃんか。せいぜい六十マイルくらいだろ」

「やだ、そういう意味じゃなくて……」スザンヌはぷっと噴き出した。「ところで、カウンティ・フェアになにをしに来たの、ジュニア」

「卸売りセンターで、例のガンマ線予防帽子を売る手伝いをしてるんだ」

「そっちに戻る前に、ひとつ頼まれてくれない？」

「いいよ、スージー・Q。なんでも言ってくれ」

「十分ほどモカを見ててほしいの」

「ここに突っ立って、こいつに話しかけていればいいのかい？　それともぐるっと歩かせてまわろうか？」

「歩かせてやって。言われてみれば、すごくいいアイデアね。そうしてやったほうが、おとなしくいい子でいてくれると思うし」

「そうそう、なにかやらせたほうがいいんだよ。で、どこに行くんだ？」

「ホーム・アーツ会館に顔を出して、ペトラのほうはどうなってるか見てきたいの。パイかバナナブレッドでリボンを取ったかどうか知りたくて」

「取ったに決まってるさ」とジュニア。「彼女の菓子作りへの執念はすごいものがあるもんな」

「それで思い出したわ」スザンヌは手綱をジュニアに渡しながら言った。「あなたもクラフトビールでエントリーしたんでしょ。結果はどうだった?」

ジュニアは顔をしかめた。「ああ、ちょっとばかりささいな問題があってね。審査員はおれのビールがお気に召さなかったらしい」

「残念ね。そうとう期待してたんでしょうに」

「ま、来年があるしな」とジュニア。「なにせおれは、生まれついての検眼士《オプトメトリスト》だからさ」

「楽天家《オプテイミスト》でしょ」とスザンヌ。

ジュニアはしたり顔でうなずいた。「そうとも言う」

スザンヌは片手をあげ、その場をあとにした。

「十分で戻るわ。十五分より長くはならないから」

ペトラはリボンを勝ち取っていた。正確に言うなら、三つのリボンだ。ルバーブパイで最優秀賞の紫色のリボンを、チェリーパイで青いリボン、そしてバナナ・ブレッドで赤いリボン。つまり、カックルベリー・クラブの圧勝だった。

展示されているリボンを取ってペトラに届けてやりたいところだが、日曜の夜まではこのままにしておく必要がある。ペトラの焼き菓子をみんなに見てもらい、賞を取ったのが彼女だとアピールするためだ。

「スザンヌ」

人なつこそうな声がした。

振り返ると、地元の猟区管理官のマーク・ビンガーがほほえんでいた。長身でやせ型、ごま塩頭、にこやかな口もとの上にはカイゼルひげをたくわえている。

「マーク」スザンヌは応じた。「あなたに行き会えてちょうどよかった」

「そう言ってもらえてうれしいよ」ビンガーは暗いオリーブ色のズボンに明るいグリーンのシャツという恰好で、シャツには猟区管理官の記章がついている。彼は自分の服装を指差してから言った。「数分後に講演をすることになってるんだ。キジなど猟鳥のテーマでね」

「狩猟に関する話？」

「いや、ちがう。生息地の保護に関する話だ。野原や溝を極端にきれいにするのをやめようと啓蒙するんだよ。背の高いマーシュグラスは一部残して、鳥たちが巣をつくれるようにしようとか」

「ちょっと訊きたいんだけど」スザンヌは言った。「フクロウのことはくわしい？」

ビンガーはうなずいた。「まあね」

「赤ちゃんフクロウを見つけたの。かわいそうに、巣から落ちちゃったみたいで。カックルベリー・クラブの裏の木から」

「で、きみが世話をしてるわけだ」

「ええ。でも、大変で」

「いちばんいいのは、巣に戻してやることだね。たいていの場合、それでうまくいく」

「お母さんフクロウが拒絶したら、どうすればいいの？」

「最悪の場合、自然に還せるようになるまで、きみが餌をやるしかないだろうな」ビンガーはそこでにやりとした。「コオロギやネズミをすりつぶした餌をね」

「コオロギならなんとかできるかも」

「ところで、どうかな」ビンガーはそろそろと近づきながら言った。「近いうちにおれと食事でもしないか？」

「知ってるでしょ、マーク。いまつき合ってる人がいるのよ」

そう言ったそばから、あわてて自問した。そうなの？　つき合ってる人がいるって？　サムとはそういう仲なの？　だって、この便利な常套句《じょうとうく》は、マッシュポテトのサンドイッチほどにも心を浮き立たせてくれないんだもの。

「じゃあ、いつか状況が変わったらでいい」ビンガーは少しあてがはずれたような顔で言った。「おれの居場所は知ってるだろ。マーシュグラスが生えてるところにいるから」

パドックに戻る途中、大きなクラクションの音が聞こえ、甲高い笑い声があがった。あたりを見まわすと、ピエロの集団が人混みのなかを駆けずりまわっていた。スザンヌはホットドッグの屋台の陰に隠れ、昨夜、襲ってきたピエロはいるかとうかがった。しかし、見つからなかった。黄色とオレンジのストライプの衣装と赤い恐怖のかつらはどこにもいなかった。

恐怖のかつら。なんであれをそう呼ぶのか、昔から不思議だった。いまやっと意味がわかった。

25

ペトラはことのほか喜んだ。スザンヌは三位のリボンを受賞したし、なんといっても自身は全色のリボンを勝ち取ったのだ。

「だって、焼き菓子部門はエドナ・スタングが優勝するとばかり思ってたんだもの」ペトラは喜びいっぱいで言った。「あの人ったら、自分のペカンパイの自慢ばっかりするのよね。ジョージア州の上等なペカンと甘蔗糖《かんしょとう》を使わなきゃだめなのよ、ってえらそうに言うんだから」

「あなたも甘蔗糖を使うじゃない」スザンヌは指摘した。

「そりゃ、そうよ。それがいちばんいいと思うから使ってるだけで、いちいち自慢なんかしてないわ」

スザンヌは大急ぎで家に寄ってシャワーを浴びて服を着替え、こうして（赤ちゃんフクロウとともに）カックルベリー・クラブに戻ってきた。まもなく夕方という頃で、あと一時間もすればディナー・シアターのお客がやってくる。

「どんな状況？」スザンヌは訊いた。「わたしはなにをしたらいい？」

「まずは、カフェ全体をチェックしてもらえるかしら」ペトラは言った。「トニ、キット、リッキーの三人があわただしくテーブルをセットしたり、いろいろものを並べたりしてくれたけど、どんなふうになったか確認しないとね」

「どんな感じになっていればいいの？」

「ホワイトハウスの公式晩餐会と、地元のバーベキュー広場のチキンのサービス・デーの中間かしら」

「それならなんとかできそうね」

しかし、カフェをのぞきこんだスザンヌを、うれしい驚きが待ち受けていた。木のテーブルは白いリネンのテーブルクロスに覆われ、ガラス食器はきらきら輝き、銀器もぴかぴかに磨かれていた。トニと仲間たちに、豪華なブーケはどうしたのかと尋ねたところ、リッキーが車でジェサップまで出かけ、懇意にしている花問屋からバラ、カーネーション、カスミソウを大量に、しかも超がつくほどのお値打ち価格で買ってきてくれたのがわかった。

「どれもこれも本当にすてき」スザンヌは三人に言った。「カフェ全体が輝いてるみたい」

「そう言ってもらえてうれしいよ」トニが言った。「それはそうと、ものすごくおめでたいことがあったんだってね」

スザンヌは顔をほころばせた。「誰に聞いたの？」

「ジュニアだよ。あんたが三位のリボンをゲットしたって、大騒ぎしてた」トニは肩ごしにうしろを見やり、少し怒ったような顔をした。「あいつったら、まだここにいるんだよ。オフィスに陣取って、パソコンでゲームをしてる。隠れてるんだってさ」

「なにから隠れてるの？」スザンヌは訊いた。

トニ、キット、リッキーの三人は目配せし合った。というか、にやにや笑い合った。

「なによ、どういうことか説明して」

「ジュニアのフッバブッバ・ビールがあるだろ？ あれがとんでもない代物でさ」

「あいつのビールで審査員たちの具合が悪くなったらしくて」リッキーが言った。「そのうちふたりは吐いたって話です」

「ひどい話」スザンヌは噴き出しそうになりながら、どうにかこらえた。

「ジュニアからビールを勧められたら」とキット。「まわれ右して逃げたほうがいいわね」

「スザンヌ」リッキーが言った。「頼まれたとおり、梯子を裏にかけておきましたよ。あの大きなオークの木に」

「ありがとう」

ディナー・シアターが始まったら、急いで外に出て、フクロウの雛を巣に戻す努力をしてみよう。大事なのは〝努力をする〟ことだ。店内のほかの部分にも目をやると、見事なまでの仕上がりようだった。

「ところで、あのカーテン、うまいことかけたわね」

店の一端を完全に仕切れるよう、リッキーが青いビロードのカーテンをかけておいてくれたのだ。カーテンを引くと、舞台のセット——丸いテーブルひとつと椅子が数脚だけだが

――が現われるという趣向だ。出演者は〈ブック・ヌック〉か〈ニッティング・ネスト〉を経由して出入りするようになっている。

「どうも」リッキーは足を踏み換えながら言った。「力になれてよかったですよ。みなさんには本当によくしてもらったので。あれだけいろいろあったのに」

「リッキーも店のなかにいて、かまわない？」キットが訊いた。

「これまでのところ、すごくよくやってくれてるからね」トニが言った。

「もちろん、いいわよ」スザンヌはリッキーにほほえみかけた。「あなたさえよければ、お皿を集めたり、食器洗い機に入れたりする仕事を頼みたいんだけど。今夜はものすごく忙しくなりそうなの」

「力仕事ならおまかせを」リッキーは答えた。

キャンドルに火を灯しはじめてすぐ、数台の車が駐車場に入ってくるのが聞こえた。

「役者さんたちの到着よ」

数分としないうちに、サム、カーメン・コープランド、コニー・ハルパーン、ロリー・ヘロン、その他三人の役者がカックルベリー・クラブになだれこんできた。全員が臨時の楽屋に急ぎ足で向かうなか、サムはスザンヌをわきに引っ張っていき、いとおしそうに抱き締めた。

「入賞したんだってね！」と昂奮した声で言い、すばやくキスをした。

「三位だけど」スザンヌは言った。「でも、そんなこと、どこで聞きつけたの？」

「みんな知ってるさ。町じゅうに広まってる」

「本当？」

「ラジオで言ってたよ。WLGN局が会場から生中継して、賞を取ったブタだのピクルスだのパイだのを逐次、紹介してたんだ」

「わたしのこともね」スザンヌは、ひとりほくそえんだ。

「さて、急いで着替えなきゃ」サムは青いビロードのヴィクトリア朝風のモーニングコートをおさめたビニールバッグを掲げた。ここからほど近いコーヌコピアの劇団からの借り物だ。

「うんとすてきに変身してね」

もっとも、いまのままでも充分すてきだけど。


六時四十分をまわる頃、お客がぽつりぽつりと到着しはじめた。六時四十五分になると、それが雪崩に変わった。光沢のある白いブラウスに黒いロングスカート、手にクリップボードを持ったトニがお客の名をひとりひとりチェックし、席に案内した。

スザンヌ、ペトラ、キット、リッキーは厨房で髪を振り乱しながら働いた。給仕の大半を担当するスザンヌとキットは白いブラウスに黒いスリムパンツという恰好、ペトラとリッキーはいつもの普段着だ。ジュニアは裏のポーチでつまらなそうに木片を削っている。彼ののべつまくなしのおしゃべりに嫌気が差した俳優たちに、オフィスを追い出されてしまったのだ。

　ペトラは最初のひと品に付け合わせるチャツネをボウルでかき混ぜ、スザンヌは白い小皿を並べていた。キットがわくわくした気持ちで仕切り窓から店内をのぞいた。

「ドゥーギー保安官も来てるのを知ってた？」彼女のわくわくした気持ちは一瞬にして不安に取って代わった。

「まさか保安官もチケットを買ったのかしら」スザンヌは言った。保安官はこれまでどんなものであれ、チケットなど買ったことはないはずだ。ふらりと現われ、なにをやっていようが、無理にでも割りこんでくるのが常だ。教会主催の食事会でも、海外戦争復員兵協会のフィッシュ・フライ（釣った魚をその場でフライにして食べるピクニック）でも、町のお祭りでも気にしない。

「わたしが電話して来てもらったのよ」ペトラが言った。「チケットを買った人のリストを見てすぐにね。いくらか警備を厳重にしたほうがいいと思って」

「どういうこと？」スザンヌは訊いた。今夜のイベントはしゃれたディナー・シアターだというのに。ナプキンリングを使い、ワインを出すようなイベントのはず。

「集まった顔ぶれをよく見てごらんなさいな」ペトラは言った。「誰が来てる？」

　スザンヌは仕切り窓からのぞき、お客をひとりひとり見ていった。「ブルース・ウィンスロップがいるけど、これはべつに悪いことじゃないわよね。火事のことをいつまでも引きずらず、積極的に外に出て人と交わったほうがいいもの」

「彼のことを言ったんじゃないわ」とペトラ。「もっとよく見て」

スザンヌはさらに店内をながめまわした。お客の半分はもう席についているが、残りはまだ、思い思いに歓談し、世間話に興じている。「まあ、なんてこと。ジャック・ヴェナブルがいる」数秒ほど彼の姿を追った。「でも、誰も話しかけようとしてないみたい」

「うんうん。ほかにもいるでしょ」

ブロンドのロングヘアの女性の姿が目に入ったとたん、スザンヌは眉をひそめた。

「あれはアニー・ウルフソンじゃない？」

「ご主人も一緒よ」ペトラは言った。口調ががらりと変わっていた。

「よりを戻したのかしら」

「わたしに言わせれば、ふたりとも仮面をかぶっているだけよ」

「マーティ・ウルフソンが火をつけた犯人だと思う？」キットが訊いてきた。彼女はリッキーとペトラにすばやく目をやった。

「そんなのはわからないけどね」ペトラは言い、オーブンをあけて、小ぶりのミートパイがずらりと並んだ天板を出した。きれいなキツネ色に焼けて、まるで小さなアップル・ターンオーバーのようだ。

「ウルフソンには目を光らせていたほうがよさそうね」スザンヌは言った。

ペトラは二枚めの天板も出した。「本当に目を光らせていてよ、スイーティー」

「まあ！」ダレル・ファーマンが入り口のドアをくぐってきたのが見え、スザンヌは思わず声を洩らした。

ペトラはぶっきらぼうにうなずくと、コンロに歩み寄ってバブル&スクイークをかき混ぜた。

「ダレル・ファーマンのこと？」

「あの人なの？」ペトラは言った。

「たったいま入ってきたわ」スザンヌは言った。

「これで、わたしが保安官に連絡した理由がわかったでしょう？『陽気な幽霊』を上演するディナー・シアターというだけじゃなく、リアルな名探偵ゲームになっちゃったからよ。あれは映画にもなったけど」

「ふーん」トニが自在扉から厨房に駆けこむなり言った。「で、犯人は図書室にいたマスタード大佐ってわけ？」

「凶器の燭台を持ったプラム教授かもしれないわ」ペトラがつぶやいた。

　燭台じゃなく灯油缶よ、とスザンヌは心のなかで訂正した。それからカフェに出ていき、カウンターに入った。ドゥーギー保安官はいつものお気に入りのスツールにすわり、背中を大理石のカウンターにあずけて法執行官らしい冷静な目で観客をながめていた。

「保安官」とひそめた声で呼びかけた。

　相手は首だけスザンヌに向けた。カーキ色の制服に包まれた巨体がそれにつづいた。

「来てくれてありがとう」

　保安官はそれとわからぬほどにうなずいた。「ペトラの考えでは、騒ぎになるかもしれないということなんでな」

「彼女は心配性なだけ。なにも起こりっこないわ。今夜はこんなにも大勢、人が集まってるんだもの」

「そう思っていればいいさ」保安官はそう言って、くるりと背を向けた。

トニが天井の明かりを消すと、観客席から期待のざわめきがあがった。店内を照らすものはキャンドルの明かりだけとなり、それがお客全員の顔をほんのり輝かせ、店全体を風情ある劇場のように見せている。

コニー・ハルパーンがカーテンの前に進み出て自己紹介をし、心のこもった歓迎の挨拶をすると、トニ、スザンヌ、キットの三人はワインを注ぎ、ひと品めの小さなミートパイを給仕しはじめた。

ワインが口に運ばれ、フォークが小気味いい音をさせるなか、ビロードのカーテンが引かれ、観客席がしんとなった。ジュニアがCDプレーヤーのボタンを押すと音楽が流れはじめ、客間喜劇が華々しく始まった。

カーメン・コープランドは私生活でつき合うのはごめんこうむりたいタイプだが、アンジエラ・ランズベリーがブロードウェイで演じて好評を博したマダム・アーカティを、ものの見事に演じていたことは認めざるをえなかった。抑揚をつけた科白まわしで、霊をよみがえらせるシーンを好演していた。もちろん、短気なドクター・ブラッドマン役のサムはすてきだったし、エルヴァイラ、ルース、チャールズを演じた役者たちも本当にすばらしかった。「本物のディナー・シアターみたいだね」トニがふた品めのバブル＆スクイークを運びながらスザンヌに小声で言った。

「でしょう？」今夜のイベントが満席になったことがうれしく、お客が芝居に心を奪われている様子にも満足だった。これはぜひ、またやろうとその場で心に決めた。クリスマスの頃に、『クリスマス・キャロル』を上演してもらうのもよさそうだ。

厨房に戻ると、ペトラはローストビーフをスライスするのに忙しく、リッキーはスコッチエッグの火のとおり具合を確認する仕事をまかされていた。

「火はとおってる？」ペトラが訊いた。

リッキーは途方にくれたように首を振った。「どうやって確認すればいいんです？」

「ナイフを使って、ひとつ切ってみるの」ペトラが指示を飛ばす。

「これを使って」キットが大きな肉切り包丁をリッキーに渡すと、彼はそれを右手に持ち、スコッチエッグをすぱっと半分に切った。

「よさそうだ」リッキーは言った。「少なくとも、ちゃんと火はとおってる。固ゆで卵みたいに」

「これでまた一丁あがり」ペトラは口のなかでもごもご言った。

スザンヌとトニは三品めを手にすると、お客のもとへと運びはじめた。

スザンヌはテーブルのあいだをそろそろと移動しながらも、芝居に感心していた。まさしくプロレベルの内容だった。照明の暗転も点滅も絶妙のタイミングだし、ヴィクトリア朝風の衣装は気品にあふれ、役者はそれぞれの役を完璧なまでに演じていた。

やっぱり、これはまたやらなくちゃ、とあらためて思った。

休憩時間になったときのことだ。プディングのトライフルを盛りつける前に、スザンヌは少しだけ息抜きをした。赤ちゃんフクロウが入った段ボール箱を持ち、裏口からこっそり外に出た。

ジュニア、リッキー、それにブルース・ウィンスロップが裏のステップに腰をおろしていた。黄色い誘蛾灯の下にいる三人は、薄気味悪い光に照らされているせいで宇宙人のように見える。太陽はとっくの昔に地平線の彼方に沈み、森の向こうが淡紅色にほんのり染まっているだけになっていた。

「みんな、お疲れさま」スザンヌは声をかけた。

ウィンスロップは煙草をふかし、ジュニアはホップがどうした、ビターがこうしたとぼやいている。リッキーだけが面倒がらずに立ちあがり、スザンヌが通れるよう場所を移動してくれた。

「そいつを戻すの、手伝いましょうか？」リッキーは訊いた。

そのとき、トニが裏口から顔を出し、大声を張りあげた。

「ジュニア！　リッキー！　そんなところで油を売ってないで、はやく戻りな。まだ仕事があるんだから」

「まったく、人使いが荒いったらないよな」ジュニアはリッキーに言った。「行くぞ、リッキー。腰をあげたほうがよさそうだ」

ブルース・ウィンスロップはスザンヌが梯子のほうに歩いていくのに気づき、声をかけた。

「手伝おうか？」

彼は煙草を最後にもう一回吸ってはじき飛ばし、慎重に踏みつぶした。

「お願い」スザンヌは答えた。「赤ちゃんフクロウを木に戻して、ママと一緒にしてやりたいの」

ウィンスロップは箱をのぞきこんで、ほほえんだ。「かわいいね。お母さんは受け入れてくれるかな？」

「それをたしかめたくて」スザンヌは箱を左の腕に抱え、右手で梯子の横木をつかんでのぼりはじめた。

「気をつけて」ウィンスロップは声をかけた。

スザンヌは十二段のぼったところで振り返り、顔をしかめた。「うーん、梯子がぐらぐらするわ。押さえててくれる？」

「お安いご用だ」

スザンヌはさらに十段のぼった。どうしたわけか、木の空洞がこんなにも高いところにあることも、ぐらぐらする伸縮梯子をのぼらなくてはいけないことも頭になかった。母親と雛を再会させるという野望はどこへやら、スザンヌは急に不安になった。片手だけをかけた状態で見おろすと、地面がはるか下に見える。実際、はるか下にあった。

「ちゃんと梯子を押さえててね」とウィンスロップに頼んだ。「いま足を滑らせたら、小麦粉の袋にみたいに落っこちちゃう」

「それだけは避けないとな」ウィンスロップが言った。

その口調にスザンヌは不安をおぼえた。下に目をやると、彼は梯子から一歩離れたところに立っていた。両手をポケットに深く突っこみ、小銭をじゃらじゃらいわせている。唇をすぼめ、調子はずれの口笛を吹いていた。

「ブルース？」

夜の空気が急に冷たく感じ、あたりがぴりぴりしはじめた。そのせいでよけいに、木の上にいるのが不安定で危なっかしいものに感じられた。

「うん？」ウィンスロップは彼女を見あげて返事をした。上から見おろすと、卵形の顔は血色が悪く、目が奇妙な輝きを放っている。

「大丈夫？」

「なんでもないよ、スザンヌ」ブルースは口もとをぎゅっと引き締め、彼女を見あげた。

スザンヌは段ボール箱を抱えた状態でバランスを取りながら、ぼんやりとした不安を感じていた。どういうこと？　ちょっと待て……ブルースがなにかするわけないじゃない。もちろん、そんなはずはない。きょうは忙しかったし、高いところが怖くて一時的に神経過敏になっているだけよ。

「ブルース」スザンヌは恐怖心を追いやろうとして、冷静で落ち着いた声を出した。「梯子をしっかり押さえてくれないかしら。バランスを取るのが大変で……」

ウィンスロップがポケットから両手を出した拍子に、小銭が何枚か転がり出た。硬貨がやわらかなポトリという音をたてて地面に落ちた。しかし、よく見ると、転がり出たのは小銭ではなかった。

カジノのチップだった。

ウィンスロップはスザンヌに見られたのに気づき、小さく笑い声を洩らした。「まいったな」その声には目に見えない悪意が感じられた。

スザンヌは一瞬にして理解した。いまこの目で見ているのは、火災現場で見つけたチップと同じものだ。

ウィンスロップがギャンブルをするの？　心のなかでそうつぶやいたとたん、それが頭のなかで具体的な形となって現われ、それと同時に疑念、つづいて恐怖の波が押し寄せた。

ウィンスロップは咳と含み笑いの混じったような声を洩らした。

「そうなんだよ。ときどき、やりすぎてしまってね」

なんてこと。頭のなかに次々といろいろな考えが浮かびはじめた。たしかに、ギャンブラーはときに大変なトラブル、すなわち大変な借金を抱えることがある。そのぞっとするような事実につづいて頭に浮かんだのは――まず、職場の帳簿をごまかしはじめる。そして、それを隠蔽する必要に迫られる。

視線を下に戻し、ふたたびウィンスロップを見やると、黒い目のなかで歴然とした真実が光を放っていた。スザンヌは反射的に悟った。ブルース・ウィンスロップが火をつけ、ハンナを殺した犯人だと。スザンヌはハンナに悪事がばれたのが動機だ。ハンナは彼が職場のお金を着服したのを知り、その手口を郡検事に暴露しようとしていたのだ。

しかし、ウィンスロップは先手を打ってハンナを殺した。火を放ってビルを燃やし、唯一の証人を始末したのだ！

ウィンスロップは爬虫類のような冷酷な笑みをスザンヌに向けた。彼女に犯行の一部始終を知られたのに気づいたのだ。

「きみは狩りというものをしたことがあるかな、スザンヌ？」

「ないわ」スザンヌの喉は恐怖で締めつけられ、どうにか声を絞り出した。

「そうか、わたしはハーゼンプフェファーというシチューがことのほか好きでね」

ウサギの肉のシチュー？　なんで関係のない話を持ち出すのかしら？　どうして突然、ウサギの話になるの？

「丸々太ったいいウサギを捕まえるには、罠を使うのがいちばんなんだよ」ウィンスロップはサイズ12の靴を最下段の横木に乗せ、そのせいで梯子がぎしぎしいった。「きみには亜鉛メッキのワイヤーにかかってもらおうと思う」彼は上着のポケットに手を入れ、コイル状に巻いた細いワイヤーを出した。薄明かりのなか、鈍くて不気味に光っている。「よくしなるが、強度は充分あるワイヤーに」

「ブルース……？」スザンヌは激しく震え、段ボール箱から手を放さずにいるのがやっとだった。

ウィンスロップは深呼吸をした。大仕事の前に気持ちを落ち着かせるためだろう。それから彼女を追って梯子をのぼりはじめた。殺気に目を血走らせ、がむしゃらにのぼってくる。

「保安官！　サム！」スザンヌはしわがれた声で叫んだ。しかし、タイミング悪く、店内から割れんばかりの歓声と拍手がわき起こり、彼女の声をかき消した。

ウィンスロップは梯子を激しく揺らしながら五段下にまで迫ると、片手でスザンヌの足首をつかんだ。

スザンヌはやみくもに足を振り出し、彼の手を蹴飛ばした。おめおめと捕まって、引きずりおろされるつもりはなかった。この男の手に落ちたら、冷酷無比に首を絞められ、人形を捨てるみたいに地面に投げ落とされるだけだ。

「助けて！」スザンヌはどうにか声を絞り出してわめき、箱を落とさないようにしながら梯子を二段、駆けあがった。

「自分じゃ頭がいいつもりなんだろう」ウィンスロップは歯をぎりぎりいわせて言った。

「きっと……」

彼は危険なほどうしろにそり返り、全力で梯子を揺さぶった。それからヒステリーでも起こしたように大声でわめいた。顔がまだらに赤く、口は意味不明の言葉を矢継ぎ早に発している。

スザンヌは耳鳴りがし、脚がジェリーのようにぐにゃぐにゃになった。梯子の上で危なっかしく体の向きを変えたとき、箱が傾いて、フクロウの雛があやうく落ちそうになった。すっかり怯えた雛はあちこち動きまわりながら、哀れな鳴き声を洩らしている。

それに応えるように、頭上でけたたましい声があがり、木のいただきを揺るがした。耳をつんざくようなその声が夜空を駆けめぐった。

すると、どこからともなく母フクロウが舞いおりた。広げた翼は少なく見積もっても四フィートはあるだろう、羽の先端をそよがせながらぐんぐん降下してくる。鉤爪《かぎづめ》をぐっとのばし、標的をしっかりとらえ、躊躇《ちゅうちょ》することなくまっすぐウィンスロップの目に襲いかかった。

ウィンスロップは身を守ろうとむなしく片腕を振りあげ、昂奮した泣き妖精《バンシー》のようなわめき声をあげた。しかし大きなフクロウは攻撃の手をゆるめなかった。おぞましい太鼓のような音をさせながら翼をはばたかせ、彼の顔を思いきり強く引っかいた。

26

ジュニア、リッキー・ウィルコックス、そしてドゥーギー保安官が裏口から転がり出たとたん、てんやわんやの大騒動となった。

保安官はウィンスロップとフクロウがやり合っているのを見るなり、拳銃を抜いた。

「だめ！　フクロウを撃たないで！」

スザンヌが叫ぶと同時に、母フクロウは翼をいま一度強くはためかせ、木の頂上に姿を消した。

保安官は銃をおろした。

「それより、この人を捕まえて！」スザンヌはわめいた。「わたしを殺そうとしたの。持ってるワイヤーで首を絞めるつもりだったんだから」

「なんの話だ、いったい？」保安官が大声で訊いた。

「この人はハンナも殺したんだってば」スザンヌはつかまっている不安定な場所から怒鳴り返した。「賭博の借金の件を通報されないよう、郡民生活局のビルに火をつけて彼女を殺したの。郡の記録を復元できれば、彼がわんさと使いこんでたのがわかるはずよ」

「彼女の言ってることは嘘っぱちだ！」ウィンスロップが叫んだ。片手で顔をぬぐい、血が出ているのを知ると、声を荒らげた。「目が！　フクロウのやつめ、わたしの目をえぐろうとしやがった！」

保安官は梯子に駆け寄ろうとしたが、リッキーのほうが早かった。「おれがあの野郎を引きずりおろしますよ」彼は梯子をのぼり、ウィンスロップのベルトをつかんで、強く引っ張った。「さあ、おりろ、この人でなし！」彼はもう容疑者リッキーではなく、復讐に燃え、保安官助手の代役を買って出たリッキーになっていた。

「うわあ！」トニが裏口のドアを大きくあけるなり、状況を見てとった。リッキーがウィンスロップを引きずりおろそうとし、保安官は両手で銃をかまえたまま動かず、ジュニアは呆然と見つめるばかり。そしてスザンヌは必死に木にしがみついていた。「サムを呼んでくる」と大声で言った。「しっかりつかまってるんだよ、ハニー！」

スザンヌはしっかりつかまっていた。ウィンスロップが引きずりおろされ、保安官に手錠をかけられるのを見届けると、フクロウが入った箱を抱えたまま、そろそろと梯子をおりた。ようやく足が地面に着くと、ほっとしたように大きくため息を洩らした。

時を同じくして、ドアがふたたび乱暴にあき、サム、トニ、ペトラの三人が駆け出してきた。

サムは一刻も無駄にしなかった。みんなのわきをすり抜け、スザンヌを抱きあげた。

「大丈夫かい？」しゃくりあげ、彼の胸に顔をうずめてうなずくスザンヌに訊いた。「大丈夫かい？」

「あら、まあ」ペトラが声をあげた。「ここでもメロドラマを上演中だわ」

「まったく、わからないものだな」リッキーがつぶやいた。彼は保安官のそばにぴったりくっついていた。経験豊富な法執行官である保安官はブルース・ウィンスロップを締めあげ、ぽつりぽつりと供述を引き出していた。ウィンスロップが横領していたのは事実だった。火をつけたのも事実だが、全額を返済するまでのあいだ、捜査を遅らせるのが目的だった。

「嘘ばっかり！」スザンヌは叫んだ。彼女は保安官が事情を聞くあいだもさんざん口をはさんでいたから、どちらの話が正しいかは誰の目にもあきらかだった。

「とんでもない野郎だね」トニが言った。

スザンヌはウィンスロップの胸の真ん中に、人差し指を突きつけた。「ピエロはあなただったんでしょう」

「おれに言わせれば、こいつはピエロなんてもんじゃない」保安官が言った。「人殺しの最低野郎で……」

「ちがうの」スザンヌは言った。「ゆうべ、ピエロの恰好をしてわたしを追いまわしたのがこの人か訊いたのよ」

「きみを追いまわしたって？」サムは言うと、怖い顔でウィンスロップをにらんだ。

「それにはわけがあって」ウィンスロップが言った。「ちょっとした冗談のつもり……」

「こいつを牢屋にぶちこんで、鍵を捨ててやりたくなってきたよ」保安官が言った。

「獣医さんのところの火事もあなたの仕業なのね？」スザンヌは詰め寄った。「リッキーの車に雷管をしのばせたのもあなたなの？　わたしが馬で森を移動中に撃ってきたのもあなた？」しかしウィンスロップは急になにも言わなくなった。

「こいつだよ」サムが言った。「表情を見ればわかる」

「どう見ても真っ黒だわ」ペトラが言った。

腹の虫がおさまらないながらも、事件がほぼ解決したことに気をよくした保安官は、ウィンスロップをつかみ、駐車場を引きずっていった。パトカーの後部ドアをあけ、どうにかこうにかウィンロップをなかに押しこめた。

「救急車を呼んでくれ！」ウィンスロップはせがんだ。「狂暴な鳥に襲われたんだよ。ほら、見てくれ。引っかき傷だらけで、血もこんなに出てる」

「あほぬかせ」保安官はばかにしたように言った。「そんなの、たいした傷じゃないだろうが。普通の犯罪者と同じように留置場に入ってもらう。おれの上等なビニールシートに血の一滴でもたらすんじゃないぞ。この町ではもう、充分すぎる血が流されたんだからな」

騒ぎを聞きつけた人たちが裏の駐車場にぞろぞろと出てきていた。好奇心旺盛な人たちはペトラの厨房経由で、その他の人たちはカックルベリー・クラブの正面ドアから出て、裏にまわってきていた。

このときも保安官がその場を取り仕切った。「もうなにもないぞ。見世物は終わりだ」彼は両手を打ち合わせた。「みんな、なかに戻れ」そう言うと、リッキーに目をやった。「そこの若いの、この連中を正面側に追いやってくれないか？」

「了解！」リッキーは言った。

「おやおや」トニがキットをつかんで引き寄せた。「リッキーの容疑は完全に晴れたみたいだね」

「容疑が晴れた人はほかにもいるわ」ペトラが言った。「ジャック・ヴェナブルはハンナに隠れて浮気してたかもしれないけど、少なくとも、彼女を殺してはいなかったようだし」

「マーティ・ウルフソンとダレル・ファーマンもだね」とトニ。「今夜、面倒を起こすとしたら、そのふたりだと思ってたのにさ」

「この先も面倒を起こさないとはかぎらないでしょ」スザンヌはあいかわらずサムの腕のなかにいた。

「まあね」トニは言うと、キットの手を握り、ペトラについてくるよう仕種で伝えた。「行こう」と言って、スザンヌとサムのほうに目をやった。「恋人たちをふたりきりにしてあげようよ」

駐車場にふたりだけになると、サムは眉根を寄せ、スザンヌの顔をじっと見つめた。

「本当に大丈夫かい？」

彼女はうなずいた。「たぶん」それから梯子のほうをしめした。「わたしはただ……」涙をすすり、なんとかほほえもうとした。

「赤ちゃんフクロウのことだね。わかってる」

「また一緒にしてあげようと思っただけなの」たちまち、深い悲しみに襲われた。フクロウに対して、ハンナに対して、そして、この騒動に巻きこまれたすべての人に対して。

サムはスザンヌが置いた段ボール箱を拾いあげた。それを小脇に抱え、梯子をのぼりはじめた。

「まさか、その子を……？　お願いだから気をつけて」

「心配いらないよ。こういうことには慣れてるんだ。子どもの頃にツリーハウスをつくったことがあるからさ」サムはひたすら上へ上へと、梯子の最上段近くまで危なげなく、すばやくのぼった。「ここに穴があいてる」彼の大声がスザンヌのところまで届いた。

「それよ。それが巣なの。そこにその子を……赤ちゃんフクロウを置いてくれる？」スザンヌはハラハラしながら、落ち着きなく体を動かし、人差し指に中指を重ねて幸運を祈った。

「無事に戻したよ」サムが言った。

「ああ、よかった」スザンヌはほっと息をついた。とんでもない夜がこんな形でフィナーレを迎えるとは。とんでもない一週間も。

サムが梯子を十段おりるかおりないうちに、翼が荒々しくはためく音が聞こえ、母フクロウが舞いおりた。木の空洞に体をもぐりこませ、赤ちゃんフクロウの隣にゆったりおさまった。

「どんな様子？」スザンヌは声をかけた。

るみたいだ」

「お母さんが雛に触れている」サムは答えた。「いつくしむように。もう安心だよと言って

なんとなくだが、サムの声がほんのちょっとだけつかえたような気がした。

「気をつけて」ふたたび梯子をおりはじめたサムに声をかけた。そして彼が地面に降り立つと言った。「もう、最初から全部話したくてうずうず……」

しかしサムは片手をあげて、それを制した。「ちょっと待ってもらえるかな」

「どうかしたの？」スザンヌはとたんに不安をおぼえた。なにか問題でもあったのかしら。ひとりで外に出て、ブルース・ウィンスロップなんかに一杯食わされそうになったのを怒ってる？

サムはポケットに手を入れた。「これをきみに……」

「どうかしたの？」さっきと同じ問いを繰り返したが、今度のほうが声が少しきつくなった。しかし、心のなかではこう考えていた——お願いだから怒らないで。わたしと別れるとか、そんな恐ろしいことは言わないで。

「実はこれをきみに渡したいんだ。いまが絶好のタイミングじゃないかと……」彼はポケットから黒いビロードの小箱を出し、てのひらにのせて差し出した。

スザンヌは息をのんだ。

次の瞬間、すてきな夢の世界に入りこんだかのように、ジュエリーケースのふたが手品のようにあいた。すべすべの白いシルクのクッションの上にあるのは、スザンヌがいままで見

たことがないほど豪華なアッシャーカットのダイヤモンドの指輪だった。それがきらきらとまばゆい光を放っている。まるで、凍てつく冬の夜に見えるオーロラのようだ。

スザンヌは唖然として指輪を見つめ、それから涙のたまった目でサムを見あげた。

「まあ」わずかにかすれた声を出した。

信じられない。まさか夢を見ているんじゃないわよね。ビロードのモーニングコートに身を包んだハンサムな男性が、膝をつき、こんな豪華な婚約指輪をわたしに差し出しているなんて。おそらくは、幸せに満ちた人生も一緒に。

身にあまる光栄だった。スザンヌは歌い、踊り、ヒステリックに泣きわめき、快哉を叫びたかった。しかし、なによりもまず、膝をつき、神に祈りを捧げたかった。だって、このうえなくすばらしいと同時に、ごく平凡な人生を送っているわたしに、おとぎ話のような幸せをプレゼントしてくれたんだもの。

「さっき、きみの満面の笑みを見て、背中を押されたんだ」サムは立ちあがって、彼女の頬に触れ、うれし涙をそっと払った。「でも、ぜひとも答えを聞かせてほしい」

ホーホー。母フクロウが高みからやさしく声をかけた。木の葉がそよぎ、雛が満足そうに寄り添っている。

「イエスよ、サム！」スザンヌは少し間をおいてから叫ぶと、彼に腕をまわし、力のかぎり引き寄せた。「もちろん、あなたと結婚するわ！」そこで少し口ごもった。「ただし……」

「ただし、なんだい？」彼は不安なおももちで尋ねた。

「夕食にはいつもいつも、牛肉の赤ワイン煮込みだとかマサラチキンみたいなものが出るとは思わないでね」

「スイートハート」サムの唇は彼女の唇のすぐ上にあった。「ぼくがなにより望むのは、きみとうんと幸せになることだよ」

スザンヌは彼にキスをすると、心のなかで祈りの言葉を捧げた。神様、恋のセカンドチャンスをありがとう。今度はもっともっと長くつづく気がします。

サワークリーム入りコーヒーケーキ

【用意するもの】
バター…… ½カップ
砂糖……1カップ
卵……2個
サワークリーム…… 1カップ
バニラエッセンス…… 小さじ1
中力粉……2カップ
ベーキングパウダー…… 小さじ1
重曹…… 小さじ½
塩…… 小さじ¼

【トッピングの材料】
砂糖……¼カップ
ブラウンシュガー……⅓カップ
シナモン(粉末)…… 小さじ1
ペカン(刻んだもの)…… ½カップ

【作り方】

1. オーブンはあらかじめ160℃にあたためておく。
2. 室温でやわらかくしたバターをクリーム状に練り、砂糖をくわえてよく混ぜる。さらに割りほぐした卵、サワークリーム、バニラエッセンスもくわえる。
3. 2に中力粉、ベーキングパウダー、重曹、塩を合わせたものをくわえ、均一になるまで混ぜる。
4. 小さめのボウルにトッピングの材料をすべて入れ、よく混ぜる。
5. 油を引いた23×33㎝の角型に3の生地の半量を流し入れ、4のトッピングを上に散らす。
6. 5に残りの生地を入れ、オーブンで40分焼く。ケーキクーラーにのせて冷ます。

※1カップは米国の1カップ(約240ml)

額に入った卵

【用意するもの】

赤ピーマン……1個

食用油……適宜

卵……適宜

パルメザンチーズ……適宜

【作り方】

1. 赤ピーマンは水平方向に細く輪切りにする。パルメザンチーズはおろしておく。
2. 1の赤ピーマンの輪切りを3〜4個、フライパンに入れ、油で数分炒めたのち、ひっくり返す。
3. 2の赤ピーマンの輪切り1枚につき卵を1個割り入れ、パルメザンチーズをひとつまみずつ振りかける。
4. 卵が好みの状態になるまで火をとおす。

チーズ・ポップオーバー

【用意するもの】4～6個分

卵……4個

中力粉……1カップ

塩……小さじ½

牛乳……1カップ

溶かしバター……大さじ1

チェダーチーズ（おろしたもの）……1カップ

【作り方】

1. オーブンを200℃にあたためておく。

2. ボウルに卵を割り入れ、フォークでよくほぐす。

3. 2の卵をフードプロセッサーに入れ、そこに中力粉、塩、牛乳、溶かしバターをくわえ、20秒ほど攪拌したのち、チェダーチーズをくわえる。

4. 3の生地を油を引いたポップオーバー型に流し入れ、およそ40分、オーブンで焼く。焼きあがらないうちにオーブンの扉をあけるとしぼむので、じっとがまん！

パプリカチキン

【用意するもの】4人分

タマネギ(中)…… 1個

パプリカ(粉末)…… 大さじ2

バター…… 大さじ4

鶏肉 ……1羽分

チキンコンソメ…… 1½カップ

サワークリーム…… 大さじ4

トマト……1個

【作り方】

1. タマネギは薄切り、トマトはざく切り、鶏肉は小分けにしておく。
2. フライパンにバターを溶かし、タマネギの薄切りとパプリカを入れて炒め、あめ色になったら取り出す。
3. 2のフライパンに鶏肉を入れ、必要ならばバターを少し足して、色づくまで炒める。
4. 3に炒めたタマネギとチキンコンソメをくわえ、ふたをして1時間煮込む。
5. 仕上げにサワークリームをくわえ、ざく切りのトマトをくわえる。ヌードル、白米、シュペッツレなどを添えて出す。

リッツ・クラッカー入りストロベリー・パイ

【用意するもの】

卵白……3個分

砂糖……1カップ

リッツ・クラッカー……20枚

くるみ(砕いたもの)……½カップ

ベーキングパウダー……小さじ1

冷凍イチゴ(約280g入り)……1袋

生クリーム(乳脂肪分30%以上のもの)……約240cc

【作り方】

1. オーブンを175℃にあたためておく。リッツ・クラッカーは砕き、生クリームはホイップしておく。
2. 卵白に砂糖を少しずつくわえながら、角が立つまで泡立てる。
3. 2に砕いたリッツ・クラッカー、くるみ、ベーキングパウダーをくわえ、直径23cmのパイ皿に敷きつめる。オーブンで20分ほど焼く。
4. パイ生地を焼いているあいだに、冷凍イチゴの水気を切り、ホイップクリームとよく混ぜる。
5. 3の生地が少し冷めたら、4のフィリングを流し入れ、冷蔵庫で2時間冷やす。

チーズ入りオムレツロール

【用意するもの】6人分

卵……6個

牛乳……1カップ

中力粉……½カップ

塩……小さじ½

黒コショウ(挽いたもの)……小さじ¼

チェダーチーズ(刻んだもの)……1カップ

【作り方】

1. オーブンを230℃にあたためておく。
2. 卵、牛乳、中力粉、塩、黒コショウをミキサーでなめらかになるまで攪拌する。
3. 油を薄く引いた23×33cmの角型に**2**の卵液を流し入れ、20分ほど焼く。
4. **3**をオーブンから出してチーズを散らし、オムレツの四隅を型から慎重にはずし、そっと巻く。
5. **4**を6等分し、サワークリーム、サルサ、または果物を添えて出す。

ヒマワリの種入りチーズスプレッド

【用意するもの】

クリームチーズ……110g

ゴートチーズ（その他のソフトチーズ）……110g

生クリーム…… 大さじ1

ウスターソース…… 小さじ½

パプリカ(粉末)…… 小さじ¼

食用のヒマワリの種(有塩・ロースト)……⅔カップ

【作り方】

1. 室温でやわらかくしたクリームチーズに、ゴートチーズ、生クリーム、ウスターソース、パプリカを混ぜ、そこにヒマワリの種をくわえる。
2. 全体が硬すぎるようなら、生クリームを適当にくわえてのばす。
3. パンに塗ってティーサンドイッチに、あるいはクラッカーやスティックパンを添えてディップとして出す。

ソーセージの甘くてスパイシーなグレーズがけ

【用意するもの】

朝食用ソーセージ(340g入り)……1袋

オレンジマーマレード(またはアンズジャム)……¼カップ

スイートマスタード……大さじ2

【作り方】

1. ソーセージをフライパンで炒め、うっすら色づき、きちんと火がとおったら取り出す。

2. フライパンに残った脂を拭き取り、マーマレードとマスタードを入れて中火で混ぜる。

3. 2にソーセージを戻し、静かに混ぜながらソースをからめる。

ペトラのベーキングパウダー・ビスケット

【用意するもの】8～10個分

ケーキ用プレミックス粉……2¼カップ

バター……¾カップ

牛乳……1カップ

ベーキングパウダー……小さじ1

【作り方】

1. オーブンは220℃にあたためておく。

2. 材料をすべて混ぜ、ひとつにまとめる。

3. 打ち粉をした台に**2**をのせ、円形にのばして半分に折る。

4. 抜き型で型抜きし、油を引いた天板に並べて20～25分焼く。

冷製ブルーベリースープ

【用意するもの】4人分

サワークリーム……1カップ

冷凍ブルーベリー(280g入り)……2袋

グラニュー糖……大さじ4

【作り方】

1. ブルーベリーは半解凍しておく。
2. フードプロセッサーにサワークリーム、ブルーベリー、グラニュー糖を入れ、30秒ほど攪拌する。
3. 味見をし、ゆるくしたいときには生クリームを¼カップ(材料外)くわえ、甘みを強くしたいときにはブラウンシュガーを大さじ2(材料外)くわえ、もう一度攪拌する。
4. 冷たくして出す。

昔ながらのソーダブレッド

【用意するもの】

小麦粉……3カップ

砂糖……⅔カップ

ベーキングパウダー……大さじ1

重曹……小さじ1

塩……小さじ1

レーズン……1½カップ

卵……2個

バターミルク……2カップ

溶かしバター……大さじ2

【作り方】

1. オーブンは175℃にあたためておく。小麦粉はふるっておく。
2. 大きめのボウルに小麦粉、砂糖、ベーキングパウダー、重曹、塩を入れて混ぜる。そこにレーズンをくわえる。
3. べつのボウルで卵を割りほぐし、バターミルクと溶かしバターをくわえる。
4. 3を2のボウルに入れ、全体がしっとりするまで混ぜる。
5. 13×24cmの食パン型に4の生地を入れ、オーブンでおよそ60分焼く。
6. すぐに型からはずし、粗熱を取ってからスライスする。

スコッチ・エッグ

【用意するもの】8個分

グラウンドソーセージ（マイルド味のもの）…… 450g

塩・コショウ…… 適宜

固ゆで卵…… 8個

パン粉…… ½カップ

卵……1個

【作り方】

1. オーブンを190℃にあたためておく。卵1個は割りほぐしておく。
2. ソーセージは塩・コショウをして8等分し、それぞれを3mmほどの厚さにのばす。
3. 2で固ゆで卵を包み、端をきっちりとじる。
4. 3を1の卵にくぐらせ、パン粉をまぶす。
5. 天板に油を引いて4を並べ、オーブンで20分ほど、全体がうっすらキツネ色になるまで焼く。

コージーブックス

卵《たまご》料理《りょうり》のカフェ⑥
幸《しあわ》せケーキは事件《じけん》の火種《ひだね》

著者　ローラ・チャイルズ
訳者　東野《ひがしの》さやか

2016年1月20日　初版第1刷発行

発行人　成瀬雅人
発行所　株式会社　原書房
〒160-0022 東京都新宿区新宿1-25-13
電話・代表　03-3354-0685
振替・00150-6-151594
http://www.harashobo.co.jp
ブックデザイン　atmosphere ltd.
印刷所　中央精版印刷株式会社

落丁・乱丁本はお取り替えいたします。
定価は、カバーに表示してあります。
 ISBN978-4-562-06047-4 Printed in Japan